Impressum:

Herstellung und Verlag:
Books on Demand GmbH, Norderstedt
ISBN 978-3-7386-0854-0

Interessieren Sie sich ein wenig für Psychologie und Philosophie?

Würden Sie gerne mehr über Neurologie wissen?

Möchten Sie in die Welt des luziden Träumens eindringen?

Interessieren Sie sich für andere Länder?

Haben Sie einfach nur Lust auf Spannung?

Dann ist „I' m dreaming!" genau die richtige Lektüre!

Der Autor

Josef Peters, Jahrgang 1963, lebt in Aachen. Er ist Diplom-Kaufmann und Studiendirektor an einem Berufskolleg. Sein erstes Buch, ein Schulbuch zur DV-gestützten Finanzbuchhaltung, veröffentlichte er bereits im Jahr 2003. Sein erster Roman „Paradox" erschien 2009. Mit diesem Buch erscheint nun sein zweiter Roman.

Für Vera, Sara und Jana

Josef Peters

I'm dreaming!

Roman

Kapitel 1

„Du siehst Dinge und sagst: Warum? Aber ich träume von Dingen, die es nie gegeben hat, und ich sage: Warum nicht?“
George Bernard Shaw

Sebastian Wimmer war vor vier Wochen aus dem Krankenhaus entlassen worden. Mittlerweile waren seine Verletzungen, die er sich bei der Aufklärung des Mordes an Dr. Andres[1] zugezogen hatte soweit geheilt, dass ein stationärer Aufenthalt nicht mehr erforderlich war. Nach dieser turbulenten Zeit wünschten Susanne Schlömer und Sebastian Wimmer, sich eine Auszeit nehmen zu können. Seit nunmehr vier Monaten waren die beiden ein Paar.

Sebastian Wimmer war Anfang dreißig. Er hatte ein naturwissenschaftliches Hochschulstudium absolviert und arbeitete nun seit einigen Jahren bei CS (Chemical Solutions) in Aachen. Er war mittelgroß und von schlanker, sportlicher, ja beinahe athletischer Figur. Dabei kam der Sport bei ihm in den letzten Jahren doch immer ein wenig zu kurz. Nachdem er in jüngeren Jahren regelmäßig Vereinssport betrieben hatte und gejoggt war, vernachlässigte er den Sport in den letzten drei Jahren immer mehr. Er behauptete immer, der Stress im Beruf sei daran schuld, dass er keine

---

[1] vgl. Peters, „Paradox“

Zeit mehr für den Sport fände. Vermutlich lag es aber eher daran, dass ihm einfach nur der innere Antrieb Sport zu treiben ein wenig fehlte. Und solange seine Waage ihn nicht dazu mahnte, sah er das auch recht entspannt. Er nahm sich aber stets vor, wieder aktiver zu werden... Seinen immer weiter nach hinten wandernden Haaransatz versuchte er dadurch zu kaschieren, dass er die Haare sehr kurz trug. Sebastian Wimmer war äußerst interessiert in allem, was Entdeckung und Spannung versprach. Und das sowohl beruflich als auch privat. Außerdem war er sehr musikalisch. Seit seiner Jugend spielte er Klavier.

Susanne Schlömer hatte ebenfalls einen naturwissenschaftlichen Hochschulabschluss. Sie war einen halben Kopf kleiner als Sebastian, schlank und hatte lange, dunkle Haare, die sie aber selten offen trug. Sie war drei Jahre jünger als Sebastian und arbeitete schon seit einigen Jahren mit Sebastian in derselben Forschungsabteilung. In ihrer Freizeit las Susanne gerne und ging auch gerne ins Kino. Gemeinsam war den beiden, dass sie gerne gut Essen gingen. Auch kulturell waren beide sehr interessiert. Sie gingen gerne ins Theater, in Musicals oder zu Autorenlesungen.

War Sebastian eher der progressivere Typ, so war Susanne, bei allem was sie gemeinsam taten, eher die ruhigere und vorsichtigere. Häufig musste sie ihn bremsen, wenn er wieder in ein jungenhaftes Verhaltensmuster zurückfiel und übermütig über das Ziel hinauszuschießen drohte. Vielleicht ist ja etwas dran, dachte sie manchmal lächelnd, dass Männer angeblich nur dreizehn Jahre alt werden, und ab dann nur noch wachsen…

Nach dem Tod von Dr. Andres hatte Sebastian Wimmer die Nachfolge als Abteilungsleiter der Forschungsabteilung bei CS in Aachen übernommen. Susanne Schlömer war auf sein Drängen hin seine Stellvertreterin geworden. Nun waren sie nach den ganzen Turbulenzen dabei, wieder Ordnung und Struktur in die Forschungsabteilung zu bringen.

Sebastian Wimmers Traum war es immer gewesen, im Herzen Afrikas auf den Spuren eines David Livingstone zu wandeln. David Livingstone, Henry Morton Stanley, John Hanning Speke und Mungo Park gehörten von Ende des 18. Jahrhunderts bis in die Mitte des 19. Jahrhunderts zu den wohl bekanntesten und berühmtesten Entdeckungsreisenden Afrikas. Zu dieser Zeit waren weite Teile Afrikas noch terra incognita. Die Forscher waren auf der Suche nach den Quellen des Nils, fuhren den gesamten Sambesi bis ins Mündungsgebiet hinauf und erforschen den Verlauf des Kongos. Dabei erlebten sie vielerlei Abenteuer. Aber auch gesundheitliche Probleme blieben nicht aus. Malaria, Denguefieber und weitere Krankheiten erschwerten ihre Reisen erheblich. Aber aus wissenschaftlicher Neugier und aus Abenteuerlust nahmen sie alle Hürden auf sich.

Mungo Park, 1771 geborener Schotte reiste von 1795 bis 1797 von 1805 bis 1806 durch die Tiefen Afrikas. Über den Fluss Gambia bereiste er den Lauf des Nigers. Bei seiner ersten Reise im Auftrag der African Association geriet er in Gefangenschaft, konnte jedoch fliehen. Leider war er auf seiner Flucht völlig mittellos und hatte es dennoch geschafft, sich irgendwie durchzuschlagen. Noch heute gilt sein veröffentlichter Reisebericht „Travels in the Interior of Africa" als Klassiker. Mungo Park verstarb 1806 mit gerade einmal 35 Jahren auf seiner zweiten Reise an den Niger bei Bussa im heutigen Nigeria.

Alle Forscher machten damals große Entdeckungen und „eroberten" viele Gebiete für ihre Nationen. Lake Albert, Lac Edouard oder die Viktoriafälle erinnern mit ihren Namen noch an diese Zeit. Aber so ist das mit Entdeckungen... Kolumbus hat Amerika entdeckt, die Afrikaforscher haben die Quellen des Nils entdeckt. Viele Stämme und Völker wurden entdeckt... Die indigenen Völker und Bewohner haben natürlich schon vorher dort gelebt. Ob sie sich wirklich entdeckt vorkamen? „Endlich, sie haben uns entdeckt!", werden sie wohl kaum gerufen haben. Das Wort Entdeckung spiegelt eher eine gewisse Arroganz der Entdecker wider, die selbstverständlich unverzüglich die Herrschaft über ihre Entdeckungen an sich rissen.

Schlömer hatte da schon ein wenig Vorbehalte. Zentralafrika mit seinen klimatischen Bedingungen, Schlangen, Spinnen, Krokodilen und was sie sich sonst noch alles so ausmalte, hielten sie bisher davon zurück, das sichere Europa verlassen zu wollen. Aber dann ergab sich eine zufällige Begegnung:

Eines Morgens betrat Dick van Maarten das Büro von Sebastian Wimmer. Van Maarten war, wie der Name schon andeutet, Niederländer und pflegte seit Jahren geschäftliche Kontakte mit CS. Er erschien im üblichen Businessdress: Dunkler Anzug, weißes Hemd und eine dezent gemusterte Krawatte.

„Guten Morgen Herr Wimmer“, begann er die Konversation in fließendem und akzentfreiem Deutsch.

„Ah, Herr van Maarten!“, rief Wimmer ihm zu. „Ich habe Sie ja lange nicht mehr hier gesehen. Wie geht es Ihnen?“

„Danke“, antwortete van Maarten. „Mir geht es ganz hervorragend, und ab und zu zieht es mich zurück in meine Heimat. Und hier im Dreiländereck bin ich ja nicht weit davon entfernt“, sagte er lächelnd.

„Ja, das stimmt“, bestätigte Wimmer. „Und wie laufen die Geschäfte in... in Kamerun? Kamerun war es doch, oder?“

„Nein“, entgegnete ihm van Maarten „Demokratische Republik Kongo. Da sitzt mein Unternehmen. Wenn man in Deutschland lebt sind die geographischen Unterschiede zwischen den afrikanischen Staaten offenbar nicht so groß. Wenn man aber vor Ort lebt, bedeuten ein paar Tausend Kilometer Entfernung doch schon Einiges.“

„Sorry“, sagte Wimmer. „Stimmt, Demokratische Republik Kongo...“.

„Wie geht es Ihnen denn?“, wollte van Maarten nun wissen. „Ich habe, auch über die große Distanz, mitbekommen, dass mein ehemaliger Kollege, Dr. Andres, ermordet wurde.“

„Das stimmt.“, erwiderte Wimmer. „Das war natürlich ein sehr trauriges Ereignis und es war für uns eine sehr turbulente und aufregende Zeit. Und letztlich ist es uns, Susanne Schlömer und mir zum Glück gelungen, einen bescheidenen Beitrag zur Auflösung des Falles beizutragen.“

„Ja, das habe ich wohl über den einen oder anderen Kanal gehört“, sagte van Maarten augenzwinkernd. „Hat Sie das nicht ziemlich mitgenommen, ich meine psychisch? Das muss doch alles sehr spannend und aufregend gewesen sein.“

„Wenn Sie sich vorstellen, dass ich nicht unbedingt der geborene 007 bin, werden Sie verstehen, dass die nervliche und psychische Anspannung sehr groß war. Noch heute sucht sich die Anspannung ein Ventil.“

„Ein Ventil, wie meinen Sie das?“

„Na ja, die Verarbeitung der ganzen Geschichte findet bei mir eher im Unterbewusstsein, im Schlaf, also in Träumen statt. Und die meisten dieser Träume sind Albträume. Ich werde leider regelmäßig davon heimgesucht“.

„Das ist ja interessant. Träume und Albträume sind eine meiner Domänen. Ich habe mich jahrelang damit auseinandergesetzt. Sowohl mit der Traumentstehung und Traumdeutung als auch mit der Herkunft beziehungsweise der Entstehung von Albträumen und so weiter.“

„Und wie man Albträume auch wieder los wird?“

„Ja, das heißt, das ist schon eine recht komplexe Angelegenheit... „

„Das klingt spannend, Herr van Maarten. Da müssen wir uns unbedingt einmal drüber unterhalten. Ah, da kommt ja gerade Susanne... Herr van Maarten, das ist meine, ähm Verlobte, Frau Schlömer“.

„Verlobt? Heißt das, dass du mich irgendwann heiraten willst? Habe ich das richtig verstanden?“, fragte Schlömer launig.

„Guten Tag Herr van Maarten. Sebastian braucht mich aber, glaube ich, nicht mehr vorzustellen. Es dürfte schon ein paar Jahre her sein, aber da sind wir uns hier schon einmal begegnet".

„Das stimmt", sagte van Maarten. „So eine attraktive junge Dame wie Sie könnte ich doch nie im Leben vergessen", sagte er lächelnd.

„Siehst du, Sebastian, Herr van Maarten weiß, wie man mit jungen Damen spricht", setzte sie ebenfalls lächelnd den Smalltalk fort.

„Tja, wie Sie sehen, gibt es im Moment eigentlich viel zu tun", ergriff Wimmer wieder das Wort. „Ich bin, wie Sie vielleicht mitbekommen haben, die Nachfolge von Dr. Andres angetreten. Und im Moment werden wir quasi mit Arbeit zugeschüttet. Forschungsaufträge, Laboruntersuchungen für andere Abteilungen in unserem Hause... Nebenbei noch die Betreuung von zwei Diplomanden mit ihren Diplomarbeiten. Und wir betreuen noch einen Doktoranden, der viel Zeit in unserer Forschungsabteilung verbringt, um seine Dissertation zu schreiben."

„Da können Sie über Langeweile sicher nicht klagen", lachte van Maarten.

„Nein, im Gegenteil! Wir könnten mal eine kleine Auszeit ganz gut gebrauchen", sagte Schlömer.

„Ja, Susanne, ein kleiner Urlaub wäre nicht schlecht. Aber, Herr van Maarten, Susanne hat im Moment etwas andere Vorstellungen von einem Urlaub als ich. Während sie lieber nach Italien oder Spanien fahren möchte, wo es ohne Zweifel interessante Ziele gibt, hätte ich eher Lust nach langer Zeit noch einmal eine Fernreise zu machen. Es gibt noch so viele interessante Ziele in Fernost, aber auch in Afrika..."

„Fernreise...", nahm van Maarten den Gedanken auf. „Da kann ich Ihnen natürlich meine Wahlheimat am Kongo empfehlen. Schönes Wetter garantiert.

Jeden Morgen schaue ich aus meinem Fenster und denke: Wie wird wohl heute das Wetter? Ohne jeden Zweifel, genau wie gestern, sonnig und schön", lachte er.

„Afrika", seufzte Wimmer. „da zieht es mich schon hin. Irgendwann...", sagte er mit einem kurzen Blick zu Susanne, „irgendwann werden wir auch einmal nach Afrika reisen."

Van Maarten zögerte einen Augenblick, dann sagte er: „Das kommt jetzt zwar ein wenig plötzlich, aber... wenn Sie tatsächlich an einem Urlaub in Afrika Interesse hätten...Ich habe hier und in den Niederlanden noch für gut zwei Wochen zu tun, dann fliege ich zurück nach Mfuti, ganz in der Nähe von Kinshasa. Es wäre mir eine große Freude, wenn ich Sie dann dort als meine Gäste begrüßen dürfte. Ich habe mir erlaubt, etwas außerhalb von Kinshasa eine kleine Wohlfühloase als Domizil einzurichten. Sie müssen wissen, die Verhältnisse und Kosten am Kongo sind nicht so wie hier. Dort kann selbst ich mir als armer Schlucker so etwas leisten", untertrieb er deutlich.

„Ja, sehr gerne!" platzte Sebastian heraus.

„Ja, aber", entglitt es Susanne. „Wir sollten erst einmal in Ruhe unter vier Augen darüber reden... du weißt schon, Schlangen, Spinnen, Malaria und so...".

„Ja tun wir", sagte Wimmer hoffnungsfroh.

So ergab es sich, dass sie sich entschlossen, die Einladung anzunehmen und eine Zeit lang Gäste von Herrn van Maarten zu sein. Sie waren gespannt auf die Demokratische Republik Kongo. Vermutlich würde sich ihnen eine ganz andere Welt öffnen. Und sie hatten die einmalige Gelegenheit, dort nicht als Pauschaltouristen einen Urlaub zu verbringen, sondern mit Hilfe von van Maarten Land und Leute wesentlich besser kennen zu lernen. Außerdem könnten sie sich einen Eindruck verschaffen, wie ein niederländischer Unternehmer sein Geld am Kongo verdient. Sie wussten nur, dass er wohl mit Rohstoffen handelte.

Nun mussten Wimmer und Schlömer sich noch über die Demokratische Republik schlau machen. Das Einreisen in die Demokratische Republik Kongo ist nämlich nicht ohne weiteres möglich. Deutsche Staatsangehörige benötigen für die Einreise ein Visum, das von der kongolesischen Botschaft in Berlin ausgestellt wird. Und die kongolesischen Behörden lassen sich die Visa durch hohe Gebühren gut bezahlen.

Es gab für die beiden noch einiges an Hürden zu überwinden. Man reist nicht einfach mal eben so in die Demokratische Republik Kongo. Schlömer las sich die Angaben des Auswärtigen Amtes durch:

Eine Gelbfieberimpfung ist für alle Personen, die älter als ein Jahr sind zur Einreise vorgeschrieben und ist auch medizinisch indiziert. Ein internationaler Impfpass ist bei der Einreise vorgeschrieben. Wegen häufiger Kontrollen empfiehlt es sich, das Dokument während der gesamten Reise mit sich zu führen. Kongolesische Behörden und Polizisten kontrollieren gerne ausländische Besucher. Fast immer findet man einen Grund, die Besucher über eine Strafe zur Kasse zu bitten.

Das Auswärtige Amt empfiehlt außerdem, die Standardimpfungen gemäß aktuellem Impfkalender des Robert-Koch-Institutes für Kinder und Erwachsene vor einer Reise zu überprüfen und gegebenenfalls zu vervollständigen. Dazu gehören auch für Erwachsene die Impfungen gegen Tetanus, Diphtherie, Keuchhusten, Polio, Mumps, Masern Röteln und Influenza.

Als Reiseimpfungen werden Impfungen gegen Hepatitis A, bei Langzeitaufenthalt auch gegen Hepatitis B, Tollwut, Meningokokken-Krankheit und Typhus empfohlen.

Es besteht ganzjährig und im gesamten Land ein hohes Risiko, sich mit Malaria zu infizieren. Die in der Demokratischen Republik Kongo auftretende Malaria ist fast ausschließlich die Malaria tropica. Die Übertragung erfolgt durch den Stich blutsaugender nachtaktiver Anopheles-Mücken. Unbehandelt verläuft diese Form der Malaria bei Europäern, die nicht immun sind, häufig tödlich. Daher ist auch eine Malariaprophylaxe notwendig. Die Erkrankung kann auch noch Wochen bis Monate nach dem Aufenthalt ausbrechen.

Im gesamten Land besteht darüber hinaus ein hohes Risiko für Durchfallerkrankungen. Durch eine entsprechende Lebensmittel- und Trinkwasserhygiene lassen sich die meisten Durchfallerkrankungen und besonders Cholera vermeiden. Diese tritt, insbesondere in der Regenzeit, immer wieder auf. Bei Nahrungsmitteln gilt: Um potenzielle Erreger abzutöten alles Kochen, selbst schälen oder desinfizieren. Fliegen sollten unbedingt von der Verpflegung ferngehalten werden. Sie sind die Hauptüberträger der krank machenden Bakterien und Mikroben. Es wird empfohlen, sich so oft wie möglich die Hände mit Seife zu waschen. Nach dem Stuhlgang und immer vor der Essenszubereitung und vor dem Essen ist das Waschen der Hände unerlässlich. Händedesinfektion sollte, wo immer sie möglich ist, durchgeführt werden. Es wird auch empfohlen, Einmalhandtücher zu verwenden.

Die Gefahr der Übertragung von Bilharziose besteht beim Baden in Süßwassergewässern. Baden sollte dort daher grundsätzlich unterlassen werden.

Schlafkrankheit und Tollwut kommen vor. Es besteht auch das Risiko für örtliche Auftritte von Affenpocken sowie von viralen hämorrhagischen Fiebern, z.B. Ebola. Fledermaushöhlen sollten nicht besucht werden.

Die medizinische Versorgung im Lande ist mit der in Europa nicht zu vergleichen. Die technischen Möglichkeiten und das Vorhandensein von medizinisch notwendigen Apparaturen sind problematisch. Die hygienischen Standards sind grundsätzlich unzureichend, im Landesinneren teilweise katastrophal. Vielfach fehlen auch europäisch ausgebildete Englisch sprechende Ärzte.

Es gibt in der Demokratischen Republik Kongo häufig bewaffnete Auseinandersetzungen. Diese werden bis heute meistens mit Erlösen aus dem Handel mit Mineralien finanziert. Und da wo Geld zu verdienen ist, sind Konflikte nicht fern. Die Vereinten Nationen äußern in Berichten die Vermutung, dass gerade hier Konflikte und Ausbeutung von Rohstoffen zusammenhängen.

Die Demokratische Republik Kongo ist eines der rohstoffreichsten Länder Afrikas. Kupfer, Diamanten, Kobalt, Koltan und Gold finden sich dort im Überfluss. Das Land gehört zu den zehn wichtigsten Rohstofflieferanten Deutschlands. Dennoch gehört das Land zu den ärmsten weltweit.

„Bist du immer noch sicher, dass du da hin willst?“, fragte Schlömer besorgt.

„Ich kann deine Ängste ja verstehen“, beschwichtigte Wimmer, „aber das ist *die* Gelegenheit. Wir werden vermutlich nie wieder in der Lage sein, ohne einen erheblichen Mehraufwand in den Kongo zu reisen. Du musst bedenken, dass wir bei Herrn van Maarten, einem Niederländer wohnen werden. Da werden europäische Standards herrschen.“

„Wenn du dir da so sicher bist...“

„Ja, und außerdem weißt du, dass es immer mein Traum war an den Kongo zu reisen.“

„Ich mache mir da schon größere Sorgen...“, gab Schlömer ihrer Besorgnis weiter Ausdruck.

Dennoch gelang es Wimmer, Schlömers Bedenken zu zerstreuen und sie zu beruhigen. Bis sie sich dann entschlossen, die Reise tatsächlich anzutreten. Je näher der Abreisetermin kam, desto mehr freute sich nun auch Susanne Schlömer auf die Reise. Sie besorgten sich Visa und unterzogen sich den erforderlichen Impfungen. Dann buchten sie nach Absprache mit van Maarten den Flug.

Kapitel 2

„O ein Gott ist der Mensch, wenn er träumt, ein Bettler, wenn er nachdenkt."
Friedrich Hölderlin, Hyperion

Der Flug ging von Frankfurt als Linienflug nach Kinshasa mit der Air France. Alternative Fluganbieter wären die Royal Air Maroc oder Ethiopian Airlines gewesen. Wimmer und Schlömer waren überrascht, wie viele Linienflüge es von Frankfurt nach Kinshasa gab. Sie bestiegen das Flugzeug. Ihre Plätze waren in Reihe 12. Der Großteil der Passagiere bestand offensichtlich aus Europäern, hauptsächlich Franzosen und Deutsche. Ebenso befanden sich viele dunkelhäutige Männer und Frauen an Bord, die wohl in ihre Heimat flogen.

Die Reisedauer des Linienfluges betrug insgesamt elf Stunden und zehn Minuten. Darin inklusive war ein Zwischenstopp in Paris. Der Abflug in Frankfurt erfolgte planmäßig um 07:30 Uhr. In Paris verließen viele Europäer die Maschine und weitere dunkelhäutige Passagiere stiegen hinzu. Die Ankunft in Kinshasa auf dem Aéroport de Njili erfolgte mit fünfzehnminütiger Verspätung um 17:55 Uhr Ortszeit.

Am Flughafen verließen sie das Flugzeug und wurden sofort von afrikanischem Treiben und hohen Temperaturen empfangen. Der Januar ist in der Demokratischen Republik Kongo einer der regenreichsten Monate. Die Temperaturen liegen am Tag über 30° C und sinken auch nachts nicht unter 22° C. Entsprechend schwülwarm war das Klima jetzt.

Nach der Gepäckausgabe wurden sie von van Maarten und einem einheimischen Fahrer van Maartens in einem geländegängigen Toyota abgeholt und fuhren die sechzig Kilometer nach Mfuti. Dabei fuhren sie über die N1, die vom Flughafen aus durch Kinshasa nach Süden führt.

In Benseke, wo sie die N1 verlassen mussten, um die restlichen Kilometer auf einer kleineren Straße nach Mfuti weiter zu fahren, fragte Schlömer, ob sie kurz anhalten könnten.

„Kein Problem, aber warum?“, fragte van Maarten.

„Da hinten habe ich einen Marktplatz mit vielen Ständen und Menschen gesehen. Das würde ich mir gerne ansehen.“

„Also auch hier shoppen…“, nahm Wimmer sie auf den Arm.

„Na klar“, ging sie auf die Neckerei ein. „Nein, ich möchte nicht shoppen. Ich möchte mir das nur ansehen, und auch ein paar Fotos machen“, sagte sie.

„Kein Problem, es ist ja noch früh genug am Abend.“, sagte van Maarten und wies den Fahrer an, zu wenden und am Straßenrand zu parken. Parken ist in der Demokratischen Republik Kongo natürlich nicht mit Parken in Deutschland zu vergleichen. Wo ist Parken erlaubt? Wo steht der nächste Parkscheinautomat? Nur Anwohnerparken? Das sind Fragen, die man hier nicht stellt. Man stellt sein Auto einfach ab und fertig.

Auf den Straßen herrschte viel Verkehr. Alte knatternde Autos, viele Mopeds und Fahrräder und noch viel mehr Fußgänger waren hier unterwegs.

Auf dem Markt sahen sie viele Stände mit einheimischen Produkten: Obst, Gemüse, Fleisch, aber auch viele Stände mit sehr bunten Textilien, Decken und Tüchern. Die meisten der Marktbesucher waren barfuß oder trugen Flip-Flops. Die Marktstände waren aus einfachen, nicht lackierten Holzbrettern und –regalen aufgebaut. Im Prinzip wie einfache Tische, ohne seitlichen Aufbau und ohne Überdachung. An einem Stand hockten zwei einheimische Frauen auf ihren einfachen Holzschemeln und boten getrockneten Fisch an. Die eine trug blaue Flip-Flops an den Füßen. Sie trug einen gelb, grün und blau gemusterten Wickelrock und ein grün-blau gemustertes Oberteil. Die krausen Haare hatte sie geflochten. Auf ihrem Schoß saß ihre kleine Tochter. Überhaupt fiel Schlömer und Wimmer auf, dass sehr viele Kinder über den Markt liefen. In Deutschland, wo die Geburtenraten stetig abnehmen, ist das schon eher ein selten gewordenes Bild. Die zweite Frau, trug ein rot und olivgrün gemustertes Kleid. Darüber hatte sie ein braunes Tuch umwickelt, in dem ihr Baby lag. Auffällig war das farbenfrohe Erscheinungsbild des gesamten Marktes. Triste, gedeckte Farben schien es hier überhaupt nicht zu geben. Außerdem schien offensichtlich, dass Markt Frauensache war. Nur ganz wenige Männer hatten sich auf den Markt verlaufen. Schlömer schaute sich die regionalen Produkte an. An dem einen oder anderen Stand wurde ihr etwas zum Probieren angeboten. Sie probierte ein paar Stückchen vom frischen Obst, aß sonst aber nichts. Besonders die hygienischen Bedingungen, Hitze, Fliegen und die staubige Luft machten die Produkte für Schlömer nicht besonders attraktiv. Dennoch fragte sie ein paar Verkäuferinnen nach den Preisen. Für sie als Deutsche waren die Produkte allesamt spottbillig. Für die Einheimischen waren selbst diese Preise recht hoch. Sie überlegte, ob sie später vielleicht ein Tuch oder eine Decke als Souvenir mit nach Hause nehmen würde.

Auf dem weiteren Weg nach Mfuti sahen sie sich ein wenig um. Die Straßen waren passabel zu befahren und weitestgehend mit Asphalt bedeckt, der aber teilweise großflächig Löcher aufwies. Je weiter sie kamen, desto spärlicher wurde der Asphalt, bis sie die letzten Kilometer auf festgefahrener Erde zurücklegten. Rechts und links von den Straßen sahen sie hin und wieder kleinere Hausansammlungen, die zu klein waren, als dass man sie hätte Dorf nennen können. Die Häuser waren, wie es schien, aus Lehm gebaut. Sie hatten einfache Bedachungen aus Wellblech oder ähnlichem einfachen Material. Kleine Fenster ohne Glas und offene Türen, die nur von Bastmatten als Fliegenschutz verschlossen waren, prägten das Erscheinungsbild.

Das Domizil von van Maarten lag noch ein paar Kilometer westlich von Mfuti, nicht weit vom Kongo entfernt. Dieses Domizil war so, wie man es sich vorstellte, wenn man an die Kolonialzeit dachte. Das Anwesen, das Wort Anwesen traf die Sache wohl auch am besten, bestand aus einem riesigen Herrenhaus, das sich über zwei Etagen zuzüglich Dachgeschoss erstreckte. Es verfügte außen über einen großen überdachten Eingangsbereich. Das Dach dieses Eingangsbereichs war von einer ganzen Reihe Säulen gestützt. Der Eingang bestand aus einem riesigen zweiflügeligen Portal aus Holz. Links und rechts reihten sich auf beiden Etagen jeweils zehn große Fenster aneinander. Das Dach war mit Ziegeln gedeckt und schloss unten mit verzierten Dachrinnen und Fallrohren ab. Das Haus schien vor kurzem renoviert worden zu sein, denn der weiße Anstrich ließ das Haus sehr neu und frisch erscheinen. Am Hauptgebäude waren links große Anbauten für die Bediensteten und rechts für den Fuhrpark vorhanden. Hinter dem Hauptgebäude befand sich ein großer Platz. An dessen gegenüberliegender Seite lagen große Stallungen für das Vieh. Van Maarten sagte, dass er nebenbei als Hobby ein paar Rinder und Schafe züchtete.

Schlömer und Wimmer waren im Haupthaus, im „Westflügel“ auf der ersten Etage untergebracht. Sie verfügten über ein großes Schlafzimmer, welches landestypisch eingerichtet war. Sie hatten drei große Fenster. In die Fensterrahmen waren Moskitonetze eingespannt. Dadurch konnte man lüften und frische Luft hineinlassen, ohne dass die blutsaugenden Plagegeister hineinkommen konnten. An der Zimmerdecke befand sich ein Deckenventilator und über dem Doppelbett waren Moskitonetze gespannt. Klimatisiert war der Raum nicht. „Das wäre jetzt wohl auch zu viel verlangt“, dachte Schlömer. Neben dem Schlafraum hatten sie ein eigenes Bad mit Dusche und WC. Natürlich war das Bad ein wenig kongolesisch eingerichtet, stand aber europäischem Komfort kaum nach.

Nachdem sie ihr Zimmer bezogen hatten, bekamen sie noch etwas zu essen. Zum Abschluss saßen sie auf der großen Veranda, genossen den lauen Abend und tranken noch einen Tee. Hier konnten sie den Sonnenuntergang an einem wolkenlosen Himmel bewundern.

„Wie kamen Sie denn auf die Idee, sich ausgerechnet in der Demokratischen Republik Kongo selbstständig zu machen?" wollte Schlömer wissen.

„Tja, das ist eine lange Geschichte, aber letztlich war es eine ganze Reihe von Zufällen, die dazu geführt haben, dass ich jetzt da bin wo ich bin."

„Ich stelle mir das nicht so einfach vor, sich als Niederländer hier niederzulassen", sagte Wimmer. „Eine andere Sprache, andere Gesetze, eine andere Kultur und andere Gepflogenheiten."

„Da haben Sie schon recht", lächelte van Maarten. „Und glauben Sie mir, zimperlich darf man hier nicht sein. Hier herrschen manchmal die Gesetze des Dschungels, auch in geschäftlichen Beziehungen, wenn Sie verstehen, was ich meine."

„Tja", meinte Schlömer „ich habe da so eine gewisse Vorstellung..."

„Aber nehmen Sie doch noch etwas von dem köstlichen Tee, Frau Schlömer", lenkte van Maarten vom Thema ab.

Wimmer konnte sich vorstellen, dass der Umgangston und der Umgang mit den Menschen hier vor Ort oft eine raue Gangart erforderte. Vermutlich war auch Korruption hier an der Tagesordnung. Vermutlich ist das aber normal, wenn man in einem zentralafrikanischen Staat Rohstoffe ausbeutet und vermarktet, dachte sich Wimmer.

Am zweiten Tag nahm sich van Maarten ein wenig Zeit, um mit Schlömer und Wimmer in einem Geländewagen die Gegend zu erkunden.

„Herrlich“, schwärmte Schlömer. „Wunderbares Wetter, unberührte Natur…“

„Ja“, sagte van Maarten. „Da haben Sie wohl recht. Für die viel geplagte Seele ist dieser Anblick wirklich eine Oase der Glückseligkeit… Man darf sich dann nur nicht zu viele Gedanken machen.“

„Worüber?“, fragte Wimmer.

„Na ja, vordergründig sieht das hier aus wie das Paradies. Wenn man aber ein wenig weiter denkt, zum Beispiel über die gesamte Situation des Landes, und die der Bevölkerung, dann bekommt das Ganze schon ein etwas anderes Gesicht.“

„Soweit ich weiß“, sagte Schlömer, „gehört die Demokratische Republik Kongo zu den ärmsten Staaten der Erde. Und das, obwohl sie zu den größten Rohstofflieferanten der Welt zählt.“

„Das stimmt“, bestätigte van Maarten. „Aber das ist hier nicht anders als in vielen anderen Ländern der Dritten Welt auch. Die rohstoffreichen Länder sind in aller Regel diejenigen, die ausgebeutet werden. Und die Länder, die über wenige Rohstoffe verfügen, zum Beispiel die meisten Industrieländer, leben von dieser Ausbeutung. Glauben Sie denn, Sie könnten in Ihren Geschäften Textilien für so kleine Beträge kaufen, wenn nicht die Rohstofflieferanten und Produzenten ausgebeutet würden? Glauben Sie, Sie könnten ein High-Tec-Produkt wie ein Smartphone so günstig erwerben, wenn nicht die Rohstoffproduzenten von

Nickel, Kobalt, Gold und seltenen Erden ausgebeutet würden?"

„Ja", ergänzte Wimmer. „wenn man sich die Arbeitsbedingungen in Indien, Bangladesch und so weiter anschaut... Für wie wenig Geld dort Menschen, zu einem großen Teil auch Kinder, ausgebeutet werden..."

„Schauen Sie mal nach da hinten, Richtung Horizont, westlich. Was Sie da sehen sind riesige landwirtschaftliche Anbaugebiete. Gigantische Flächen, auf denen in Monokulturen, Nutzpflanzen und Getreide angebaut werden."

„Dann geht es der Landwirtschaft und damit der Bevölkerung doch gar nicht so schlecht?", fragte Wimmer.

„Eben doch! Alles was dort produziert wird, ist nicht für den einheimischen Markt bestimmt. Sämtliche Agrargüter, die dort angebaut werden, sind für den Export bestimmt. Die arme, teils hungernde Bevölkerung sieht zu, wie tausende von Tonnen Getreide an ihnen vorbei produziert und verkauft werden."

„Also setzt sich auch hier die Ausbeutung des Landes fort."

„Ja, und die Demokratische Republik Kongo ist damit nicht einmal eine Ausnahme. Mittlerweile bestimmen Fondsmanager, die mit Lebensmitteln und Agrarprodukten handeln und spekulieren, wo weltweit was angebaut wird. Und dabei kommt in den seltensten Fällen etwas bei der Bevölkerung des anbauenden Landes an."

„Da ist Fair Trade wohl nur ein kleiner Schritt auf dem Weg zu einer besseren Welt", meinte Schlömer.

„Haben Sie denn kein schlechtes Gewissen, wenn Sie Teil dieser Maschinerie sind, Herr van Maarten? Sie handeln doch hier auch mit Rohstoffen."

„Ganz im Ernst, ich bin doch nur ein kleines Rädchen im Getriebe des Ganzen. Haben Sie denn täglich ein schlechtes Gewissen, wenn Sie Reis essen, der aus einer ausgebeuteten Landwirtschaft stammt? Haben Sie ein schlechtes Gewissen, wenn das Hemd, dass Sie gerade tragen vielleicht von Kinderhänden genäht wurde?"

„Tja, das ist wohl leider menschlich. Man verdrängt diese Fragen und ethischen Probleme nur allzu leicht", meinte Wimmer.

„Wir sollten alle viel kritischer Leben und an einer weltweiten Ethik arbeiten", sagte Schlömer.

Alle nickten zustimmend und wohlwissend, dass das wohl hehre Ziele sind, die aber in unserer kapitalistischen Welt vermutlich hehre Ziele bleiben werden.

Die restliche Zeit der Tour verbrachten Sie damit, die unheimliche Schönheit des Landes und der Natur zu bewundern und zu genießen. Sie wollten sich die Laune nicht durch zu viel Sozialkritik selber vermiesen.

Gerade in der Regenzeit gab es hier üppigen Pflanzenreichtum. Sie fuhren durch grünes Gelände, das stellenweise eher einer Grassteppe glich, unmittelbar gefolgt von kleineren Gebieten, die an dichten Urwald und Dschungel erinnerten. Die Übergänge waren teilweise fließend, teilweise aber auch sehr abrupt.

„Wenn Sie Glück haben", meinte van Maarten.

„können Sie noch wild lebende Giraffen, Elefanten, Löwen und Schimpansen sehen."

Sie hielten die Augen offen und suchten. Einmal meinte Wimmer, einen Schimpansen im Dickicht gesehen zu haben. Sicher war er aber nicht. In der Ferne erblickten sie tatsächlich ein paar Giraffen, näherten sich ihnen aber nicht.

Den dritten Tag verbrachten sie in der unmittelbaren Umgebung, um zu Fuß ein wenig die Gegend zu erkunden.

Am Abend, nach dem Abendessen gingen Schlömer und Wimmer die Treppe hinunter, da sie sich draußen noch ein wenig die Füße vertreten wollten. Aus dem Herrenzimmer, dem größten Raum des Gebäudes, hörten sie schon von weitem laute Stimmen und ein Gespräch, dass offenbar auf Niederländisch geführt wurde. Es schien um Geld, Kredite oder Ähnliches zu gehen. Sie wollten nicht lauschen, aber die fallenden Begriffe wie „Millionen“, „Ausbeutung“ und „Betrug“, waren nicht zu überhören. Da das Stimmengewirr recht aggressiv wirkte, schlichen sich die beiden vorsichtig und leise am Herrenzimmer vorbei in Richtung Haustür.

„Oh, Frau Schlömer und Herr Wimmer!“ hörten Sie van Maarten rufen. Offenbar hatte er die beiden doch wahrgenommen.

„Sie haben sicherlich einen Teil unseres Gespräches mitbekommen… Kommen Sie doch herein“. Die Situation war den beiden recht peinlich.

„Guten Abend zusammen. Wir waren gerade dabei, draußen noch ein wenig spazieren zu gehen“, sagte Schlömer.

„So, so“, sagte van Maarten und beide hatten das Gefühl, dass es van Maarten im Moment überhaupt nicht passte, dass sie seine Unterredung störten.

„Darf ich Ihnen vorstellen? Das sind zwei meiner niederländischen Geschäftspartner, Herr Ridder und Herr Verdonk. Sie sind gerade auf der Durchreise und haben kurz bei mir Station gemacht. Und das sind Frau Schlömer und Herr Wimmer, die für vierzehn Tage meine Gäste sind. Sie sind Mitarbeiter eines deutschen Unternehmens, mit dem ich schon ziemlich lange geschäftliche Kontakte pflege.“

Die beiden niederländischen Herren grüßten Schlömer und Wimmer, aber sie hatten das Gefühl, dass sie im Moment störten.

„Entschuldigen Sie bitte, dass wir Ihre Unterhaltung gestört haben, aber vielleicht erlauben Sie mir eine kurze Frage, Herr van Maarten“, sagte Wimmer.

„Ja, bitte“.

„Ist es möglich, auf dem Kongo mit einem Boot zu fahren? Ich meine, selber zu rudern, zu segeln oder so?“ Peinlicher Versuch, mit einer blöden Frage aus der Nummer herauszukommen, dachte er.

„Ja“, antwortete van Maarten. „Nicht weit von hier ist sogar ein Bootsverleih… kostet nicht mal viel. Sie können ihn zu Fuß von hier aus erreichen. Aber, sollten Sie auf die Idee kommen, ein Boot zu mieten, seien Sie recht vorsichtig. Mit dem Kongo ist manchmal nicht zu spaßen!“

„Vielen Dank“, sagte Wimmer. „Dann sehen wir uns das einmal näher an. Dann noch einen schönen Abend und bis morgen“.

„Tot ziens“, sagte der Mann, den van Maarten als Ridder vorgestellt hatte.

„Schönen Abend noch“, sagte Verdonk und van Maarten winkte ihnen verabschiedend zu.

„Ganz schön peinlich“, meinte Schlömer. „Aber was soll es? Streitigkeiten kommen auch schon mal in den besten Familien vor, und gelauscht haben wir nun bestimmt nicht“.

„Das stimmt, und außerdem haben wir ja ganz geschickt die Kurve gekriegt, oder?“

Kapitel 3

„In den Träumen webt die Seele an den Lösungsmöglichkeiten unserer Lebensprobleme."
Helmut Hark

Am nächsten Morgen trafen sich Wimmer, Schlömer und van Maarten zum Frühstück. Es war ein typisch europäisches, kontinentales Frühstück. Es gab frische Brötchen, Scheiben von Graubrot und Mischbrot, Butter, Marmelade, Käse und verschiedene Wurstsorten. Selbst der Kaffee schmeckte wie zu Hause.

„Ist das denn ein typisches Frühstück für den Kongo?", fragte Schlömer.

„Nein", antwortete van Maarten. „ein kongolesisches Frühstück sieht ganz anders aus... wenn es denn eins gibt."

„Wie, wenn es denn eins gibt?", hakte Wimmer nach.

„Tja, die Kinois, so werden die Einwohner Kinshasas genannt, leben in ziemlicher Armut. Gab es noch vor 1992 typischerweise drei Mahlzeiten am Tag, so wurden die Menschen durch die zunehmende Armut gezwungen, auf zwei und seit ungefähr 1999 auf eine Mahlzeit am Tag zu reduzieren. Es gibt immer weniger Familien, die es sich erlauben können, wenigstens eine geregelte Mahlzeit am Tag einzunehmen. Die Jugendlichen in Kinshasa nennen das sarkastisch „Ernährungsabschaltung."

„Oh, das wusste ich nicht", sagte Schlömer ein wenig verlegen.

„Viele Familien gelingt es nur, eine Mahlzeit am Tag zu sich zu nehmen. Und von höchsten Stellen gibt es die Empfehlung, die Mahlzeit am Abend zu sich zu nehmen. Die spezielle, sehr sarkastische Empfehlung für die Kinder lautet dazu, bis zu zwei Liter Wasser nach der einzigen Tagesration zu trinken. Dies verhindert unnötiges Magenknurren während der Nacht. Das Frühstück, wofür die Kinois schwärmten, ist aufgrund der hohen Preise von Brot, Zucker, Milch und Butter oder Margarine fakultativ geworden und findet meist gar nicht statt."

„Das ist ja entsetzlich", meinte Schlömer und schob ihr Essen beiseite. „Unter den Umständen kann ich im Moment unmöglich frühstücken."

„Ja, Frau Schlömer, leider ist das Fakt in diesem Land. Aber man gewöhnt sich daran. Früher oder später wird man sich wie gewohnt ernähren und das Elend ein paar Kilometer weiter ausblenden."

„Aber", wechselte van Maarten das Thema, „Herr Wimmer, wenn ich mich recht erinnere, sagten Sie, als wir uns in Aachen trafen, dass sie unter Albträumen leiden. Ist das immer noch so?"

Wimmer war auch froh, dass sie das eher unangenehme Thema abschlossen.

„Ja, leider ja. Es gibt hin und wieder Phasen von mehreren Nächten, in denen ich ruhig schlafen kann. Aber dann holt mich der nächste Albtraum wieder ein. Albträume an sich sind ja nicht so schlimm. Aber wenn sie so regelmäßig vorkommen, einen so mitnehmen und man am nächsten Morgen völlig unausgeruht, ja gestresst wach wird, ist das nicht sehr angenehm."

„Ich sagte Ihnen bereits in Aachen, dass ich mich mit der Thematik ganz gut auskenne."

„Ja, ich erinnere mich. Das sagten Sie."

„Um genau zu sein, bin ich mittlerweile vielleicht so etwas wie ein Experte auf diesem Gebiet. Mit der Entstehung von Träumen und insbesondere mit der Bewältigung von Albträumen habe ich mich sehr intensiv auseinandergesetzt."

„Und warum?", wollte Schlömer wissen. „Aus reinem Interesse?"

„Nein, ganz so uneigennützig war ich dabei natürlich nicht. Ich war nämlich selber lange Zeit Opfer von schlechtem Schlaf, bedrückenden Träumen, ja auch Albträumen."

„Und wie haben Sie das in den Griff bekommen? Haben Sie es überhaupt in den Griff bekommen?", hakte Wimmer nach.

„Oh, ja, aber es hat eine Zeit gedauert. Da es mir, Sie verzeihen, finanziell nicht ganz schlecht geht, habe ich mir sogar den Luxus geleistet, ein Schlaflabor einzurichten."

„Sie haben sich ein Schlaflabor eingerichtet?", fragte Wimmer.

„Ja, weil ich keine andere Lösung mehr sah. Aber kommen Sie doch mit, dann können Sie einen Blick drauf werfen. Es ist nicht wirklich groß oder komplex, aber für meine Zwecke ausreichend."

Schlömer und Wimmer folgten ihm. Er öffnete die Tür zu einem kleineren Raum, der über nur ein abgedunkeltes Fenster verfügte. In dem Raum stand ein Bett und darum herum einige Apparaturen mit Monitoren und locker herumhängenden Kabeln.

„So, das ist mein bescheidenes Schlaflabor. Ich habe es schon länger nicht mehr benutzt und Sie verzeihen bitte die Unordnung, die Sie hier sehen."

„Und was sind das für Apparaturen?“, fragte Wimmer.

„Also zunächst haben wir hier im Zentrum das Bett. Man legt sich abends darauf und wird dann ‚verkabelt‘. Das ist natürlich erst einmal ein bisschen gewöhnungsbedürftig, aber wenn es hilft…“

„Verkabelt?“, fragte Schlömer.

„Ja, hier haben wir zum Beispiel ein Stirnband, an dem eine einfache kleine Webcam befestigt ist. Die zeichnet während des Schlafes die Augenbewegungen auf. Sobald sich eine REM-Phase, also eine Phase mit vermehrter Augenbewegung zeigt, springt die Software im Rechner an und erfasst hier über diese Kontakte, die an Ihrem Kopf angeschlossen sind, Ihre Gehirnströme und Gehirnwellenmuster.“ Van Maarten hielt zur Verdeutlichung fünf Kabel mit Messfühlern an ihren Enden in der Hand.

„Und dann?“ wollte Wimmer wissen.

„Dann können wir am nächsten Morgen die Werte auslesen und interpretieren. Es gibt da verschiedene Lösungsalgorithmen und Interpretationstabellen. Ich habe die nicht entwickelt sondern bin auch nur Anwender. Und anhand der Daten kann man der Ursache von bestimmten Träumen, Albträumen zum Beispiel auf die Spur kommen.“

„Und was hat man davon?“ fragte Schlömer.

„Wenn man die Daten richtig interpretiert, kann man durch bestimmte Änderungen im Schlafrhythmus, durch kurze Unterbrechungen des Schlafes bei sich anbahnenden Albträumen letztlich zu einer neuen Schlafqualität gelangen.“

„Das ist ja ähnlich wie ein EKG“, meinte Schlömer.

„Ja, ähnlich schon… aber doch ein wenig anders.“ Wimmers Neugier war geweckt.

„Gibt es irgendwelche Nebenwirkungen? Kann dabei irgendetwas passieren?“, wollte Schlömer wissen.

„Nein, das schlimmste was passieren kann, ist dass sich kein Erfolg einstellt.“

„Darf ich das einmal ausprobieren?“, fragte Wimmer.

„So lange Sie wollen. Wann möchten Sie denn damit beginnen?“

„Am liebsten schon heute Abend. Es wäre zu schön, wenn wir dadurch die Ursache finden könnten.“

„Noch besser, wenn wir Sie ‚heilen‘ könnten“, fügte van Maarten lächelnd hinzu.

In den folgenden beiden Nächten ließ Wimmer sich nun verkabeln und an die Geräte anschließen. Zunächst hatte er Schwierigkeiten einzuschlafen. Denn in einer ungewohnten Umgebung, mit technischem Gerät um sich herum und mit am Kopf befestigten Elektroden war es nicht so einfach, wie gewohnt einzuschlafen.

Nach den beiden Nächten wurde Wimmer jeweils wach und fühlte sich nicht sehr ausgeschlafen. Auch wenn es nicht zu Albträumen kam, hatte er dennoch das Gefühl, dass er nicht ausgeruht war. Er führte das auf die ungewohnte Umgebung zurück, die ihn vermutlich einfach nicht ruhig schlafen ließ.

„Was sagen denn die Auswertungen?“, wollte Schlömer wissen.
Van Maarten schaute sich die Ausdrucke an. Er verglich die gedruckten Linien und Diagramme mit den Auswertungstabellen.

„Soweit ich das beurteilen kann, Herr Wimmer, hatten Sie in jeder Nacht einen ruhigen, ausgewogenen Schlaf. Sämtliche Parameter liegen im normalen Bereich,... ohne jede Auffälligkeit. Da hätten Sie vor ein paar Jahren mal meine Diagramme sehen müssen! Das sah schon eher abenteuerlich aus."

„Herr van Maarten, vielen Dank, aber ich glaube, ich werde den Versuch dann an dieser Stelle auch abbrechen", meinte Wimmer. „Die beiden Nächte haben offenbar keine neuen Erkenntnisse gebracht. Und ich muss ehrlich sagen, dass ich mich morgens, wenn ich aufwache, eher ein wenig geschlaucht fühle. Wenn Sie verstehen, was ich meine."

„Ja, natürlich", sagte van Maarten. „aber einen Versuch war es doch wert."

„Das stimmt, und außerdem freue ich mich darauf, mal wieder eine Nacht mit meiner Verlobten zu verbringen", sagte er zwinkernd zu Schlömer.

Kapitel 4

„Wenn Nachtträume eine ähnliche Funktion haben wie Tagträume, so dienen sie zum Teil dazu, den Menschen auf jede Möglichkeit vorzubereiten- auch auf die schlimmste.“
Ludwig Wittgenstein

Leise und ruhig floss der Kongo vor ihnen. An dieser Stelle hatte er noch eine Breite von ungefähr dreihundert Metern. Sebastian Wimmer und Susanne Schlömer befanden sich am westlichen Ende des Pool Malebo. Der Pool Malebo ist etwa dreißig Kilometer lang, einundzwanzig Kilometer breit und maximal sechzehn Meter tief. Hier, an dieser Stelle, bewegte sich das Wasser noch sehr gemächlich, nicht verratend, dass nur einige Kilometer westlich der langgestreckte Teil der Livingstone-Fälle beginnt. Geographisch gesehen handelt es sich hier um die Niederguineaschwelle, vor dessen Durchbruch sich der Kongo zu einem See, dem Pool Malebo aufstaut. Anschließend muss der Kongo auf einer Strecke von rund dreihundertfünfzig Kilometern zum Kongodelta über zweihundertsiebzig Höhenmeter überwinden.

Der gefällereichste Abschnitt der Livingstone-Fälle sind die Inga-Fälle, bei denen der Fluss auf ungefähr dreißig Kilometer über neunzig Höhenmeter abwärts fließt. Es handelt sich bei den ‚Fällen‘ dabei weniger um Wasserfälle als vielmehr um Katarakte, Stromschnellen, die den im oberen Teil ruhig und majestätisch fließenden Kongo in ein reißendes Gewässer verwandeln. Dabei sind es die wasserreichsten Stromschnellen der Erde. Schiffbar ist der Kongo nur oberhalb des Pool Malebo, was für die beiden Millionen-Metropolen Kinshasa und Brazzaville, obwohl am großen, mächtigen Kongo gelegen, bedeutet, dass sie vom Meer aus nicht auf dem Wasserweg erreichbar sind.

Wimmer und Schlömer saßen am Ufer des Kongos und genossen den Anblick des dahinziehenden Stromes. Es war gegen Mittag und die Sonne brannte. Auf dieser Seite des Stromes war, wie auch auf der gegenüberliegenden Seite, nur dichtes Grün und Dickicht zu sehen. Die aufgeheizte Luft flimmerte über dem Fluss und ergab mit den Lichtreflexen der Sonne auf den langgezogenen Wellenkämmen ein besonderes Bild. Vogelschwärme zogen vereinzelt über den Himmel und aus dem Dickicht hinter ihnen erschollen Geräusche, verursacht von Affen und Vögeln, die die Exotik des Anblicks noch vertieften.

„Genau so habe ich es mir vorgestellt", schwärmte Schlömer. „Urwald in seiner ursprünglichen Form".
„Na ja", antwortete Wimmer. „Keine fünfzehn Kilometer von hier sieht die Welt schon ganz anders aus. Weiter ist es nicht bis Kinshasa".

Damit hatte er recht. Kaum fünfzehn Kilometer entfernt lagen die beiden Metropolen Kinshasa und Brazzaville.

Kinshasa, die Stadt, die bis 1966 noch Léopoldville hieß, ist die Hauptstadt der Demokratischen Republik Kongo, dem früheren Zaire beziehungsweise ‚Belgisch Kongo', und liegt dreihundertfünfzig Meter über dem Meeresspiegel. Kinshasa hat über elf Millionen Einwohner. Brazzaville liegt gegenüber von Kinshasa am westlichen Ende des Pool Malebo. Brazzaville ist die Hauptstadt der Republik Kongo. Beide Städte werden durch eine Fähre verbunden. Der gemeinsame Ballungsraum von Kinshasa und Brazzaville hat sogar insgesamt über zwölfeinhalb Millionen Einwohner. Immerhin ist dieser Ballungsraum damit hinter Lagos und noch vor Kairo der zweitgrößte des ganzen Kontinents Afrika.

Kinshasa gilt als das politische, wirtschaftliche und kulturelle Zentrum des Landes. Kinshasa ist Regierungssitz und der bedeutendste Verkehrsknotenpunkt des Landes mit dem internationalen Flughafen Aéroport International de Ndjili. Außerdem befinden sich zahlreiche Universitäten in Kinshasa.

Die Sicherheitslage in Kinshasa ist sehr bedenklich. Das Auswärtige Amt gibt immer wieder Einreisewarnungen heraus und mahnt zur Vorsicht. Die Kriminalität steigt, vor allem durch bewaffnete Jugendbanden (Kuluna). Armut, Hungersnot und Elend sind die Keimzellen für die Kriminalität in Kinshasa. Durch jahrelange Kriege gezeichnet und an Gewalt als Herrschaftsinstrument gewöhnt, führt die politische und soziale Instabilität schnell zu Gewaltausschreitungen und Auseinandersetzungen. Problematisch sind außerdem Soldaten der Rebellen, die in Kinshasa auftauchen und Schwierigkeiten haben, sich anzupassen und einzugliedern.

„Ich habe uns für heute Abend ein Boot gemietet“, sagte Wimmer.

„Du hast was?“, fragte Schlömer nach. „Ein Boot gemietet? Was denn für ein Boot? Ein Motorboot mit Kapitän?“

„Nein,“ erwiderte Wimmer. Ganz wohl fühlte er sich im Moment nicht, als er sagte: „Nein, ich habe uns eine kleine Segeljolle mit Rudern gemietet. Dann können wir ein bisschen auf den Kongo fahren und den Sonnenuntergang im spiegelnden Wasser genießen.“

„Ist nicht dein Ernst“, sagte Schlömer. „Du weißt doch, dass es hier Krokodile gibt, oder?“

„Ja, aber nur ganz wenige, und die die es gibt, leben nicht in diesem Teil des Kongos. Mache dir da mal keine Sorgen.“

„Kannst du denn überhaupt segeln?“ hakte Schlömer nach.

„Na ja, so schwer kann das wohl nicht sein. Wind gibt es hier kaum und so ruhig wie der Kongo hier fließt, kann man gemütlich rudern.“

„Hast du mal von Hendri Coetzee gehört?“, fragte Schlömer plötzlich.

„Nein, wer ist das denn?“

„Hendri Coetzee war ein erfahrener Outdoor-Spezialist und Survival-Freak. Er wurde bei einer Expedition im Kongo von einem Nil-Krokodil getötet.“

„Da haben wir es wieder: Er wurde bei einer Expedition *im* Kongo und nicht *auf dem* Kongo von einem Krokodil erwischt. Kleiner aber feiner Unterschied, liebe Susanne.“

„Und 2010“, ließ Susanne nicht locker, „hat ein Krokodil im Kongo sogar einen Flugzeugabsturz verursacht!“

„Ja, habe ich damals von gehört. Aber das Krokodil ist im Flugzeug aus einer Sporttasche geklettert. Sofort brach an Bord des Flugzeugs Panik aus, berichtete der damals einzige Überlebende. Aber auch das war nicht *auf dem* Kongo sondern *im Land* Kongo, noch dazu in der Luft in einem Flugzeug… Ich kann deine Angst ja verstehen, aber hab doch ein wenig Vertrauen in mich. Es soll doch nur eine kleine romantische Bootsfahrt werden“, versuchte Sebastian sie zu beruhigen und zu überzeugen.

„Und wo ist dieser Bootsverleih?“, fragte Schlömer.

„Nur einen Katzenwurf von hier entfernt. Da können wir zu Fuß hingehen.“

„So, so, einen Katzenwurf… Aber wenn wir auf dem Kongo sind, achte bitte darauf, dass du mit dem Wasser möglichst wenig in Berührung kommst“, mahnte Schlömer.

Kurz darauf standen sie am Ufer an der Stelle, an der ihnen das Boot übergeben wurde. Sie standen auf einem hölzernen Anlegesteg, an dem eine ganze Reihe von Booten hintereinander vertäut war. Die Boote schaukelten nur ein wenig, da das ruhige Wasser des Kongo nur leise an das Ufer plätscherte. Ein freundlicher Einheimischer kam auf sie zu. Er trug Ledersandalen, eine kurze rote Hose und ein khakifarbenes Hemd. Er hatte sich eine Glatze rasiert und trug eine große spiegelnde Sonnenbrille. Das Boot war ein relativ einfaches Holzboot, schien aber technisch völlig intakt zu sein. Es besaß einen Mast mit einem eingefahrenen Segel und vier Ruder, so dass man auch zu zweit rudern konnte. Auf Englisch erklärte der Vermieter ihnen, wie man das Boot steuern musste. Er zeigte kurz, wie das Segel zu lösen und am Mast hochzuziehen war.

„Der soll keine Volksreden halten. Ich weiß schon, was ich machen muss“, flüsterte Sebastian Susanne zu.

„Na klar, du bist ja auch schon sooo oft mit so einem Boot gefahren“, flüsterte Susanne zurück. Typisch Sebastian, dachte sie. Sich nur keine Blöße geben wollen.

Der Bootsvermieter löste die Seile vom Steg und schob das Boot vom Steg aus ins offene Wasser. Wimmer ergriff zwei Ruder und versuchte, das Boot damit zu manövrieren. Nach ein paar Minuten, in denen Schlömer versuchte, sich jede Bemerkung zu verkneifen, gelang ihm das auch schon recht passabel.

Nun saßen die beiden in dem Boot und glitten unter der immer noch heißen Nachmittagssonne auf den ruhigen Kongo hinaus. Leicht schaukelnd bewegte sich das Boot in Richtung Strommitte. Wimmer hatte eine seiner Shorts angezogen, dazu ein luftiges weit geschnittenes Hemd. Um seinen Kopf vor der Sonne zu schützen hatte er sich einen Hut angezogen. Schlömer hatte eine bunte knielange Hose und ein Sonnentop an. An den Füßen trug sie leichte Sandalen.

Wimmer und Schlömer lehnten sich an die Bordwand und genossen Ausblick und Augenblick. Der Blick schweifte vom wolkenlosen Himmel hinüber zum gegenüberliegenden Ufer. Dichter, tropischer Bewuchs säumte das Ufer und hinter den ersten Baumreihen konnte man Palmen sehen. Man ahnte, dass sich diese Vegetation über dutzende Kilometer dahinstrecken würde. Aus dem dichten Grün erschollen hin und wieder laute Tiergeräusche. Wimmer und Schlömer versuchten zu identifizieren, welche Tiere das wohl sein könnten. Manchmal schien es das Geschrei von Affen zu sein, die sich vielleicht um eine süße Frucht stritten. Vielleicht waren es aber auch Warnrufe. Vielleicht waren es auch gar keine Affen sondern Lemuren… Gab es am Kongo überhaupt Lemuren? Lautes Vogelgezwitscher und –geschrei ließ ebenfalls erahnen, dass die Gesellschaft am Ufer das Leben hörbar auskostete. Waren es Schreie von Papageien? Welche Vögel gab es überhaupt in dieser Region des Kongos? Schlömer nahm sich vor, in den nächsten Tagen zu recherchieren. Am Kongo zu sein, ohne sich mit Flora und Fauna auszukennen, ging für sie überhaupt nicht.

„Wenn ich feststelle, dass ich überhaupt nicht auf die Natur hier vorbereitet bin, komme ich mir vor wie ein Pauschaltourist, der sich nur in die Sonne an den Strand legen möchte, ohne dass ihn Kultur, Natur, Land und Leute interessieren."

„Nun gehe mal nicht zu hart ins Gericht mit allen Pauschaltouristen, sonst läufst du nämlich Gefahr selber zu pauschalisieren", genoss Wimmer sein kleines Wortspiel.

„Aber ich habe schon verstanden, was du meinst", wurde es nun Zeit, Schlömer recht zu geben.

Sie blickten auf die sanften Wellen des Kongo. Glitzerfetzen von Sonnenlicht vereinigten sich zu grellen Reflexen, stoben wieder auseinander und legten lange Lichtbahnen entlang eines Wellenkammes. Ab und zu vereinigten sich die Lichtbahnen wieder und zauberten bizarre Muster. Kaskaden von Farben spiegelten sich in den Wogen. Hier und da ließ ein Schatten erahnen, dass unmittelbar unter der Oberfläche das Reich der Fische war. Von kleineren Exemplaren, die in Schwärmen vorbeiglitten bis hin zu größeren Schatten, die erahnen ließen, dass der Kongo auch genügend Nahrung für große Räuber zur Verfügung stellte.

Wimmer erinnerte sich an seine Jugend. Der Vater eines Freundes hatte ein kleines Segelboot am Rursee in der Eifel, unweit von Aachen. Als Kinder waren sie oft mit auf den See gefahren und hatten sich auch dort stundenlang treiben lassen und den Wellengang genossen. Segeln hatte er dabei nicht gelernt. Das übernahm immer der Vater des Freundes. Und jetzt schaukelten sie leicht in ihrer Nussschale auf dem Kongo. Ein herrliches Gefühl.

Beide genossen den Augenblick und blickten in den klaren Himmel.

„Glaubst Du, dass es da oben noch anderes Leben gibt?“ fragte Susanne, nachdem sie eine Weile zum strahlend blauen Himmel geschaut hatte.
„Oh“, sagte Sebastian. „Die Diskussion hatten wir schon einmal…, vor ein paar Wochen.“
„Ja, ich weiß“, sagte Susanne. „Aber glaubst Du wir würden es merken, wenn da oben jemand, was auch immer, wäre?“
„Nun, auf der Suche sind wir ja schon seit einigen Jahrzehnten. Das SETI-Projekt durchforstet ja schon ziemlich lange die Milchstraße und darüber hinaus. Bis jetzt aber ohne Erfolg“.

„Was sind im Zeitmaßstab eines Universums auch schon ein paar Jahre?“ fragte Susanne rhetorisch.

„Also, ich stelle mir das manchmal so vor“, sagte Sebastian. „Wenn ich durch einen Wald spaziere, sehe ich hin und wieder einen großen Ameisenhaufen. Im Haufen und drum herum sehe ich ganz viele emsige Ameisen, die in einem wohlorganisierten Staat leben. Und dann stelle ich mir vor, dass unter den vielen Ameisen eine dabei ist, die besonders intelligent ist, sozusagen das Brain des Haufens. Und diese Ameise fragt sich plötzlich: Gibt es außerhalb unseres Haufens und Erfahrungsgebietes anderes intelligentes Leben?“

„Tja, die Ameise kann natürlich nicht sehr weit laufen und sehen“, merkte Susanne an.

„Und vor allem ahnt sie nicht, dass knappe zwei Kilometer von ihr eine Autobahn verläuft, bezogen auf ihren Erfahrungsraum quasi ein galaktischer Highway… und so kann es für uns auch sein, dass wir unseren ‚galaktischen Highway‘ einfach noch finden müssen.“

„Vielleicht ist es ja auch gut so, dass wir noch keine Signale, von welchen Intelligenzen auch immer, empfangen haben. Denn ein wie auch immer gearteter Kontakt würde ein ganz schön einschneidendes Ereignis für die gesamte Menschheit bedeuten“, sagte Schlömer.

„Ich glaube sogar, dass es für uns das Beste ist, wenn wir nie von anderen Allbewohnern gefunden werden…“

„Wieso das denn? Wir könnten doch sehr davon profitieren.“

„Also ich habe da so meine Theorien…“, begann Wimmer.

„Na dann schieß mal los“.

„Also erstens kann es sein, dass wir über SETI keinerlei Signale empfangen, weil keine vernünftige Intelligenz auf die Idee käme, solche Signale zu senden! Erstens kostet horchen, abgesehen von den Horchgeräten, also Radio- und Spiegelteleskopen, vergleichsweise wenig. Wenn man sich im All bemerkbar machen wollte, benötigte man eine enorme Menge an Energie, damit gesendete Signale, die sich kugelförmig von der Erde entfernen, auch noch in relativ nahen Entfernungen, zum Beispiel unserem nächsten Nachbarstern Alpha Centauri, überhaupt noch ankommen könnten.“

„Du meinst, aus Kostengründen sitzen alle im All und lauschen und keiner sendet? Das wäre ja eine lustige Idee.“

„Aber gar nicht so abwegig“, setzte Wimmer fort.

„Ein weiterer Grund, warum ich nicht so erpicht darauf wäre, Kontakt aufzunehmen ist, dass die Spezies, die in der Lage ist, mit uns zu kommunizieren, technisch mindestens so weit sein muss wie wir. Und das lässt nichts Gutes ahnen.“

„Wieso das denn nicht?“

„Na ja, käme eine Kuh auf die Idee, den Weltraum zu erobern? Wohl eher nicht. Was zeichnet uns denn aus, dass wir Menschen darauf aus sind, genau das zu tun? Unsere wesenseigentümliche Neugier und Aggression! Ohne beides hätten wir nie den Lebensraum erobert, den wir erobert haben. Und welche Konsequenzen die ‚Entdeckungen‘ der Europäer in Amerika, Südamerika und Afrika für die indigenen Einwohner, für Flora und Fauna hatten ist wohl hinlänglich bekannt.“

„Du meinst, wenn es fremde Intelligenzen gibt, die ins All vorstoßen können, müssen die ähnliche Eigenschaften besitzen?"

„Ohne jeden Zweifel, sonst würden sie sich wie die Kuh mit ihrer naturgegebenen Umgebung, der Weide begnügen. Und wenn ich mir jetzt noch vorstelle, dass Einige, die es sicherlich gut meinen, tatsächlich Signale ins All senden, um gefunden zu werden, wird mir ein wenig angst und bange. Schon die alten Römer hatten das Sprichwort: Sorex suo perit indicio".

„Und das heißt, kleiner Altsprachler?"

„Das heißt: Die Spitzmaus kommt dadurch um, dass sie sich selber anzeigt, ... nämlich indem sie quiekt."

„Die Voyager-Sonden, die in den siebziger Jahren ins All geschossen wurden, um den Raum außerhalb des Sonnensystems zu erforschen, hatten doch auch Informationen über uns an Bord".

„Ja, in der Tat. Unter anderem Informationen darüber, wo und wie wir zu finden sind... Hoffentlich werden die Sonden, es sind ja wirklich nur Staubkörner in den Weiten des Universums, nie von Intelligenzen gefunden, die irgendetwas Dummes damit anstellen könnten. Mir kommt dieser Versuch, Signale von uns zu senden und auf uns aufmerksam zu machen immer so vor, wie das Reh, das arglos aber einsam mitten im Wald steht und den Wölfen funkt: Hier bin ich!"

„Interessant, vielleicht ist das ja auch der Grund, warum alle nur horchen. Nicht nur die Kosten sondern auch die Angst vor dem Anderen, Fremden lassen alle schön still sein...", musste Susanne zugeben.

„Und außerdem", fuhr Wimmer fort „haben Menschen häufig, mal abgesehen von Alien-Horrorfilmen, das, na ja, etwas romantische Bild des Aliens vor

Augen in dem er so aussieht wie E.T. aus dem Kinofilm. Also irgendwie niedlich, aber zumindest menschenähnlich... Kopf, Rumpf, zwei Arme, zwei Beine."

„Glaubst Du denn ‚die' sähen ganz anders aus?" fragte Schlömer.

„Ich glaube schon. Wenn ich jetzt noch einmal auf die Ameise von eben zurückkomme... Ameisen sind extrem widerstandsfähig, von einer Generation auf die andere resistent gegen Giftstoffe, strahlungsunempfindlich und noch dazu staatenbildend, uneigennützig und kollektiv intelligent."

„Außerdem sind sie sehr leicht und genügsam", ergänzte Schlömer. „Wir sind im Vergleich dazu viel zu groß, zu schwer, zu komplex und damit auch zu störanfällig. Unser Energiebedarf wäre viel zu hoch."

„Tja, wenn man bedenkt, dass eigentlich nur die DNA unsterblich ist... Wir Menschen, Löwen, Bäume und so weiter sind doch nur die Vehikel, über die sich die DNA vermehrt."

„Das stimmt. Und im Rahmen der Evolution hat die DNA viele erfolgreiche Wege gefunden, und bastelt immer noch daran, sich und damit Leben zu verbreiten. Die größte ‚Verschwendung' hat die Natur im tierischen Bereich wohl betrieben, als sie vor rund einhundert Millionen Jahren Dinosaurier und Sauropoden entwickelte, die über fünfunddreißig Tonnen wogen. Fünfunddreißig Tonnen sterbliche Hülle, nur um die winzige DNA zu verbreiten... Wobei Blauwale dem heute kaum nachstehen."

„Sollten diese ‚Ameisen' von gerade eben jemals ins All starten, würden sie Raumschiffe benötigen, die nur einen Bruchteil an Größe und Gewicht der unsrigen ausmachen. An leichten ‚Spinnenfäden' könnten sie sich bis in ihre Stratosphäre schweben lassen. Teure

Raketenstarts zum Verlassen des Planeten gegen die Schwerkraft wären weitestgehend überflüssig."

„Und da sie gegen radioaktive Strahlung recht unempfindlich sind, kämen auch atomgetriebene Raumschiffe in Frage", sagte Wimmer.

„Bei uns angekommen würden sie mit ihren vergleichsweise winzigen Raumschiffen vielleicht nicht einmal geortet werden. Sie würden einfach hier landen, zu Millionen ausschwärmen und wer weiß was mit der Erde anstellen", fuhr Schlömer fort.

„Das könnte einem schon ganz schön Angst machen, und dabei reden wir nur von ‚Ameisen' oder eben ähnlichen Geschöpfen. Was aber, wenn sie als kollektive Intelligenz in noch kleinerer Form als Bakterien- oder Virenschwärme zu uns kämen. Unsere Lebensformen hätten überhaupt keine Chance zu reagieren oder sich zu wehren."

„Tja, das war´s dann wohl mit der Alienromantik", sagte Schlömer. „Ich will dich jetzt auch nicht unterbrechen, aber hast du keine Angst, dass wir mit einem der Baumstämme da vorne kollidieren könnten?"

„Oh, die hatte ich noch gar nicht gesehen. Dann versuchen wir mal, daran vorbei zu manövrieren. Aber, …sind das denn überhaupt Baumstämme?"

„Ich weiß nicht, sieht zumindest so aus. Auf jeden Fall treibt einer davon auf uns zu. Wir müssen, wenn möglich ausweichen."

Der Baumstamm kam langsam näher, und jetzt konnten sie erkennen, dass es sich tatsächlich nicht um einen Baumstamm handelte.

„Ich hab´s doch gesagt! Ich habe es gewusst!" schrie Susanne. „Da kommt ein Krokodil auf uns zu!"

„Ganz ruhig“, meinte Sebastian. „Wir werden ihm einfach ausweichen. Hier nimm auch ein Ruder.“

Sie versuchten nun gemeinsam mit den Rudern, etwas besseren Paddeln, dem Krokodil aus dem Weg zu schwimmen. Sie konnten das Tier nicht vollständig sehen, da ein Teil von ihm immer unter Wasser blieb, aber sie schätzten es auf ca. vier Meter Körperlänge. Nach kurzer Zeit wurde ihnen bewusst, dass sie nicht vielleicht zufällig mit dem Krokodil kollidiert wären, sondern dass das Reptil gezielt auf sie zu schwamm. Mit langsamen, aber konstanten Bewegungen seines Schwanzes bewegte sich das Krokodil auf sie zu. Ein großer Teil seines Rückens und Kopfes war zu sehen, der Rest befand sich unter Wasser.

Nach knapp einer Minute war das Krokodil auf ihrer Höhe. Wimmer hielt eins der Ruder über Bord und versuchte dem Krokodil durch leichtes Schieben zu verstehen zu geben, dass seine Anwesenheit unerwünscht ist. Schlömer war blass vor Angst und hielt eins der Ruder in Abwehrhaltung vor sich, wohl wissend, dass das bei einem Krokodil vermutlich nicht sehr viel nützen würde. Das Krokodil ließ sich von den Ruderberührungen nicht beeindrucken. Plötzlich tauchte es in den Kongo ab, begleitet von heftigem Schlagen seines Schwanzes. Wasser spritzte in das Boot, das durch die entstandenen Wellenbewegungen schaukelte. Mit weit geöffneten Augen hielten die beiden Ausschau nach dem Reptil, immer noch jeweils ein Ruder zur Abwehr in zwei Händen haltend. Und dann geschah es: Das Krokodil tauchte von unten mit Schwung auf, katapultierte aus dem Wasser und schlug krachend mit der Schnauze auf die Bord-

wand. Das ganze Boot schwankte und wackelte. Wimmer und Schlömer hatten Mühe, nicht aus dem Gleichgewicht zu geraten. Das Schlimmste was ihnen passieren konnte wäre ein Kentern des Bootes! Wimmer geriet in Panik und schlug mit dem Ruder nach dem Krokodil. Ein kräftiger Schlag traf das Krokodil auf den Kopf. Beim zweiten Schlag, der den Nacken des Tieres traf, rutschte Wimmer das Ruder aus der Hand und fiel ins Wasser.
„Schnell, nimm meins!“, kreischte Schlömer.
Wimmer nahm das Ruder und versuchte das Krokodil erneut zu treffen. Es war aber schon wieder abgetaucht. Schlömer hob ein weiteres Ruder auf, bereit sich zu wehren. Einige Meter weiter tauchte das Krokodil wieder auf. Es schien offenbar mit mehr Erfolg gerechnet zu haben. Das Boot war nicht gekentert, niemand war über Bord gegangen, und ein paar Schläge hatte es auch kassiert. Gemächlich schwamm es nun vom Boot weg.

„Nun beruhige dich erst einmal“, sagte Wimmer, der selber noch am ganzen Körper zitterte. Das war ja auch alles andere als eine alltägliche oder harmlose Situation, die sie überstanden hatten.

„Glaubst du, es kommt zurück? Glaubst du hier gibt es auch noch andere?“ fragte Schlömer unruhig um sich her schauend.

„Ich hoffe“, sagte Wimmer, „dass es das war…“. Er schaute genauso unruhig auf das sie umgebende Wasser.

„Mist“, sagte er. „jetzt haben wir auch noch ein Ruder verloren. Mit drei Rudern wird es ganz schön schwierig zurück zu kommen.“

„Das Ufer sieht hier auch ganz anders aus als eben“, sagte Schlömer, „und sieh dir mal die Strömung an. Wir haben ganz schön Fahrt drauf.“

Während ihres Gespräches über Außerirdische und dem anschließenden Kampf mit dem Krokodil hatten beide nicht gemerkt, dass sie mit dem Boot immer weiter abgetrieben waren. Genau so wenig hatten sie in ihrer Aufregung wahrgenommen, dass sie einige Warnschilder passiert hatten, auf denen stand: “Danger! Turn around! Waterfalls ahead!“

„Mein Gott“, entfuhr es Wimmer. „Wir sind am Ende des Pool Malebo angekommen. Die Strömung wird stärker. Wir treiben auf die Livingstone-Fälle zu!“
Er nahm zwei Ruder und versuchte gegen die zunehmende Strömung anzurudern. Schlömer versuchte, mit dem verbliebenen dritten Ruder helfend zu paddeln. Aber ziemlich schnell merkten sie, dass sie gegen die Strömung nicht ankommen konnten.

„Und jetzt, großer Kapitän?“, fragte Schlömer genervt. „Du musstest ja unbedingt auf den Kongo raus. Allen meinen Warnungen zum Trotz“.

„Ja, ja“, gab Wimmer zu. „Aber das ist jetzt, glaube ich, nicht der richtige Zeitpunkt sich zu streiten. Wir müssen sehen, wie wir aus dieser Situation raus kommen.“
Er versuchte nun mit dem Steuer aus der Strömung im Zentrum des Kongo in die ruhigeren Randbereiche zu manövrieren. Das gelang aber nur mäßig, da die Strömung mittlerweile so stark wurde, dass sich Wellen überschlugen. Das Schiff fing an, bedenklich zu schlingern und zu wanken.

„Halte dich fest, Susanne“, schrie Wimmer.

Vor sich sah er eine erste richtige Stromschnelle, durch die das Wasser zu weißer Gicht aufgepeitscht, rasend schnell durchschoss.
Kaum hatte er es gesagt, ließ er ebenfalls das Steuer los und versuchte, so gut es ging, in eine sichere Sitzposition zu gelangen und sich mit beiden Händen festzuhalten.

Das Boot rauschte mit hoher Geschwindigkeit auf die Stromschnelle zu. Es schaukelte von rechts nach links, blieb aber zumindest in Fahrtrichtung ausgerichtet. Hätte es sich gedreht, hätte es sehr leicht kentern können. Das Boot sank ins Wasser, tauchte springend wieder aus den Fluten auf, krachte scheppernd auf Felsen und wurde mit der Strömung weiter fort gerissen. Links und rechts kontaktierte es Felsen und Gestein und schoss mit großer Geschwindigkeit mit dem Wasser stromabwärts.

„Da vorne, ein großer Strudel! Halte dich fest!“, brüllte Wimmer durch das Getöse.
Schlömer konnte nur Wortfetzen hören. Sie hatte sich geduckt und hielt sich krampfhaft an zwei Holzstreben im Bug fest. Kurz richtete sich das Boot auf, krachte dann zurück auf das Wasser und schoss auf den Strudel und die nächste Stromschnelle zu. Mit großer Geschwindigkeit tauchte das Boot mit der Spitze in den Strudel ein, hob sich wieder, neigte sich zur Seite, hob ab und raste mit hoher Geschwindigkeit auf die Stromschnelle zu. „Ich liebe dich!“, schrie Wimmer noch einmal gegen den Lärm des Wassers an. Hoffentlich hat sie es gehört, dachte er besorgt und voller Angst. Wieder prallte das Boot gegen einen Felsen und schleuderte diesmal durch die Luft. Wimmer konnte sich nicht mehr festhalten und wurde aus dem

Boot katapultiert. Hart schlug er auf einen Felsen auf und wurde bewusstlos. Schlömer bekam davon nichts mit. Sie hielt sich noch krampfhaft fest, Wasser spritzte in ihr Gesicht, während sie mittlerweile quer im Boot lag und verzweifelt versuchte, sich mit den Händen und mit ihren Füßen und Beinen irgendwo festzuhalten. Noch zwei drei harte Schläge, durch die das Boot jedes Mal in die Luft katapultiert wurde und auch Schlömer konnte sich nicht mehr festhalten. Sie fiel aus dem Boot, hinein in die reißenden Fluten. Sie versuchte mit Schwimmbewegungen an der Oberfläche zu bleiben, aber die Strömung und die Wassermassen waren zu mächtig. Sie tauchte unter, um Sekunden später nach Luft schnappend aufzutauchen. Dann riss sie die Strömung wieder nach unten, nahm ihr Atem und Orientierung. Kraftlos ließ sie sich treiben, wirbelte unter Wasser, stieß mit dem Kopf hart an einen Felsen und schloss mit ihrem Leben ab.

KAPITEL 5

„Nenne dich nicht arm, weil deine Träume nicht in Erfüllung gegangen sind; wirklich arm ist nur, der nie geträumt hat.“
Marie von Ebner-Eschenbach

Nach dem Bootsunfall war Sebastian Wimmer in einem Krankenhaus aufgewacht. Sein Kopf war bandagiert und sein rechtes Bein geschient. Der Kopf dröhnte und schmerzte.

„Sie haben noch einmal Glück gehabt“, sagte jemand auf Englisch.

Wimmer drehte vorsichtig den Kopf zur Seite. Schmerzvoller Druck hämmerte gegen seine Schläfen. Er nahm verschwommene Umrisse wahr, dann wurde ihm übel und er musste sich übergeben.

Minuten später öffnete er wieder die Augen und sah einen dunkelhäutigen Mann in einen weißen Arztkittel gekleidet vor sich stehen. Er trug eine Brille, die sich im Moment aber auf seinem Kopf befand, so wie modische junge Damen manchmal ihre Sonnenbrillen tragen. Er trug Sandalen und hatte nur noch wenige Haare. Dafür lächelte er aber freundlich und begann das Gespräch:

„Hallo Herr Wimmer, wie geht es Ihnen.“

„Danke, aber leider nicht gut Ich habe fürchterliche Kopfschmerzen. Wo bin ich hier?“

„Dies ist hier der beste Platz am Ort“, versuchte der Arzt zu scherzen. „Mein Name ist Dr. O´Komba. Ich bin der Leiter dieser Station“.

Wimmer sah sich um. Das hätte er nicht vermutet. Für ein Krankenhaus in der Demokratischen Republik Kongo machte es auf den ersten Blick einen sehr modernen Eindruck. Alles schien sauber und ordentlich zu sein. Sein Bett war mit weißen Laken bezogen, die frisch rochen.

„Wie lange bin ich denn schon hier?“, fragte Wimmer. „Und was ist mit meinem Bein?“

„Sie sind seit zwei Tagen hier. Sie hatten einen ziemlich heftigen Unfall, nicht wahr?“

„Ja, ich erinnere mich vage. Mit dem Boot... auf dem Kongo...“

„Genau, und dann haben Sie wohl ein bisschen zu wenig Acht gegeben. Sind mit dem Boot in die Strömung der Livingstone-Falls geraten. Nicht sehr klug, eigentlich“.

‚Na ja, Humor scheint der Arzt wenigstens zu haben‘, dachte Wimmer.

„Sie wurden hier mit einer heftigen Schädelverletzung eingeliefert. Bewusstlos waren Sie und haben bis gerade eben durchgeschlafen. Zum Glück war es kein Schädel-Hirn-Trauma. Das hätte für Sie ganz böse Folgen haben können“.

„Und mein Bein?“, hakte Wimmer nach.

„Oh ja, Ihr Bein. Das war zweimal gebrochen. Da sind Sie wohl ganz unglücklich irgendwo gegen geprallt.“

„Werde ich vollständig gesund werden? Oder werde ich etwas vom Unfall zurück behalten?“ fragte er sorgenvoll.

„Nein, das sieht ganz gut aus. Sie werden wohl wieder vollständig genesen. Aber ein, zwei Tage werden Sie schon noch hier bleiben müssen. Ein Herr...

lassen Sie mich nachsehen... ein Herr van Maarten war hier und sagte, er würde sich um Sie kümmern."

„Und wo ist Susanne?" fragte Wimmer. In diesem Moment wurde er sich erst dessen bewusst, dass Susanne mit im Boot gesessen hatte. Er schämte sich, dass er zuerst an sich gedacht hatte und nicht an Susanne.

„Ah ja, Ihre Begleitung", sagte der Arzt zögernd. „So wie wir hörten, waren Sie nicht alleine in dem Boot". Er stockte.

„Nein, Susanne..., Susanne Schlömer war mit mir im Boot. Wie geht es ihr?"

Dr. O´Komba zögerte. Er war noch nie ein guter Überbringer schlechter Nachrichten gewesen.

„Also, Herr Wimmer..." begann er langsam.

„Ja, was? Was ist mit ihr?", wurde Wimmer laut. Er hatte versucht, sich abrupt im Bett aufzusetzen. Dabei hatte er seine Verletzungen vergessen. Schmerzhaft erinnerten ihn sein Kopf und sein Bein daran. Er legte sich wieder hin.

„Ganz ruhig, Herr Wimmer", versuchte Dr. O´Komba ihn zu beruhigen.

„Also, soweit ich weiß, wurde ihre Begleitung, Frau..."

„Schlömer, Susanne Schlömer".

„Ja, Frau Schlömer. Soweit ich weiß, wurde sie bisher noch nicht gefunden." Er räusperte sich verlegen.

„Wie noch nicht gefunden? Was soll das heißen? Wie lange ist der Unfall jetzt schon her?"

„Zweieinhalb Tage..."

Die Tür öffnete sich, und ein dunkelhäutiger Mann in Polizeiuniform betrat den Raum.

„Vielleicht kann der Herr hier Ihnen weiterhelfen", sagte Dr. O´Komba und war froh, nun aus der Nummer heraus zu kommen.

„Ah, Herr Wimmer, Sie sind wieder zu sich gekommen", begann der Uniformierte das Gespräch in gebrochenem Englisch.

„Ich darf mich vorstellen: Mein Name ist Sergeant Mike Motobu Soro-Soro. Sagen Sie bitte Mike zu mir."

Wimmer hatte schon von der erstaunlichen Zusammensetzung kongolesischer Namen gehört. Kongolesen aus der Demokratischen Republik Kongo tragen vor und nach dem Familiennamen einen von den Eltern gewählten Namen. Erst kommt der Vorname, dann der offizielle Name, abschließend der Nachname. Kongolesische Reisepässe weisen daher auch die drei Rubriken *prénom* (Vorname), *nom* (Name), *postnom* (Nachname) auf. Sergeant Mike hieß also offiziell Motobu...

„Hallo, Sergeant Mike", grüßte Wimmer und hoffte, dass die Anrede so korrekt sei.

„Dr. O´Komba sagte mir gerade, dass meine Verlobte, Frau Schlömer, noch nicht gefunden wurde."

„Das stimmt leider. Ein paar Einheimische haben Sie in dem Boot auf dem Kongo gesehen. Sie waren schon erstaunt, wie mutig, vielleicht besser ausgedrückt wie lebensmüde Sie auf die Livingstone-Fälle zufuhren... Als Sie dann in die Stromschnellen gerieten, wurden wir informiert. Aber Sie können sich vorstellen, dass hier nicht jeder über ein Handy verfügt, wie bei Ihnen zu Hause vermutlich der Fall ist. Und wenn, dann ist natürlich auch nicht überall Empfang.

So dauerte es ein paar Stunden, bis wir an Ort und Stelle waren. Das Gelände rund um die Stromschnellen ist noch dazu sehr unwegsam."

„Und mich haben Sie dann dort gefunden?"

„Ja, und das grenzt schon fast an ein Wunder. Sie sind, wie auch immer, mit einer großen, blutenden Kopfverletzung in seichtes Gewässer geraten und an einem flachen Ufer gestrandet. Dass das passiert ist, und wir Sie rechtzeitig gefunden haben, ist schon ein riesiges Glück."

„Wann haben Sie mich denn gefunden?"

„Das steigert Ihr Glück eigentlich noch einmal. Als wir Sie fanden, war es ja schon fast dunkel."

„Und Susanne?"

„Bis jetzt haben wir sie noch nicht gefunden. Ich weiß, das ist für Sie jetzt schwer zu ertragen, aber ihre Überlebenschancen sind quasi null, nach nunmehr knapp drei Tagen."

„Warum?"

„Es gibt eine Reihe von Optionen... Hätte sich Frau Schlömer aus eigener Kraft retten können, hätte sie sich schon lange bemerkbar machen können. Die Gefahr, insbesondere wenn sie genau wie Sie bewusstlos geworden wäre, in den Livingstone-Fällen zu ertrinken ist sehr groß. Viele Menschen haben dort schon ihr Leben gelassen. Gegen die Strömungen und Verwirbelungen kommt man nicht an. Man ist ziemlich schnell mit den Kräften am Ende. Und im Kongo und an den Ufern des Kongo gibt es sehr viel Unangenehmes, was einem dort begegnen kann: Krokodile, Schlangen,..."

„Haben Sie denn keine Hoffnung?"

„Ehrlich gesagt, nein."

Am nächsten Tag holte van Maarten Wimmer aus dem Krankenhaus ab. Wimmer verbrachte noch zwei Tage bei van Maarten, bevor er dann zurück nach Deutschland flog.

Susanne Schlömer wurde nicht gefunden.

Jetzt saß Sebastian Wimmer wieder in seinem Büro bei CS in Aachen. Er konnte sich aber nicht richtig auf seine Arbeit konzentrieren, seine Gedanken schweiften immer wieder ab. Eigentlich wollte er sich weiter in die Themen ‚Vakuumenergie' und ‚Absolute Leere' hineindenken. Darum ging es bei einem aktuellen Projekt in seiner Forschungsabteilung. Aber in Gedanken war er beim heutigen Konzert.

In seiner Freizeit spielte Wimmer seit seiner Jugend Klavier. Seit nunmehr acht Jahren spielte er das Klavier in einer Swing-Bigband. Als Ausgleich zu seiner beruflichen Tätigkeit tat ihm die kreative und musische Beschäftigung sehr gut. In ihrer klassischen Besetzung umfasst eine Swing-Bigband neben dem Bandleader 17 Musiker. Also schon ein recht großes Orchester. Typischerweise teilt man die Swing-Bigband in die Holzsektion, das sind die Saxophonisten, die Blechsektion, das sind die Posaunen und Trompeten sowie die Rhythmusgruppe, den Motor der Bigband. Darunter versteht man Klavier, Bass, Schlagzeug und Gitarre. Und heute Abend war ein großer Auftritt im Aachener Eurogress, dem größten Konzertsaal der Stadt. Im Vorverkauf wurden bereits über 800 Eintrittskarten verkauft. Die Halle würde vermutlich ausverkauft werden. Unter anderem würden sie heute Abend „Radio 101" von E. Fischer und „The junior suite“, 1. Satz (In a small town) von T. Wollmann spielen. Vor allem das zweite Stück würde ihnen einiges abverlangen. Gedanklich ging er noch einmal seine Parts durch... Er konnte sich in letzter Zeit sehr schlecht auf seine Arbeit konzentrieren. Seit der Geschichte am Kongo vor drei Wochen war er nicht wieder so, wie vorher.

Jetzt versuchte Wimmer sich wieder auf seine Arbeit zu konzentrieren. Er erinnerte sich an den Vortrag von Dr. Kramer in Sevilla über Vakuumenergie[2]. Welche Kräfte mögen dem Vakuum, der absoluten Leere, innewohnen. Was ist, wenn die Leere leerer als leer wird?

Seit Einstein haben wir uns von der euklidischen Geometrie mit den drei Dimensionen weitestgehend verabschiedet und denken nunmehr in vier Dimensionen. Gemäß Relativitätstheorie ist die Zeit die vierte Dimension und man spricht von Raumzeit, wenn man die vierdimensionale ‚Geometrie‘ meint. Man bewegt sich in vier Dimensionen, nämlich innerhalb dieser Raumzeit. Geschwindigkeit und Zeit konkurrieren darin quasi miteinander. Bei hoher Geschwindigkeit vergeht die Zeit relativ langsam, bei geringer Geschwindigkeit vergeht die Zeit hingegen relativ schnell. Da wir Menschen uns mit unserem Planeten in den drei räumlichen Dimensionen recht langsam bewegen, vergeht die Zeit für uns vergleichsweise schnell. In einem sich schnell bewegenden Objekt vergeht die Zeit langsamer. Richtig bemerkbar werden diese relativistischen Effekte bei sehr großen Ge-

---

[2] vgl. Peters, „Paradox“

schwindigkeiten. Je näher die Geschwindigkeit an die größte theoretisch mögliche Geschwindigkeit, die Lichtgeschwindigkeit heranreicht, desto größer sind diese Effekte, beziehungsweise desto langsamer vergeht die Zeit. Experimentell wurde bereits nachgewiesen, dass in Flugzeugen, die in großer Höhe um die Erde flogen, diese relativistischen Zeiteffekte bereits festzustellen waren. Am Boden und in den Flugzeugen befanden sich geeichte Atomuhren. Die Zeit verging in den sich relativ zur Erdoberfläche schnell bewegenden Objekten langsamer. Der Effekt betrug im Experiment lediglich Bruchteile von Bruchteilen von Sekunden, wurde aber immerhin praktisch bestätigt. Und würde man diese relativistischen Zeitunterschiede nicht beachten, wäre ein satellitengesteuertes Navigationssystem nicht möglich. Es gibt genügend Gedankenspiele in der Literatur, in denen zum Beispiel ein junger Zwillingsbruder in einer Rakete mit annähernd Lichtgeschwindigkeit für ein halbes Jahr von der Erde weg und mit derselben Geschwindigkeit ein halbes Jahr zurück zur Erde fliegt. Er wäre in seiner Rakete um ein Jahr gealtert, während er bei der Rückkehr seinen Zwillingsbruder als Greis antreffen würde.

Bei annähernder Lichtgeschwindigkeit werden räumliche Distanzen gestaucht und die Zeit vergeht relativ zur Umgebung langsam. Theoretisch steht die Zeit bei einer Bewegung mit genau Lichtgeschwindigkeit still. Wollte man mit einem Raumschiff Lichtgeschwindigkeit erreichen, so müsste man mit herkömmlichen Antriebstechniken jahrelang permanent beschleunigen. Wie man dabei ein Raumschiff vor Kollisionen mit irgendwelchen Objekten im All schützen könnte, sei außen vor gelassen. Selbst winzigste Staubkörnchen im All hätten bei diesen Aufprallgeschwindigkeiten eine extrem hohe Energie. Und jahrelang bevor man am gewünschten Zielort ankommen würde, müsste man genauso stark negativ beschleunigen, also bremsen. Eine Lösung dieses Problems schlug D. Brin in seinem Roman ‚Sonnentaucher' vor: Das Raumschiff ist umgeben von einer Stasis, also von Filtern, die solange Raumzeit durchsickern lassen, bis Metrik und Zeit wieder unser normales Maß erreicht haben. Fantastische Idee! Leider praktisch natürlich (noch) nicht umsetzbar.

Was würde nun passieren, dachte Wimmer, wenn man diese Raumzeit aufbrechen würde? Was würde passieren, wenn man durch ein Vakuum, einen solchen Unterdruck entstehen lassen könnte, dass die absolute Leere, das vollständige Vakuum zerrissen würde? Würde ein Riss in unserem Raumzeitkontinuum entstehen? Würde unser Universum in einer Kettenreaktion aufreißen? Würde es zu einem neuen Urknall kommen? Würde es Wege zu einem Paralleluniversum eröffnen? Die Theorie des Multiversums, also vieler paralleler Universen, ist ja schon seit vielen Jahren bekannt und war nie aktueller als heute. Wimmer ging diesen Gedanken nach…

Das Konzert am Abend wurde ein großer Erfolg. Wimmer konnte sich konzentrieren und versank in die orchestrale Musik. Wie im Rausch verschmolz er mit der Bigband als untrennbarer Teil eines wunderbaren Ganzen. Achteltriolen flogen wie von selbst über die Klaviertasten, die Wechsel von C-Dur in D-Moll flossen nur so von seinen Fingern in das Instrument. Getragen von Harmonien und pointierenden Dissonanzen spielten sie ihr Repertoire. Das Publikum war begeistert und verlangte noch zwei Zugaben…

Später, im Bett liegend, holten ihn die Ereignisse wieder ein. Sein Gewissen ließ ihn nicht in Ruhe. Hätte er Susanne doch nicht von der Reise in die Demokratische Republik Kongo überzeugt! Hätte er nicht das Boot gemietet, wäre es nicht zu dem tragischen Unfall gekommen. Hätte er auf Susanne und ihre Ängste und Befürchtungen gehört, hätte das alles nicht passieren können. War er schuld am Tod von Susanne Schlömer?

KAPITEL 6

„Manchmal erwachte ich aus einem Traum und dachte: das hätte schon längst geträumt werden müssen.“
Wolfgang Baur

Das Flugzeug gewann langsam an Höhe. Wimmer und Schlömer saßen sich gegenüber und schauten sich an. „Sehe ich da eine kleine Unsicherheit in ihren Augen?“, dachte Wimmer. Aber nein, sie hatten alles sorgfältig überlegt und geplant. Für Unsicherheit blieb kein Raum.

Es war eine zweimotorige Propellermaschine, die sich langsam durch die Luft nach oben schraubte. Deutlich hörte man das sonore Brummen der Motoren. Außer den beiden war niemand an Bord des Flugzeugs. Wimmer schaute aus dem Fenster und sah einen klaren Himmel. Die Sonne strahlte gleißend von oben und nur in der Ferne sah man vereinzelte Kumuluswolken. Von hier oben sahen die Straßen und die kleinen Dörfer, über die sie nun flogen, wie Miniaturen aus. Fahrzeuge bewegten sich als winzige Punkte auf den Straßen. Plötzlich fiel ihm auf, dass das Flugzeug kein Dach hatte. Nach oben war es völlig offen. PWie hörte denn der Rumpf nach oben auf? War das Dach abgerissen? Das hätte er doch gemerkt! Ohrenbetäubend toste der Fahrtwind um seine Ohren. Das war doch nicht möglich! Er schaute rüber zu Susanne. Sie lächelte ihm zu. Die beiden Männer, die neben ihm saßen schienen offenbar auch in Gedanken versunken zu sein. Wo kamen die auf einmal her? Er wollte aufstehen, zu Susanne hinübergehen und sie fragen, aber er konnte nicht aufstehen. Der Rucksack auf seinem Rücken war zu schwer. Der Rucksack! Na klar, darin befand sich der Fallschirm. Sie wollten beide Fallschirmspringen. Noch einmal versuchte er es, er konnte aber nicht aufstehen. Der Ventilator machte einen Heidenlärm. Er sah ihn deutlich vor sich. Ventilator? Was für ein Ventilator? Das mussten die Geräusche der Flugzeugpropeller sein. Gleißendes Sonnenlicht drang durch das Fenster und blendete ihn. Drückende Hitze schnürte ihm die Kehle zu in dem geschlossenen Kasten, in dem sie sich befanden. War das eben nicht ein Flugzeug ohne Dach?

Susanne erhob sich langsam, ebenfalls einen Rucksack auf dem Rücken, und ging zur offenen Tür. „Na komm schon", sagte sie lachend. „Halt!", wollte er rufen, denn Susanne hatte nur einen ganz normalen Wanderrucksack auf dem Rücken. „Du hast keinen Fallschirm!", wollte er rufen, doch er bekam keinen Ton heraus. Er versuchte aufzustehen, hinter ihr her zu laufen, sie aufzuhalten, aber er konnte sich nicht bewegen. Vier Personen drängten sich zwischen ihn und Susanne. Die Tür öffnete sich. War sie eben nicht schon offen? Sebastians Herz raste. Bewegungslos schaute er zu, wie Susanne als erste aus dem Flugzeug sprang. Sie schien keinerlei Angst zu haben. Mit einem eleganten Satz verließ sie das Flugzeug. Die vier anderen Personen sprangen ebenfalls aus dem Flugzeug. Wimmer konnte sich noch immer nicht bewegen. Er sah aus dem Fenster und sah Susanne in die Tiefe fallen. „Herrgott", dachte er, „sie hat doch keinen Fallschirm!" Mit angstgeweiteten Augen musste er tatenlos zusehen, wie Susanne in den sicheren Tod sprang.

Plötzlich befand er sich selber im freien Fall. Er sah Susanne vor sich, sah, wie sie verzweifelt versuchte, am Wanderrucksack zu reißen, um den Fallschirm zu öffnen. „Nein!“, schrie er…

Schweißgebadet wurde Wimmer wach. Schon wieder hatte er einen dieser furchtbaren Albträume erlebt. Er stand auf, ging ins Bad, wusch sich mit kaltem Wasser über Gesicht und Nacken. Sein Schlafanzugoberteil war durchnässt. Noch völlig mitgenommen vom Traum ging er zurück in sein Schlafzimmer. Er wechselte den Schlafanzug und überzog sein Kopfkissen, das ebenfalls nassgeschwitzt war, neu. Immer wieder wurde er von diesen Albträumen heimgesucht. Bis vor kurzem ging es immer wieder um den Tod von Dr. Andres. Seit Susannes Tod träumte er ständig, wie sie auf unterschiedlichste Art starb. Und er war jedes Mal tatenlos und hilflos dabei. Musste jedes Mal zusehen wie sie starb. Jedes Mal, wenn er danach aufwachte war er völlig fertig und wurde von Gewissensbissen geplagt.

Am nächsten Tag beschloss Wimmer, sich mit dem Phänomen des Träumens auseinanderzusetzen. Was ist überhaupt Träumen? Wozu ist Träumen gut? Ist Träumen notwendig? Kann ich auf meine Träume Einfluss nehmen? Kann ich meine Albträume verdrängen? Das waren nur einige der Fragen, die ihn beschäftigten.

Offenbar gibt es keine Menschen, die nicht träumen. Selbst wenn wir keine Erinnerung mehr an den Traum haben, so haben wir dennoch geträumt. Träumen wird häufig als subjektives Erleben während des Schlafes definiert. Genauso, wie wir das subjektive Erleben im Wachzustand nicht ausschalten können, ist dies auch im Schlafzustand nicht möglich. Das Gehirn schaltet nie ab. Werden Personen beim Einschlafen oder während des Schlafes geweckt, so können sie sich so gut wie immer an Träume, oder zumindest Traumrelikte erinnern. Verwirrend ist eher die Tatsache, dass wir müde werden, dass das Gehirn ‚schlafen' möchte. Und wenn wir uns dann zur Ruhe begeben, wird unser Bewusstsein, unser Wachzustand einfach vom Gehirn ‚ausgeknipst', wir schlafen. Ist schon erstaunlich, was das Gehirn da mit uns anstellt!

Es gibt mehrere Theorien zum Sinn des Träumens. Eine Theorie besagt zum Beispiel, dass Erfahrungen und Gelerntes des vergangenen Tages während des Schlafes im Gehirn verfestigt und bearbeitet werden. Die Idee dabei ist, dass beim Träumen das Gehirn neue Information mit alter Information mischt und dann abspeichert. Versuchsteilnehmer berichteten, dass sich in ihren Träumen neue mit alten Erfahrungen, die beide häufig emotional miteinander verbunden sind, mischen. Der Schlafende bearbeitet Themen, die ihn beschäftigen, und findet durch die Kreativität der Träume möglicherweise Lösungen für seine aktuellen Probleme. Wer hat das noch nicht erlebt, dass man mitten in der Nacht mit der Lösung eines Problems aufwachte? Oder dass man aufwachte und eine tolle, neue Idee hatte?

Träume können aber auch Triebregungen, Wünsche oder Ängste sein, die im Wachzustand kontrolliert oder zurückgehalten werden. Das Gehirn filtert nachts auch danach, was an Eindrücken und Erfahrungen beziehungsweise Gelerntem wichtig ist und was nicht. Im Gehirn befinden sich hochkomplexe neuronale Verknüpfungen, die das bewirken.

Es wird behauptet, unser Gehirn sei das komplexeste Konstrukt im Universum. Scheint dem Gehirn etwas wichtig zu sein, so wird es zumindest im Kurzzeitgedächtnis belassen. Scheint es dem Gehirn sehr wichtig zu sein, besteht die erhöhte Wahrscheinlichkeit, dass es ins Langzeitgedächtnis transferiert wird. Je öfter eine bestimmte Information oder ein bestimmter Reiz dem Gehirn begegnet, desto größer ist die Wahrscheinlichkeit, dass Eingang ins Langzeitgedächtnis gefunden wird. Das kennt jeder aus Erfahrung, wenn er sich nur daran erinnert, wie er Vokabeln lernt oder gelernt hat. Durch häufiges Wiederholen finden die Informationen, hier Vokabeln Zugang zum Langzeitgedächtnis. Subjektive Wichtigkeit von Informationen und Erlebtem sind ein weiteres Kriterium für die erfolgreiche Speicherung im Gehirn. Werden bestimmte Reize und Informationen subjektiv als unwichtig erachtet, werden sie vermutlich nicht dauerhaft gespeichert. Flogen vorgestern Nachmittag, als ich auf der Terrasse saß, fünf, sieben oder zwanzig Vögel über meinen Garten. Wahrgenommen habe ich die Vögel wahrscheinlich. Aber wegen der subjektiven Bedeutungslosigkeit der Wahrnehmung fand natürlich keine Speicherung statt. Es gibt Autisten, bei denen dieser ‚Filter' nicht funktioniert. Ihr Gehirn speichert einfach jede verfügbare Information. Noch nach Jahren können sich diese Personen wörtlich an Dialoge oder an Einzelheiten in Gemälden erinnern. Diese Personen leiden aber unter diesem permanenten Overflow an zu speichernden und gespeicherten Informationen. Weiterhin wichtig für ein erfolgreiches Abspeichern im Schlaf beziehungsweise im Traum ist eine ausreichende Schlafzeit. Wer zu wenig schläft oder seinen Schlaf und damit seine Träume zum Beispiel durch Alkoholkonsum oder Medikamente beeinträchtigt, wird in diesen Schlafphasen wahrscheinlich nicht allzu viel auf seine Festplatte ‚downloaden' können. Weitere Theorien besagen zum Beispiel, dass wir uns in Träumen auf Situationen vorbereiten und praktische Fähigkeiten trainieren, die wir später brauchen können.

Dieses traumintensive REM-Schlafstadium tritt in vier bis fünf Phasen in der Nacht auf und macht ungefähr zwanzig Prozent des Gesamtschlafes bei einem Erwachsenen aus. REM steht dabei für Rapid-Eye-Movement, da sich die Augen unter den geschlossenen Augenlidern schnell hin und her bewegen. In dieser Zeit ist das Gehirn am aktivsten, im Gegensatz zum NON-REM-Schlaf oder Tiefschlaf. Vermutlich träumt man auch in den anderen Schlafphasen, aber das bildhafte intensive Erleben ist offenbar im REM-Schlaf am stärksten ausgeprägt.

Die Wissenschaft geht auch davon aus, dass wir im Traum lernen, mit Angstsituationen umzugehen. Albträume sind dabei eine intensive Ausprägung davon. Immer wenn man eine gefährliche, hochemotionale Situation erlebt, verfestigt man im Traum das Wissen, um nächstes Mal diese gefährliche Lage umgehen zu können.

Um Traumbilder zu erzeugen, arbeitet das ganze Gehirn mit, und es gibt viel Ähnlichkeit mit dem Wachzustand. Wenn man sich im Traum bewegen will, ist auch der Motorcortex aktiv, der im Wachzustand Bewegungen auslöst und steuert. Nur die Übertragung zum Muskel wird während des Schlafes im Hirnstamm blockiert, sonst würden wir uns während unserer Träume im Schlaf bewegen. Hin und wieder wälzt man sich im Schlaf oder führt ansatzweise Bewegungen. Wir schlagen oder laufen, was sich im Traum für gewöhnlich nur als wahrnehmbares Zucken äußert. Im Unterbewusstsein wird diese Muskelblockade oft dadurch deutlich, dass man im Traum gehen oder laufen möchte, aber nicht von der Stelle kommt. Vor allem in Albträumen führt das zu einer erheblichen Belastung, wenn man vor einer Gefahr einfach nicht weglaufen kann. Im REM-Schlaf ist die Amygdala, die Gehirnregion, die für die Verarbeitung von Emotionen zuständig ist, während des Träumens aktiver als im Wachzustand. Der Präfrontale Cortex, der vor allem für das planerische und geradlinige Denken und Handeln zuständig ist, ist dagegen weniger stark aktiv als im Wachzustand. Daher wird vermutet, dass wegen dieser geringeren Aktivität des Präfrontalen Cortex Träume oft irrational und bizarr sind.

KAPITEL 7

„Träume sind normalerweise Stummfilme."
Sir Peter Ustinov

Wimmer war wie immer viel zu früh zur Orchesterprobe erschienen. Das war eines seiner Charaktermerkmale. Er war lieber früher oder sogar viel früher an einem vereinbarten Ort als sich hetzen zu müssen. Und er mochte es nicht, wenn Personen immer auf den letzten Drücker erschienen oder schlimmer noch, wenn sie verspätet waren. Natürlich konnte es immer einmal vorkommen, dass man durch Umstände im Straßenverkehr oder Ähnliches daran gehindert wurde, einen Termin pünktlich wahrzunehmen. Wenn das aber öfters vorkam, oder bei bestimmten Personen der Normalfall zu sein schien, ging das Wimmer schon ganz schön auf die Nerven.

Bei vielen seiner Bekannten und Verwandten schien es, was Pünktlichkeit anging, einen bestimmten signifikanten Zusammenhang zu geben. Wimmer hatte dazu eine Theorie entwickelt: Wenn eine Frau schwanger wird, wird vom Arzt der voraussichtliche Entbindungstermin errechnet. Nun waren in dem Personenkreis seiner Bekannten und Verwandten einige, die die eigene Geburt offenbar nicht abwarten konnten. Sie kamen einige Tage früher als errechnet auf die Welt. Andere wiederum wurden fast genau pünktlich geboren und wieder andere ließen sich bis zur Geburt viel Zeit, teilweise bis zu einer Woche nach dem errechneten Termin, so als wollten sie gar nicht geboren werden. Und so stellte Wimmer fest, dass sich bei einigen, die viel zu spät zur Welt kamen, dieser Wesenszug offenbar auch im Leben fortsetzte. Sie kamen fast immer zu spät. Und etliche derjenigen, die zu früh das Licht der Welt erblickten, dazu gehörte auch Wimmer, waren immer recht überpünktlich. Gab es da wirklich einen statistischen Zusammenhang? Man darf natürlich nicht versuchen, Zufälligkeiten mit Korrelationen gleichzusetzen, wusste er. Ihm fiel dazu ein Beispiel ein: In Deutschland nahm die Zahl der Klapperstörche seit Ende der sechziger Jahre deutlich ab. Gleichzeitig und in ähnlicher Prozentzahl sanken auch die Geburtenzahlen bei uns Menschen in Deutschland. Statistisch gesehen eine Korrelation von annähernd plus eins, das heißt eine annähernd vollkommene Abhängigkeit voneinander. Aber ob das wirklich so stimmt? Bringt der Storch tatsächlich die Babys?

Nico Janke war auch schon da. Nico Janke war einer der Saxophonisten. Genau genommen spielte er Tenorsaxophon.

„Irgendwie seid ihr schon zu beneiden, ihr Klavierspieler…“, begann er das Gespräch.

„Warum?“, wollte Wimmer wissen.

„Na, wir als Holzbläser, aber das geht den Blechbläsern genauso, wir können immer nur einen Ton gleichzeitig spielen. Das liegt in der Natur unserer Instrumente. Wir werden nie zweitönig oder gar einen Akkord spielen können.“

„Nun sei mal nicht traurig“, witzelte Wimmer. „Dafür kannst Du dein Instrument heute Abend einpacken und mit nach Hause nehmen.“

„Das stimmt, was beklage ich mich denn überhaupt?“

Janke und Wimmer lachten.

„Sebastian“, begann Janke erneut das Gespräch, „wenn ich dich so anschaue, habe ich das Gefühl, dass es dir nicht so besonders gut geht. Bedrückt dich irgendetwas?“

„Dass mich der Tod von Susanne immer noch sehr beschäftigt, trägt nicht gerade dazu bei, dass ich im Moment sehr fröhlich und ausgeglichen wäre.“

„Das kann ich nur zu gut verstehen…“, zeigte Janke Verständnis.

„Dazu kommen dann noch die regelmäßigen Albträume, die mich fast jede Nacht heimsuchen.“

„Tja, vermutlich durch die psychische Belastung, die auf dir liegt.“

„Vermutlich, ja, sehr wahrscheinlich sogar. Ich wache dann immer schweißgebadet und völlig fertig auf. Und wenn man nicht richtig schläft, sieht man irgendwann etwas gerädert aus… So, wie ich im Moment.“

„Na ja, so schlimm kommst du nun nicht rüber. Aber als jemand, der dich schon länger kennt, fällt mir das natürlich auf. Hast du denn mal versucht, gegen diese Albträume anzugehen?“

„Ja, wie denn?“

„Eine einfache Möglichkeit ist, wenn du zum Beispiel vor dem Schlafengehen längere Zeit nichts mehr isst, oder zumindest nichts Schweres mehr isst, was dir auf dem Magen liegen und einen Albdruck verursachen könnte.“

„Ja, klar, das habe ich schon versucht. Das hat aber leider nichts genützt.“

„Hast du es denn schon einmal mit luzidem Träumen versucht?“

„Womit?“, fragte Wimmer verdutzt.

„Na mit luzidem Träumen..., Klarträumen. Das heißt Träumen bei vollem Bewusstsein, in dem du der Regisseur deiner Träume wirst. Während luzider Träume weiß man, dass man schläft und kann den Traum sogar beeinflussen! Das zu können ist eine Fähigkeit, die derzeit verstärkt die Traumforscher beschäftigt. Sie versprechen sich einen Nutzen, vor allem um Albträume zu behandeln und Psychosen besser zu verstehen. Und auch Filmregisseure haben das Thema entdeckt... Die Idee, bewusst Träume zu beeinflussen, hat 2010 Hollywood-Regisseur Christopher Nolan in dem Science-Fiction-Thriller "Inception" aufgegriffen.“

„Da habe ich ja noch nie etwas von gehört“, musste Wimmer zugeben. „Klingt aber sehr interessant.“

An dieser Stelle mussten sie ihr Gespräch beenden, da die Orchesterprobe begann. Wimmer nahm sich aber vor, sich mit dem Thema intensiv auseinanderzusetzen.

Am nächsten Tag ging Wimmer in die Stadtbibliothek und suchte nach einschlägiger Literatur. Er war überrascht, wie viele Bücher es zum Thema Schlafen, Träumen und Klarträumen gab.

Aus den gefundenen Werken suchte er sich einige wenige aus, die ihm am erfolgversprechendsten schienen. Zu Hause angekommen fing er an, sich durch die Literatur durchzukämpfen. Dabei hatte er im Studium gelernt, Wichtiges von Unwichtigem trennen zu können, und durch geschicktes Querlesen ziemlich schnell an die gewünschten Informationen zu gelangen. Parallel dazu googelte er sich zu dem Thema durch das Internet. Auch hier gab es viele Fundstellen.

Das Hauptproblem dabei schien zu sein, festzustellen, ob man tatsächlich träumt oder wach ist. Teilweise können Klarträume so realistisch sein, dass man das Gefühl hat, in der Realität zu sein, also nicht erkennt, dass man tatsächlich träumt. Dazu ist es hilfreich, sich regelmäßig und oft die Frage zu stellen: „Bin ich wach oder träume ich?“. Diese Fragestellung muss durch vielfaches Üben so verinnerlicht werden, dass man auch in der Lage ist, sie im Traum zu stellen. Man nennt diese Fragestellungen auch „Reality Check“ oder „Realitäts-Check-Methode“. Wenn man bei der Beantwortung der Frage feststellt, dass irgendetwas, Personen, Farben, Zustände nicht real sein können, hat man es geschafft. Man träumt und ist sich gleichzeitig dieser Tatsache bewusst.

In der Wissenschaft forscht man schon lange am Phänomen „Klartraum“. An der Universität Heidelberg stellte man fest, dass Klarträume vorrangig in der zweiten Nachthälfte auftreten. Man weckte Probanden in der zweiten Nachthälfte, hielt sie für eine Stunde wach und ließ sie dann noch einmal schlafen. In fast sechzig Prozent der Fälle trat bei den Probanden danach ein Klartraum ein.

In repräsentativen Umfragen gab fast die Hälfte aller Befragten an, in ihrem Leben bereits mindestens einmal bewusst geträumt zu haben. Rund fünf Prozent aller Befragten gaben sogar an, circa einmal im Monat einen Klartraum zu haben.

Wie Wimmer ja nun schon aus seiner Beschäftigung mit dem Träumen wusste, ist der Präfrontale Cortex im Gehirn vor allem für das planerische und geradlinige Denken und Handeln zuständig. Der Frontale Cortex ist eher für die kritische Bewertung von Geschehnissen zuständig. Im Klartraum ist der Frontale Cortex wesentlich aktiver als im normalen Schlaf, was bedeutet, dass man im normalen Schlaf nicht in der Lage ist, das teilweise bizarre Traumerleben kritisch zu hinterfragen. Im Klartraum hingegen ist das möglich.

Wimmer war fasziniert. Und beim weiteren Lesen stieß er auch auf Passagen, die Janke offenbar meinte: Die Therapie von Albträumen mit Hilfe von Klarträumen.

Das schien ja auch alles logisch zu sein. Sollte man erst einmal in der Lage sein, bewusst zu träumen und damit auch den Inhalt seiner Träume mit zu gestalten, könnte man Albträumen besser begegnen. Eine Methode schien recht effektiv zu sein: Wenn man erst einmal die Fähigkeit des Klarträumens erlernt hat, soll man von den einen heimsuchenden Albträumen einen Traumbericht schreiben. Anschließend schreibt man den Traum um, beziehungsweise verändert ihn dahingehend, dass man zum Beispiel eine Person oder Situation in die Geschichte einfügt, die in der Albsituation helfen kann. Diesen neuen, positiven Traumbericht muss man mehrmals täglich lesen, solange, bis er sich auch im Unterbewusstsein verfestigt hat. Dann besteht die Chance, dass in der entsprechenden Situation im Albtraum tatsächlich die helfende Person auftritt oder die gewünschte veränderte Situation eintritt, um das Albproblem zu lösen.

‚Alles schön und gut', dachte Wimmer. ‚Zunächst mal bin ich bisher überhaupt nicht in der Lage, luzide zu träumen. Und außerdem träume ich nicht immer denselben Albtraum. Es sind ständig neue Situationen, in denen Fürchterliches passiert. Auf diese sich ständig ändernden Situationen kann ich mich durch einen Traumbericht eigentlich überhaupt nicht vorbereiten.'

‚So, und wie funktioniert das jetzt mit dem luziden Träumen?' fragte sich Wimmer. ‚Sollte es mir irgendwann einmal gelingen, einen Klartraum zu haben, so wird in der Literatur empfohlen, regelmäßig Realitätschecks durchzuführen, um zwischen Traum und Realität unterscheiden zu können. Da Klarträume, deswegen heißen sie ja auch so, von der Realität für den Träumenden kaum bis überhaupt nicht zu unterscheiden sind, sind Realitätschecks unverzichtbar'.

Wimmer wurde schon ein wenig mulmig zumute. Wenn Klarträume dermaßen ‚klar' sein können, dass man sie von der Realität nicht mehr unterscheiden kann, bergen sie sicherlich auch (psychische) Gefahren. ‚Aber, wenn es mir hilft…', dacht er und machte sich mit Methoden des Realitätschecks vertraut. Ein Großteil der Gehirnleistung wird für unsere Hand- und Fingerkoordination benötigt. Daher ist der ‚Handcheck' eine relativ zuverlässige Möglichkeit, einen Realitätscheck durchzuführen. Haben die Hände eine andere Farbe oder Form als normal? Stimmt die Anzahl der Finger an der Hand, wenn man versucht sie zu zählen? Kann man seine Finger oder Hände durch feste Gegenstände bewegen? Trifft eine dieser Anomalien zu, kann man bewusst erkennen, sich in einem Traum zu befinden. Ein weiterer geeigneter Realitätscheck ist der ‚Zeitcheck'. Wenn man bewusst auf die Uhr schaut und eine Zeit ablesen kann, muss man sich die Frage stellen, ob die angezeigte Zeit eine realistische oder überhaupt mögliche Zeit sein kann. In Träumen zeigen Uhren häufig falsche Zahlen oder gar Symbole an. Oder man kann die Uhrzeit überhaupt nicht ablesen. Sollte das der Fall sein, ist die Wahrscheinlichkeit sehr groß, dass man sich in einem Klartraum befindet. Vermutlich werden Gedankengänge im Traum recht konfus und bizarr und nicht zusammenhängend oder logisch sein. Daher ist es von Nutzen, Realitätschecks spontan durchzuführen. Wimmer fand eine ganze Reihe von Realitätschecks und nahm sich vor, sich damit intensiver auseinanderzusetzen, wenn er erst einmal in der Lage sein würde, luzide zu träumen.

Er nahm sich auch vor Tholeys Gebote zum Klarträumen zu verinnerlichen und zu beherzigen:

1. Stelle dir die kritische Frage, ob du wach bist oder träumst mindestens fünf- bis zehnmal am Tag.
2. Stelle dir dabei intensiv vor, dich in einem Traum zu befinden, dass also alles, was du wahrnimmst, inklusive deines eigenen Körpers, geträumt ist.
3. Achte bei der Beantwortung der Frage sowohl auf das, was gerade in diesem Moment geschieht, als auch auf Vergangenes, denn oft setzen Traumerlebnisse unvermittelt ein und in der Regel gibt es im Traum kein Gestern, sondern eine Lücke. Also,

hast du Erinnerungslücken oder bemerkst du etwas Ungewöhnliches? (Realitätscheck)

4. Stelle dir die kritische Frage immer in Situationen, die für Träume charakteristisch sein könnten, zum Beispiel wenn etwas Ungewöhnliches geschieht.
5. Hast du wiederkehrende Inhalte in deinen Träumen, tauchen zum Beispiel häufig Hunde oder Katzen auf? Stelle dir in dem Fall immer dann die kritische Frage, wenn du einen Hund bzw. eine Katze siehst.
6. Stelle dir im Wachzustand bestimmte Trauminhalte vor, wie zum Beispiel durch die Luft zu fliegen, und versuche dich intensiv in das Erlebnis hineinzuversetzen
7. (Visualisierung). Diese Vorstellung wird mit dem Gedanken verbunden, dass man sich im Traum befindet.
8. Schlafe mit dem Gedanken ein, dass du einen Klartraum haben wirst (Autosuggestion).
9. Ist deine Traumerinnerung eher schwach, so führe ein Traumtagebuch, um sie zu verbessern.
10. Nimm dir vor, im Traum eine ganz bestimmte Handlung auszuführen (Intention).
11. Übe regelmäßig, aber nicht verbissen, und bewahre Geduld!

Aus einer ganzen Reihe von Methoden, die das luzide Träumen fördern beziehungsweise ermöglichen sollen, zog er drei in die engere Wahl. Als erstes wollte er es mit Autosuggestion versuchen. Dabei muss man sich selber suggerieren, dass man klarträumen wird. Das ist eine sehr einfache Methode, die insbesondere bei Menschen, die für Autosuggestion oder Hypnose empfänglich sind, sehr geeignet ist. Sollte diese Methode nicht funktionieren, nahm Wimmer sich vor, die MILD-Methode auszuprobieren. Dabei steht MILD für Mnemonic Induction of lucid dreams. Während des Einschlafvorganges muss man sich darauf konzentrieren, sich daran erinnern zu wollen, dass man träumt. Diese einfache Methode ist eher für Menschen geeignet, die gut in der Lage sind, sich an Dinge, die sie sich vorgenommen haben, auch im Unterbewusstsein zu erinnern. Da er nicht wusste, ob er für Hypnosen oder Autosuggestion empfänglich war, und auch nicht wusste, ob er sich an Vorgenommenes gut würde erinnern können, zog er noch eine dritte Methode in Betracht. Bei der WILD-Methode, Wake-Initiation of lucid dreams, versucht man, während man einschläft, das Bewusstsein wach zu halten. Dadurch besteht die Möglichkeit, geradewegs vom Wachzustand in einen Traum einzutreten. Das bietet den Vorteil, einen luziden Traum schon durch die bloße Absicht beim Einschlafen zu indizieren. Während des Einschlafens kann man und sollte man auch völlig entspannt sein. Eine Gefahr besteht höchstens darin, dass man bewusst den Übergang zu den chaotischen und bizarren Traumwelten erfährt, die erschreckend wirken können.

Wimmer probierte die Methoden nacheinander aus. So gut er sich aber auch vorbereitete, luzides Träumen wollte ihm in den ersten Nächten nicht gelingen. Vielleicht erwartete er einfach nur zu viel? Vielleicht erwartete er den Erfolg viel zu früh? Vielleicht war er für luzides Träumen überhaupt nicht empfänglich? Er beschloss, weiter zu versuchen…

KAPITEL 8

„Man soll Träumen nur insofern Bedeutung zuerkennen, als man selber auf halbbewussten Wegen der Traumfabrikant ist.“
Friedrich Witz

Noch ungefähr einen Kilometer und Sebastian Wimmer wäre am Ziel. Noch den Tramsingel entlang über den Academiesingel zum Delpratsingel. Dann links in die Menno von Coehoornstraat. Am Ende der Straße ist der Stationsweg. Und genau dort wollte Wimmer auf dem Park and Ride-Parkplatz parken. Er drückte die Taste am Parkautomaten und die automatische Schranke öffnete sich. Er suchte sich einen freien Parkplatz und stieg aus seinem alten VW Golf aus. Er sah sich um. Unmittelbar am Ende des Parkplatzes sah der die Zuggleise und ein wenig weiter links konnte er den Bahnhof von Breda erkennen. Breda ist eine Gemeinde der niederländischen Provinz Nordbrabant mit zurzeit ungefähr 180.000 Einwohnern. Wimmer ging vom Stationsweg über den Stationsplein am Bahnhof vorbei und bog in die Henkstraat ein. Die führt geradewegs in den Stadtpark „Valkenberg“. Am Eingang des Parks befand sich Nassau-Baronie-Denkmal. Am Anfang des 15. Jahrhunderts heiratete der deutsche Graf Engelbrecht von Nassau die Erbin des ersten Herrn von Breda. Daher ist Breda eng mit dem Fürstenhaus Oranien-Nassau verbunden. Der Name des Stadtparks, der ursprünglich ein großer Wald war und zum Schloss gehörte, leitet sich davon ab, dass früher hier Falken für die Jagd trainiert wurden.

Wimmer schlenderte durch den Park zum Schloss hin. Für einen Tag im Februar war es angenehm warm und die Sonne schien fröhlich durch vereinzelte Wolken. Es sah nicht nach Regen oder Schnee aus. Er war überrascht, wie viele Menschen sich in dem Park aufhielten. In diesem Winter hatte es so gut wie überhaupt nicht geschneit. Alle Wege waren frei von Schnee. Auf den Parkbänken hatten es sich viele Menschen, wenn auch in Mänteln und mit Schals und Mützen gemütlich gemacht. Die Jüngeren flanierten auf den asphaltierten Wegen. Kinder fuhren mit Skateboards. Die Liebenden und die Älteren zogen es eher vor, auf den Bänken zu sitzen.

Hinter dem Teich konnte Wimmer schon das Schloss sehen. Graf Heinrich der III. befand sich oft im Ausland. Bei seinen Reisen nach Italien und Frankreich sah er große, reich geschmückte Paläste. Die beeindruckten ihn so sehr, dass er hier in Breda dieses Schloss 1536 im Renaissancestil bauen ließ. Seit dem 13. Jahrhundert stand an dieser Stelle eine stattliche Ritterburg, die aber dann dem Bau des Schlosses weichen musste.

Am Ausgang des Parks erreichte er hinter dem Schloss den Kasteelplein, eine Verbreiterung der Kasteelstraat. Der Platz war immer mit dem Schloss verbunden. Wimmer war beeindruckt von der historischen Kulisse. Wenn er sich vorstellte, dass hier während der Belagerungen viele blutige Kämpfe stattgefunden hatten… Außerdem hatte der Platz früher als

Hinrichtungsplatz gedient. Protestanten fanden hier den Märtyrertod und wurden öffentlich verbrannt. Das Reiterstandbild auf dem Kasteelplein zeigt Wilhelm III. Er rettete damals die Niederlande als der französische König Ludwig der XIV. das Land besetzen wollte. Das Standbild wurde 1922 errichtet. Ganz glücklich waren die Einwohner Bredas mit der Platzwahl nicht. Es stand nun zwar unmittelbar vor dem Schloss, aber gleichzeitig an einer Stelle, auf dem regelmäßig der Schweinemarkt stattfand. Die Einwohner Bredas befürchteten, dass Wilhelm der III. sich auf seinem Pferd regelmäßig die Nase zu halten müsse. Schmunzelnd ging Wimmer weiter in Richtung Stadtzentrum. Über den Vismarkt, die Torenstraaat und den Kerkplein erreichter den Grote Markt. Der Grote Markt erstreckt sich über circa zweihundert Meter und ist geprägt von Geschäften am Rand und Außengastronomie im mittleren Teil der Straße. Hier suchte sich Wimmer ein schattiges Plätzchen in einem der Eetcafés. Da die Sitzplätze mit Gaspilzen beheizt wurden, konnte man hier gemütlich sitzen. Er gönnte sich ein kleines Stück Kuchen und eine Tasse Kaffee. Von hier aus hatte er einen imposanten Blick auf die Grote Kerk, die ihren Namen wahrlich verdient, und über das emsige Treiben auf dem Grote Markt. Die Grote Kerk, auch Onze-Lieve-Vrouwkerk (Liebfrauenkirche) ist eine evangelische Kirche, die in brabantischer Gotik gebaut wurde. Baubeginn der heutigen Kirche, die eine Höhe von siebenundneunzig Meter aufweist, war bereits im Beginn des fünfzehnten Jahrhunderts. Heute finden in der Kirche nur noch selten Gottesdienste statt. Mittlerweile befindet sich in einem Teil der Kirche sogar ein Restaurant, so dass sich die Nutzung der Kirche doch sehr geändert hat. Neben der evangelischen

Kirche verfügt Breda auch über lutherse und gereformeerde Kerken. Nachdem Wimmer ausgiebig dem Treiben auf dem Grote Markt zugesehen hatte, beschloss er weiter zu gehen.

Am Ende des Grote Markt bog er links in die Ridderstraat ein. Ridderstraat..., Ridderstraat dachte Wimmer. Was hatte es mit der Ridderstraat auf sich? Er wusste nicht, was ihn beim Anblick des Schildes so stutzig machte, aber er machte sofort kehrt, ging über den Grote Markt zurück, bog nach rechts in die Reigerstraat, ging weiter in die Catarinastraat zurück zum Stadtpark „Valkenberg". Er warf nur einen flüchtigen Blick links von der Catarinastraat in den Begijnhof. Den Beginenhof bekamen die Beginen, die nach der beigen Kleidung, die sie damals trugen, benannt wurden im Jahr 1267 vom Herrn von Breda geschenkt. Beginen waren Frauen, die weder heiraten wollten, noch in ein Kloster eintreten wollten. Sie gaben sich oft sozialen Aufgaben hin, kümmerten sich um Arme oder pflegten Alte und Bedürftige. Sie waren Mitglied einer Gruppe frommer Frauen, die in jener Zeit als Beginen ihren Oberinnen die einfachen Gelübde der Keuschheit und es Gehorsams ablegten, sich aber immer frei zurückziehen konnten. Aus ihrem Bedürfnis, sich aus dem normalen Leben zurückziehen zu können, rührten die Beginenhöfe. Eine ganze Reihe niederländischer Städte verfügen über Beginenhöfe. Heute sind sie meistens Alters und Ruheresidenzen und bilden eine Ruheoase in den Zentren der Städte.

Vom Begijnhof ging Wimmer dann zurück durch den Stadtpark in Richtung Bahnhof. Er ging am Bahnhof vorbei zum Park and Ride-Parkplatz, auf dem er geparkt hatte, setzte sich in sein Auto und wartete.

Rund eine halbe Stunde später öffnete sich die Schranke und ein dunkler Audi fuhr auf den Parkplatz. Der Fahrer fuhr suchend über den Parkplatz bis er eine geeignete Parkbucht gefunden hatte. Als der Wagen korrekt in der Parkbucht stand, öffnete sich die Tür und der Fahrer stieg aus. Wimmer schaute genau hin. Ja, wie erwartet stieg Herr Ridder aus dem Auto. Wimmer war verwirrt. Ridder, das war einer der Geschäftsleute, die er bei van Maarten im Kongo kennengelernt hatte… Ridder, Ridderstraat…

Ridder nahm eine Aktentasche und eine Jacke, eine Art Anorak aus dem Kofferraum seines Audis. Dann schloss er das Fahrzeug ab und ging in Richtung Bahnhof. Wimmer stieg aus dem Golf aus, schloss ihn ab und folgte Ridder.

Am Eingang des Bahnhofes hielt Ridder kurz an und betrachtete die Anzeigetafel der Ankunfts- und Abfahrtzeiten. Dann schaute er auf die Hinweisschilder und ging nach rechts zu den öffentlichen Toiletten. Wimmer folgte ihm.

Der Weg zu den Toiletten war ein wenig abseits. Er befand sich mit Ridder alleine auf dem Weg. Ridder erreichte die Toilettenanlage. Rechts befanden sich die Damentoiletten. Ridder ging nach links zu den Herrentoiletten.

Wimmer wusste nicht recht, wie ihm geschah, aber plötzlich ging alles blitzschnell. Er schaute nach links und rechts, konnte niemanden sehen. Als er überzeugt war, dass niemand anderes in der Nähe war, lief er auf Ridder zu. Von hinten stieß er Ridder zu Boden. Ridder hatte Wimmer nicht sehen können. Daher konnte er auch nicht reagieren. Er fiel krachend auf die Erde und verlor dabei seine Aktentasche. Er drehte sich um und sah erschrocken und überrascht nach oben. Wimmer stand nun über ihm, zog eine Schusswaffe aus seiner Seitentasche. Ridder schaute ungläubig und entsetzt nach oben. Er verstand überhaupt nicht, was gerade vor sich ging. Wimmer schoss zweimal auf Ridder. Ridder war auf der Stelle tot.

Wimmer steckte die Waffe ein, nahm Ridders Aktentasche an sich, schaute sich schnell um und verließ laufend den Bahnhof. Niemand schien etwas von der Tat mitbekommen zu haben, obwohl die Schüsse von lauten Detonationen begleitet waren. Schnell lief er, ohne sich noch einmal umzuschauen, die Henkstraat hinunter, bog links in den Delpratsingel, wieder links in die M. Verhoff-Straat und über den Stationsweg zum Park and Ride-Parkplatz. Die letzten Meter ging er betont langsam und lässig, um wieder zu Atem zu kommen und nicht aufzufallen. Seelenruhig zahlte er sein Parkticket, stieg in seinen Golf und fuhr zurück nach Aachen. Er war während der ganzen Fahrt unruhig und hatte das Gefühl, nicht Herr über sich selbst zu sein, eher ein Gefühl, als würde er ein wenig neben sich laufen…

Kapitel 9

„Träume verwirklichen sich nie, und kaum haben sie sich verflüchtigt, erkennen wir jäh, dass wir die größeren Freuden unseres Lebens außerhalb der Wirklichkeit zu suchen haben."
Natalia Ginzburg

Heute war Dienstag. Und für heute hatte sich Wimmer vorgenommen, kurz über die Grenze in die Niederlande, in den südöstlichsten Zipfels der niederländischen Provinz Limburg, nach Vaals zu fahren. Vom Stadtzentrum Aachens aus sind es nur knapp sechs Kilometer um über den Aachener Ortsteil Vaalserquartier über die Grenze nach Vaals zu kommen. Vaals hat zurzeit etwas weniger als zehntausend Einwohner. Die Grenzgemeinde Vaals besteht aus drei Kernen, Vaals, Lemiers und Vijlen. Zu besonderer Berühmtheit gelangt der Ort deswegen, weil sich auf dem Vaalserberg der mit dreihundertzweiundzwanzig Metern über dem Meeresspiegel höchste Ort der Niederlande befindet. Und genau auf diesem Berg befindet sich auch das Tourismusmagnet „Dreiländereck" Belgien-Deutschland-Niederlande.

Der Tourismus ist mittlerweile auch die größte Einnahmequelle von Vaals. Die früher in der Nähe existierenden Unternehmen der Kohlen- und Textilindustrie gibt es nicht mehr. In den größeren Nachbarstädten Heerlen, Kerkrade, Maastricht, Aachen und anderen umliegenden Gemeinden finden die meisten Einwohner Vaals ihre Arbeitsplätze.

Heute wollte Wimmer unbedingt nach Vaals fahren, denn dienstags ist in Vaals immer der gemütliche Wochenmarkt. Zu vergleichsweise günstigen Preisen werden hier einheimisches Obst und Gemüse, frischer Fisch, Käse, Fleischprodukte, Kleidung und vieles andere angeboten. Er schlenderte immer gerne über den Wochenmarkt und freute sich auf einige der niederländischen Produkte, die es ein paar Kilometer weiter in Aachen schon nicht mehr zu kaufen gab. Wimmer fuhr mit seinem Wagen die Vaalser Straße entlang, überquerte die Grenze der Niederlande und befuhr weiter diese Straße, die ab hier Maastrichterlaan und in der weiteren Fortsetzung Rijksweg heißt.

Er parkte kurz hinter der Grenze auf dem Parkplatz eines Discounters und ging dann die wenigen Meter zu Fuß über die Kerkstraat, Lindenstraat hin zum Konigin-Juliana-Plein, unmittelbar am Gemeentehuis, wo der Markt immer von sieben Uhr morgens bis dreizehn Uhr mittags stattfindet.

Er ging über den Markt, probierte das Eine oder Andere und kaufte schließlich ein Stück Gouda-Käse und seine geliebten Stroopwafels, Gebäckwaffeln mittig mit Zucker-Glucosesirup gefüllt. Die Einkaufstaschen gefüllt mit noch ein wenig regionalem Obst und Gemüse schlenderte er zurück zu seinem Auto. Immer, wenn er in Vaals war, dockte er sich auch mit niederländischen Tageszeitungen ein. Er informierte sich gerne über das Geschehen des unmittelbaren Nachbarn und staunte manchmal nicht schlecht, wie sehr sich die Schwerpunkte, politisch und wirtschaftlich von deutschen Zeitungen unterschieden. Er kaufte „De Telegraaf" und „De Volkskrant".

Zu Hause angekommen, machte er sich zunächst etwas zu Essen. Anschließend legte er sich auf seine Couch, um sich dem Aktuellen der niederländischen Zeitungen zu widmen.

De Telegraaf bot auf den ersten beiden Seiten das aktuelle politische Geschehen in den Niederlanden und aus dem Rest der Welt. Konflikte in Nordafrika, dem Nahen Osten, in der Ukraine und so weiter. Unten auf der zweiten Seite stieß er auf die Schlagzeile „Moord op klaarlichte dag!". Interessiert las er den Artikel. Gestern war offenbar ein Mann in Breda am helllichten Tag im Bahnhof erschossen worden. Man konnte aber noch nichts über die Beweggründe, das Motiv oder den Täter sagen. War es ein Raubmord oder ein Mord im Rahmen eines Bandenkrieges? Man tappte noch weitestgehend im Dunkeln. Aber man hatte ein Foto des Täters. Vor den Toiletten im Bahnhof von Breda befinden sich Überwachungskameras. Und von einer der Kameras war der mutmaßliche Täter aufgenommen worden. Das Foto in der Zeitung zeigte den mutmaßlichen Täter von hinten. Noch dazu war es keine allzu gute Bildauflösung und der Täter war nur von hinten zu sehen. Wimmer schaute sich das Foto an. Allerweltsperson, meinte Wimmer. Vermutlich sehen hunderte von Männern von hinten so aus. Selbst ich könnte darin erkannt werden.

Er las noch ein wenig weiter in De Telegraaf, Wirtschaft, Kultur und Sport. Dann nahm er sich De Volkskrant. Dort war auf der ersten Seite ein Artikel über den Mord in Breda. „Moord in het station van Breda" lautete hier die Überschrift. Der Artikel war inhaltlich gleich mit dem Artikel aus De Telegraaf, aber es war ein wesentlich größeres, schärferes Foto abgebildet, auf dem der mutmaßliche Täter zwar von hinten, aber im Halbprofil zu sehen war. Wimmer stockte der Atem. Die Person, die er dort sah, war er selber. Oder konnte es jemanden geben, der ihm dermaßen ähnlich sah? Er sah sich das Bild genauer an und suchte auch noch einmal das Foto aus der anderen Zeitung heraus. Nein, es gab keinen Zweifel. Das war eindeutig sein Kopf, mit der Frisur, der Nasenkontur. Die Person trug exakt seine Jacke und am Handgelenk konnte er sogar seine eigene Uhr erkennen. Auch auf dem schlechteren Foto erkannte er sich nun eindeutig selber. Aber wie konnte das sein? Er konnte sich nicht daran erinnern, an einem Ort wie auf diesen Fotos gewesen zu sein. Noch dazu war er noch nie in Breda... Wann sollte das gewesen sein? Gestern? Aha, das wird ja einfach zu klären sein. Wimmer versuchte sich zu konzentrieren, aber er konnte sich beim besten Willen nicht an den gestrigen Tag erinnern. Sonntag war ihm noch sehr gut im Gedächtnis. Er wusste noch genau, was er spät abends noch im Fernsehen geschaut hatte. Aber Montag, was hatte er gestern gemacht? Er konnte sich an nichts erinnern. Leise Zweifel krochen in ihm hoch. Sollte er wirklich gestern... aber nein, das konnte nicht sein. Was sollte er in Breda? Noch dazu einen Menschen ermorden... es konnte alles nicht sein. Aber warum kann ich mich nicht an gestern erinnern?

Er ließ die Situation langsam auf sich einwirken und versuchte, sich selber zu beruhigen. Er musste sich auf jeden Fall mit den Zeitungen, besser noch mit der Polizei in Verbindung setzen, um die Situation richtig zu stellen. Wenn jemand hier in der Gegend, der ihn kennt, die Zeitungen lesen würde, ... nicht auszudenken, was das für einen Schaden anrichten könnte. Vielleicht würden ja auch deutsche Zeitungen über den Mord berichten... Und wenn er dann mit Foto in Aachener Zeitungen abgebildet wäre, er wollte sich die Konsequenzen gar nicht vorstellen. Er musste die Sache auf der Stelle klären. Er ging zu seinem Auto, um zur nächsten Polizeistation zu fahren. „Mist", dachte er. ‚Erst muss ich noch tanken... Wieso tanken?', fragte er sich. Er schaute auf die Tankanzeige: annähernd Reserve. Er schaute auf den Kilometerzähler. Er suchte in seinem Portmonee die letzte Tankquittung. Das war eine Angewohnheit von Wimmer. Er bewahrte immer die jeweils letzte Tankquittung auf und notierte sich den Kilometerstand. So konnte er nach jedem Tankvorgang den Benzinverbrauch auf hundert Kilometer ausrechnen. Nicht, dass dabei jemals eine signifikante Abweichung vom langjährigen Durchschnitt aufgetreten wäre, aber er machte es halt immer. Jetzt stellte er fest, dass er seit dem letzten Tanken vor sechs Tagen über fünfhundertfünfzig Kilometer gefahren sein musste. ‚Das kann nicht sein', dachte er. In der Ablage der Fahrertür lag ein Zettel, der ihm bisher nicht aufgefallen war. Er nahm ihn heraus und erkannte eine Parkquittung, datiert auf gestern, Park and Ride-Parkplatz Breda. Wimmer wurde blass, Schweißperlen bildeten sich auf seiner Stirn. Wollte sich jemand einen Scherz mit ihm erlauben? Hallo, versteckte Kamera, hier bin ich! Aber das wäre zu weit gegangen. Nein, nicht zu weit gegangen, sondern unmöglich. Ein Scherz mit einem Mord und

Berichten in zwei unabhängigen, großen Tageszeitungen der Niederlande. Nie im Leben!

Er ging grübelnd wieder in seine Wohnung und überlegte, wo er gestern gewesen war. Was hatte er gestern bloß getan? Er schrieb auf, wo er seit dem letzten Tanken mit seinem Auto gefahren war. Er schrieb die Tage, die Orte und die Entfernungen auf. Er kam auf ungefähr zweihundert Kilometer.

Er startete seinen Computer und rief Google-maps auf. Dort gab er im Routenplaner seine Adresse in Aachen und den Bahnhof in Breda ein. Das Ergebnis: einhundertvierundsechzig Kilometer. Einhundertvierundsechzig mal zwei für Hin- und Rückfahrt ergibt dreihundertachtundzwanzig. Und es fehlten ihm in seiner Berechnung... fünfhundertfünfzig minus zweihundert Kilometer ... ungefähr dreihundertfünfzig Kilometer. Das wäre fast genau Breda und zurück gewesen... Wimmer wurde schlecht.

Die Indizien waren erdrückend. Er konnte sich zwar an den gestrigen Tag überhaupt nicht erinnern und er hätte auch überhaupt keine Idee geschweige denn ein Motiv, in Breda einen Mord zu begehen, aber die Parkquittung war eindeutig und real. Die zurückgelegten Kilometer standen ebenfalls fest. Und die Fotos zeigten ihn eindeutig.

Was wäre, wenn...?, überlegte Wimmer. Angenommen durch irgendeine psychische Beeinflussung, durch Hypnose, durch die Einnahme von Psychopharmaka, durch die Einnahme von K.O.-Tropfen wäre er dazu gebracht worden, diese Tat zu begehen.

Wäre das überhaupt möglich gewesen? Er erinnerte sich an Sigmund Freuds Strukturmodell der Psychoanalyse.

Er ging die Theorie noch einmal in Gedanken durch:

Das Strukturmodell der Psyche, erstmals veröffentlicht 1923, wird in der Literatur auch als „Drei-Instanzen-Modell“ oder als „zweites topisches System“ bezeichnet.

Darin unterscheidet Freud die drei Instanzen: Das Ich, das Es und das Über-Ich.

Das Es ist nach Freud die psychisch zuerst entstandene, teilweise auch angeborene Instanz der Seele. Bei der Geburt ist der Mensch nach Ansicht Freuds nichts Anderes als ein Triebbündel. Die ersten Triebe sind, etwas mit dem Mund aufnehmen zu wollen, satt sein zu wollen. Bekannt sind diese Triebe in der Zusammenfassung als orale Phase des Menschen. Weitere Triebe lassen sich als ‚ein angenehmes Hautgefühl haben zu wollen‘ zusammenfassen. Das heißt, das Bedürfnis nach großflächigem Hautkontakt, Berührung, nicht zu frieren. Es handelt es sich um die unbewusste Struktur, die sich in der weiteren psychischen Entwicklung in weiteren Trieben wie zum Beispiel dem Nahrungstrieb, Todestrieb, Sexualtrieb zeigt. Dazu kommen noch die unterbewussten Bedürfnisse, wie das Bedürfnis angenommen zu sein in Familie, Gemeinschaft oder Gesellschaft, das Geltungsbedürfnis und die Affekte, wie Liebe, Vertrauen, Neid und Hass. Der Mensch handelt, ohne dass ihm die prägende und strukturierende Wirkung der

Triebregungen bewusst ist. Das Es handelt nach dem Lustprinzip, das heißt es strebt immer nach unmittelbarer Befriedigung seines Strebens.

In Abhängigkeit davon, wie diese Bedürfnisbefriedigung im Laufe der psychischen Entwicklung erlebt wird sowie durch das Maß und die Art der Lust- und Unlusterfahrungen bilden sich weitere Triebe und die Emotionen eines Menschen aus. Nach Freud entsteht dadurch die individuelle Triebstruktur beziehungsweise der unbewusste Charakter.

Das Ich entsteht in den ersten Lebensmonaten, wenn dem Neugeborenen deutlich und damit bewusst wird, dass es sich von anderen Personen und Dingen unterscheidet. Selbstgefühl und eigene Körpergrenzen werden bewusst. Um das Es herum wird in den nächsten vier Lebensjahren eine Zone aufgebaut, die weiter zum komplexen Ich führt. Bevor ein Kind sprechen kann, und daher im Wesentlichen aus dem unbewussten herrührend, erkennt ein Kind immer mehr sein individuelles Sein in Unterscheidung zu seiner Umwelt. Es entsteht in dieser Phase das Selbstbewusstsein im engeren Sinne.

In Freuds Modell entspricht dem Ich die Instanz im Menschen, die das bewusste Denken im Alltag, das Selbstbewusstsein ausmacht. Nach Freud vermittelt das Ich zwischen den Ansprüchen des Es, des Über-Ich und der sozialen Umwelt, mit dem Ziel, psychische und soziale Konflikte konstruktiv aufzulösen. Das heißt, dass bei einem psychisch gesunden und gereiften Menschen das triebhafte Lustprinzip durch das Realitätsprinzip ersetzt oder zumindest ergänzt wird.

Das Es mit seinen angeborenen Triebimpulsen vergleicht Freud mit einem Baumstamm, aus dem das frühe Ich als Krone herauswächst. Deswegen nennt Freud diesen Teil des Ichs ein Produkt des Es: Er ist aus dem Material des Es, aus den Grundtrieben entwickelt worden.

Zum Ich führt Freud in erster Linie das Wahrnehmen, das Denken und das Gedächtnis als Bewusstseinsleistungen an. In weiterentwickelten Theorien gehört zum Ich auch die Vorstellung über die eigene Person, das Selbstbild beziehungsweise das Selbst einer Person. Ebenso ist in weiterentwickelten Theorien die Rede vom Ich-Gewissen, das heißt, moralische, kritisch und selbstkritisch geprüfte handlungsleitende Prinzipien sowie die Übernahme von Werten und moralischen Normen aus dem Über-Ich und der sozialen Umwelt, in der man sich befindet.

Ist das Es der unbewusste Teil unserer Psyche, so ist das Ich der bewusst im Hier und Jetzt denkende und handelnde Mensch.

‚Bleibt noch das Über-Ich', dachte Wimmer. Das Über-Ich ist sozusagen unsere innere moralische Instanz. Nach Freud bezeichnet das Über-Ich die psychische Struktur, in der zum Beispiel die sozialen Normen und Werte, Gehorsam, Moral und Gewissen angesiedelt sind. Vor allem werden diese moralischen Grundprinzipien von außen an das sich entwickelnde Kind herangetragen. Es sind verinnerlichte Werte der Gesellschaft, insbesondere vermittelt durch die engsten Bezugspersonen des Kindes, durch die Eltern. Erst durch die Entwicklung des Über-Ichs erwirbt der

Mensch die Fähigkeit, sich sozialgerecht zu verhalten und die ursprünglichen Triebregungen des Es eigenständig zu kontrollieren. Befolgt man die Gebote und Verbote des Über-Ichs nicht, regt sich das ‚schlechte Gewissen', es entstehen Schuldgefühle.

Bei psychisch gestörten Menschen, Psychopathen zum Beispiel, ist das Über-Ich gestört. Psychopathen fehlt es an schlechtem Gewissen, wenn sie Böses oder Unrecht tun. Es mangelt ihnen auch an Empathie, das heißt, an der Fähigkeit, sich in die Gefühlswelt anderer Menschen hineindenken zu können oder daran teilhaben zu können.

‚Und was hat das jetzt für eine Bedeutung in meiner konkreten Situation?', fragte sich Wimmer.

Offenbar, die Indizien sprachen eine eindeutige Sprache, war er gestern in Breda und hatte sich eines großen Verbrechens schuldig gemacht. Schuldig? Warum hatte er dann keine Schuldgefühle? Er konnte sich nach wie vor nicht an den gestrigen Tag erinnern. Das bedeutete, dass sein Ich gestern abgeschaltet sein musste. Keinerlei bewusste Wahrnehmung oder Erinnerung. Was war mit seinem Es? Im Unterbewusstsein muss er wohl bestimmte Dinge getan, oder besser ausgedrückt bestimmte Dinge befolgt haben. War das nun eine besondere Form der Bewusstlosigkeit, wenn man sich der Dinge, die man tut oder sagt, überhaupt nicht bewusst ist? Ist es damit zu vergleichen, wenn man im alkoholisierten Zustand, im Vollrausch, oder im Drogennebel Dinge tut oder sagt, die man bei vollem Bewusstsein nie getan oder gesagt hätte?

Wo blieb sein Über-Ich? Wenn das Über-Ich die moralische Instanz war, und er kein Psychopath war, davon ging er jetzt einmal aus, dann hätte sich das Über-Ich bei der Planung oder Ausführung der Tat melden müssen. Er hätte Gewissensbisse, ein schlechtes Gewissen haben müssen. Hatte er aber nicht. Kann ein Mensch, womit auch immer, soweit beeinflusst werden, dass er sein Über-Ich ausschaltet und gegen seine eigenen Moralprinzipien verstößt? Und dabei ging es hier nicht einmal um einen Bagatellverstoß gegen das Über-Ich, wie zum Beispiel wider besseres Wissen falsch zu parken. Nein, hier ging es um viel Größeres, um ein Kapitalverbrechen.

Kapitel 10

„Träume sind der Mut zu einer Fantasie, den man im Wachsein nicht hat.“
Wilhelm Lichtenberg

Am Abend ging Wimmer wieder zur Orchesterprobe der Swing-Bigband. Wie immer war er sehr früh da. Er nutzte die Gelegenheit, seine Musikstücke und die dazu gehörenden Notenblätter noch einmal zu sortieren. Bei den letzten Proben hatten sie nämlich die Reihenfolge der Stücke geändert und Wimmer wollte so unnötiges Blättern und Suchen vermeiden. Während er vor sich hin blätterte legte ihm jemand die Hand auf die Schulter.

„Na“, sagte jemand mit gedämpfter Stimme. „Was machen die Albträume?“

Wimmer sah sich um und erkannte Nico Janke.

„Hallo Nico“, sagte Wimmer freundlich. „Leider noch keine große Besserung. Aber mit deinen luziden Träumen, da hast du mich vielleicht auf ein Thema gestoßen…“

„Hast du es denn einmal probiert?“

„Ja, sagen wir mal so: Ich habe mich in die Theorie ein wenig eingelesen, habe auch einmal probiert, einen Klartraum zu ‚generieren‘. Aber das hat überhaupt nicht funktioniert. Ich bin da noch viel zu unerfahren. Ich stehe noch ganz am Anfang. Aber danke noch einmal. Das könnte zur Lösung des Problems beitragen.“

„Bei mir funktioniert das mittlerweile sehr gut. In mehr oder weniger großen Abständen gönne ich mir einen Klartraum und habe oft genug danach den absoluten Wow-Effekt."

„Ach, das wusste ich nicht. Du beherrschst das luzide Träumen?"

„Beherrschen ist wohl etwas übertrieben, aber ich habe einige Jahre daran gearbeitet, es zu perfektionieren..."

„Ich muss mich da erst noch einmal gründlich einlesen, damit ich die Theorie verstehe und genau weiß, was ich machen muss, und auf was ich mich da einlasse."

„Ja, tu das. Und wenn du Fragen hast oder Hilfe brauchst... sprich mich einfach an."

„Danke, tu ich gerne. Nico, du warst mir bisher, alleine schon durch die Idee des luziden Träumens eine große Hilfe. Kann ich dich auch auf ein anderes Thema, eher psychologischer Natur, ansprechen?"

„Oh, Psychologie ist eine meiner Leidenschaften... Ich hoffe ja nicht, dass du in Depressionen verfallen bist oder so?"

„Nein, weit entfernt von einer Depression. Ich habe mir einfach nur neulich Freuds ‚Das Ich und das Es' besorgt. Ich habe es fasziniert gelesen. Kennst du es?"

„Selbstverständlich. Es gab eine Phase in meinem Leben, da habe ich mich neben meinem Studium, sozusagen als Ausgleich, mit Psychologie auseinandergesetzt."

„Als Ausgleich mal eben mit Psychologie auseinandergesetzt. Wie bist du denn drauf?"

„Na ja, um ehrlich zu sein ging es mir im Wesentlichen darum, mit meiner eigenen Psyche klarzukommen. Und da im speziellen um den Umgang mit Prüfungsangst."

„Ah, daher weht der Wind. Und hat es dir geholfen?“

„Ich glaube, alleine die Tatsache, dass ich mich damit auseinandergesetzt habe, mich selber mit meinem Problem konfrontiert habe, hat mir sehr geholfen.“

„So, dann muss ich den Fachmann direkt mal prüfen…“

„Schieß los. Vielleicht kann ich dir ja helfen.“

„Mal angenommen“, begann Wimmer vorsichtig. „Nur mal angenommen, jemand hätte in einer bestimmten Situation etwas getan, was mit seinem Über-Ich, mit seinem Gewissen eigentlich unvereinbar wäre. Aber das Über-Ich schweigt, obwohl die Person genau weiß, das sein Gewissen die Tat nicht hätte zulassen dürfen.“

„Sebastian“, sagte Janke. „Du hast doch keinen Mist gebaut, oder?“

„Nein, nein“. Wimmer fühlte sich ertappt. „Ich wollte nur einfach wissen, ob dir so etwas schon begegnet ist, im realen Leben, in der Literatur oder so.“

„Tja, zum einen kennt man das bei Psychopathen. Die kennen kein schlechtes Gewissen. Sie begehen oft die größten Verbrechen, ohne dabei Schuldgefühle zu entwickeln und ohne, dass es ihnen leid tut. Aber du sagtest, dass die Person genau weiß, dass ihr Gewissen die Tat hätte unterbinden müssen?“

„Ja, so ist es.“

„Dann könnte es ein Thema des freien Willens sein.“

„Wie, des freien Willens?“

„Ja, da gibt es die tollsten Überlegungen, ob wir Menschen überhaupt über einen freien Willen verfügen. Oder ist die ganze Welt um uns herum komplett deterministisch, das heißt von Ursache und Wirkung komplett vorherbestimmt? Dann könnten wir in bestimmten Situationen gar nicht anders als das Vorherbestimmte zu tun, Über-Ich hin oder her."

„Nico, du bist der Hammer. An so etwas habe ich noch überhaupt nicht gedacht. Da habe ich wieder etwas, womit ich mich auseinandersetzen muss. Danke."

„Gerne, wenn es dir hilft. Oh, ich glaube es geht los."

Jeder ging zu seinem Instrument und die Probe begann.

Noch am selben Abend machte sich Wimmer daran, Informationen über den ‚freien Willen' zu sammeln und zu sichten. Die Idee war einfach faszinierend: ‚Habe ich überhaupt einen freien Willen?' Was bedeutet überhaupt ‚Freier Wille'? Heißt das, dass ich völlig unabhängig und losgelöst von meiner Umgebung frei handeln und entscheiden kann?

Juristisch ist die Willensfreiheit eine der verfassungsrechtlichen Leitideen. Sowohl in Art. 1 des Grundgesetzes als auch in Art. 1 der Grundrechtcharta der Europäischen Union fußt die Menschenwürde auf der Willensfreiheit: *„Dem Schutz der Menschenwürde liegt die Vorstellung vom Menschen als einem geistig–sittlichen Wesen zugrunde, das darauf angelegt ist, sich in Freiheit selbst zu bestimmen und zu entfalten."*. Das Bundesverfassungsgericht leitet aus diesem Ansatz das Schuldprinzip ab, welches für das deutsche Strafrecht maßgeblich ist.

Die Regelung des Bürgerlichen Gesetzbuches besagt in § 104: *Die freie Willensbestimmung kann nur im Zustand der Bewusstlosigkeit oder „krankhafter [oder vorübergehender] Störung der Geistestätigkeit" dauerhaft oder vorübergehend unmöglich sein.* Die Folge besteht im BGB daraus, dass man als Geschäftsunfähig gilt. Das heißt, dass man keine gültigen Willenserklärungen abgeben kann und keine Rechtsgeschäfte, zum Beispiel Verträge, abschließen kann. Vorübergehende Störung der Geistestätigkeit bedeutet dabei zum Beispiel, dass ein Zustand unter Drogen- oder Alkoholeinfluss in dem Maße eingetreten ist, dass einer Person ihr Handeln eben nicht mehr bewusst ist.

Das Strafgesetzbuch geht ebenfalls vom Grundsatz des freien Willens aus: Nur „wer bei Begehung der Tat wegen einer krankhaften seelischen Störung, wegen einer tiefgreifenden Bewusstseinsstörung oder wegen Schwachsinns oder einer schweren anderen seelischen Abartigkeit unfähig ist, das Unrecht der Tat einzusehen oder nach dieser Einsicht zu handeln", handelt gemäß § 20 StGB nicht vorwerfbar.

Das kann ja nur heißen, überlegte Wimmer, dass ich genau deshalb für eine Tat schuldig bin, weil ich jederzeit aus freiem Willen handeln konnte. Ich hätte genauso gut ein kriminelles Tun oder auch ein strafbares Unterlassen unterbinden können, wenn ich mich mit meinem freien Willen dazu entschlossen hätte. Das wäre ja auch zu schön oder einfach, überlegte Wimmer weiter, wenn ich mich nach einer Tat einfach darauf berufen könnte, dass ich keinen Einfluss auf die Tat hatte, da ich nachweislich nicht über einen freien Willen verfüge, und alles vorherbestimmt, quasi Schicksal sei. Dann könnte niemand mehr für sein Tun strafrechtlich verfolgt werden.

Die Frage nach dem freien Willen gehört zu den Klassikern der Geistesgeschichte. Schon Platon, Aristoteles, Epikur, Stoa im Altertum setzten sich mit dem freien Willen auseinander. Um das Jahr 400 las Augustinus aus der Bibel, dass Gott uns mit freiem Willen ausgestattet haben müsse. Der englische Mathematiker Thomas Hobbes leugnete zwölf Jahrhunderte später den freien Willen, weil er den Lauf der Welt für festgelegt hielt. Je mehr das naturwissenschaftliche Denken dominierte, desto enger wurde es für den freien Willen. Descartes, Spinoza, Leibniz, Locke, Schopenhauer, Heidegger, Sartre und viele andere Philosophen erweitern den Reigen derjenigen, die sich dieses Themas annahmen.

Ist es denn nicht tatsächlich so, dass alles vorherbestimmt ist? Habe ich denn überhaupt einen freien Willen? Auch Einstein haderte indirekt mit dem Begriff freien Willen in seinem legendären Brief von 1926 an Max Born:

„Die Quantenmechanik ist sehr achtunggebietend. Aber eine innere Stimme sagt mir, dass das noch nicht der wahre Jakob ist. Die Theorie liefert viel, aber dem Geheimnis des Alten bringt sie uns kaum näher. Jedenfalls bin ich überzeugt, dass der *nicht würfelt.“*

Verkürzt wird dieses Satz heute häufig als „Gott würfelt nicht“ wiedergegeben und gibt Einsteins Vorstellung eines vollständigen Determinismus wieder. Das gesamte Universum ist seiner Meinung nach kausal aufgebaut: Auf die Ursache folgt die Wirkung. Von Anbeginn des Universums gibt es damit nur eine logisch aufeinander aufbauende Kausalkette, die deterministisch keinen Spielraum für Wahrscheinlichkeiten und Zufälligkeiten lässt. Die These, dass Gott nicht würfelt, also die Physik keinen Zufall kennt, war Einsteins Antwort auf die Frage, was ihm an der damals aufkommenden Quantenphysik nicht behage, denn dort werden Zustände eines physikalischen Systems mittels Wahrscheinlichkeiten, zum Beispiel mit Aufenthaltswahrscheinlichkeiten beschrieben. Mit dieser Ansicht entzieht Einstein im Grunde nach auch jede Möglichkeit eines freien Willens, da jede Entscheidung und Tat bereits im Vorhinein feststeht und keiner Zufälligkeit unterliegen kann.

Sind wir in einem Tun oder Unterlassen, in einer Entscheidungsfindung nicht einfach nur abhängig von unserer Gehirnchemie, quasi sich bewusst fühlende Marionetten einer übergeordneten Steuerung? Wie kann man von freiem Willen sprechen, wenn die Absicht, etwas zu tun, im Gehirn bereits feststeht, bevor ich bewusst eine Entscheidung treffe? Bereits Sekunden(bruchteile) vor einer bewussten Entscheidung lassen sich im Gehirn schon Anzeichen dieser Absicht erkennen. Sind, um bei Einsteins Vokabular zu bleiben, die Würfel bereits gefallen, bevor wir uns entscheiden? Haben wir eine freie Wahl?

Wissenschaftler des Max-Planck-Instituts für Kognitions- und Neurowissenschaften in Leipzig um John-Dylan Haynes untersuchten mithilfe von MRT (Kernspintomographie) Gehirnaktivitäten, die bewussten Entscheidungen vorausgehen. Sekunden bevor Probanden sich, wie sie glaubten, bewusst entschieden, konnten die Forscher anhand der Gehirnaktivität bereits voraussagen, zu welcher Entscheidung die Probanden kommen würden.

Vierzehn Testpersonen sollten in dem Experiment völlig frei entscheiden, entweder einen Knopf mit der linken oder einen anderen Knopf mit der rechten Hand zu drücken. Den Probanden war dabei überlassen, wie viel Zeit sie sich für die Entscheidung ließen.

Vor den Augen der Probanden wurde während der Entscheidungsfindung eine zufällige, für den Probanden sinnlose Buchstabenfolge abgespielt. Traf der Proband seine Entscheidung, drückte also auf einen Knopf, konnten die Forscher erkennen, bei welchem Buchstaben, also wann die Entscheidung getroffen wurde. Gleichzeitig beobachteten die Forscher mithilfe des MRT, wie viel Sauerstoff einzelne bestimmte Bereiche des Gehirns verbrauchten. Denn am Sauerstoffverbrauch kann man erkennen wie aktiv das Gehirn ist: Vermehrter Sauerstoffverbrauch bedeutet höhere Gehirnaktivität. Mit Hilfe einer zu diesem Zweck erstellten Software konnten aus den gewonnenen Daten räumliche Aktivierungsmuster im Gehirn erstellt werden, die Erkenntnisse über die spätere Handlung lieferten.

Die Studienteilnehmer gaben im Durchschnitt an, sich innerhalb einer Sekunde vor dem Drücken eines der beiden Knöpfe entschieden zu haben. Die Wissenschaftler konnten aber bereits mindestens sieben Sekunden vor der bewussten Entscheidung mit hoher

Wahrscheinlichkeit voraussagen, mit welcher Hand der Proband den Knopf drücken würde.

Anhand der Aktivitäten im frontalen Cortex, einer Region im vorderen Hirnbereich, und etwas zeitversetzt in einer Region im Scheitellappen des Gehirns, konnten die Forscher bereits darauf schließen, wie die Entscheidung ausfallen würde. Haynes sagte: „Es scheint, als würde die unbewusste Entscheidung im Gehirn vorbereitet und dann eine Zeit lang dort vor sich hinschlummern, bevor sie den Weg ins Bewusstsein findet“. Nach der noch unbewussten Einleitung des Entscheidungsprozesses über Art der Handlung und Handlungszeitpunkt werden die Informationen offensichtlich zeitverzögert in andere, bewusste Hirnbereiche, übermittelt.

Bei genügend großem Stichprobenumfang hätten die Voraussagen mit ungefähr fünfzig Prozent zutreffen müssen, wenn sie zufällig gewesen wären. Die Vorhersagegenauigkeit lag nicht bei einhundert Prozent, mit sechzig Prozent aber deutlich über dem Zufall.

Die Forscher sahen in ihren Erkenntnissen keinen endgültigen Beweis gegen die Existenz des freien Willens: „Nach unseren Erkenntnissen werden Entscheidungen im Gehirn zwar unbewusst vorbereitet, wir wissen aber noch nicht, wo sie endgültig getroffen werden. Vor allem wissen wir noch nicht, ob man sich entgegen einer angebahnten Entscheidung des Gehirns auch anders entscheiden kann", sagt Haynes. "Wenn das Gehirn allerdings fast zehn Sekunden lang die Vorbereitungen für eine Entscheidung trifft, bleibt nicht mehr viel Spielraum für den freien Willen." Er persönlich halte den freien Willen daher eher für nicht plausibel, so Haynes. Er ist aber auch überzeugt, dass sich Gehirn und Wille letztlich nicht voneinander trennen lassen. Durch frühe Wünsche, Vorstellungen und Erfahrungen sei das Gehirn bereits geformt. "Selbst wenn diese Prozesse unbewusst vorbereitet werden, ist die letztendliche Entscheidung für jeden Menschen einzigartig", sagt Haynes.

Als die Neurophysiologen in den achtziger Jahren begannen, die Gehirnzellen beim Denken zu belauschen, schienen die Chancen für den freien Willen auf null zu sinken.

Benjamin Libet, Neuropsychologe der Universität von Kalifornien in San Diego, führte genau in dieser Zeit Experimente durch, die an der herkömmlichen Vorstellung von Wille und Handlung Zweifeln ließen. In einem ähnlichen Versuch maß Libet ein Gehirnsignal, welches er „Bereitschaftspotential“ nannte, das sich um einige hundert Millisekunden vor der bewussten Entscheidung zeigte. Erneut entbrannte eine heftige Debatte über die Willensfreiheit. Jeder Mensch geht normalerweise davon aus, dass er sich bewusst entscheidet, bevor er handelt, dass er also eine Wahl nach seinen Wünschen und Vorstellungen trifft. Sollten Libets Erkenntnisse aber stimmen und die Entscheidungsprozesse bereits kurz vorher unbewusst entschieden beziehungsweise abgeschlossen sein, wäre der freie Wille eine Illusion. Libets Experimente wurden wegen der kurzen Vorlaufzeit von nur einigen wenigen Millisekunden stark angezweifelt. Haynes Experiment scheint nun Libet aber zu bestätigen.

Sollte der freie Wille tatsächlich eine Illusion sein, wäre das eine gewaltige Erschütterung für unser Menschenbild, vor allem für unsere Begriffe von Schuld und Verantwortung. Wie soll man einen Verbrecher verurteilen, wenn er gar nicht anders konnte?

Ob wir nun einen freien Willen haben oder nicht, es scheint hilfreich zu sein, allein an seine Existenz zu glauben: Psychologen haben gezeigt, dass Zweifel am freien Willen Menschen aggressiver, weniger hilfsbereit und unmotivierter macht. Italienische Forscher haben sogar gemessen, dass allein der Glaube an einen freien Willen die Stärke des Bereitschaftspotenzials gemäß Libet verändert.

Einen anderen Ansatz zum freien Willen verfolgt Prof. Dr. Byung-Chul Han von der Berliner Universität der Künste: In den achtziger Jahren des letzten Jahrhunderts, als in Deutschland die große Volkszählung durchgeführt wurde gingen die Skeptiker, diejenigen, die Angst hatten vom Staat, vergleichbar mit Orwell´s „Big Brother", ausgespäht zu werden, auf die Barrikaden. „Volkszählungsboykott" hieß es von Seite der Datenschützer.

Heute hingegen geben wir erheblich mehr persönliche und private Daten Preis als jemals zuvor. Und das nicht, weil uns eine staatliche Institution dazu zwingen würde, sondern aus absolut freien Stücken. Und das tun wir offensichtlich deswegen, weil wir uns frei fühlen. Und weil wir uns frei fühlen, geben wir unsere gesamten Daten, Name, Geburtsdatum, Anschrift, Beruf, Urlaubsfotos, Beziehungsstatus usw. freiwillig im Internet heraus.

Han vergleicht das mit dem Feudalismus des Mittelalters. Was im ersten Moment erstaunlich wirkt, wird bei näherer Betrachtung deutlich: Im Mittelalter befand man sich in Leibeigenschaft eines Feudalherren. Man konnte zwar seinen Acker bebauen und bewirtschaften, die Lehnherren holten am Ende aber die Ernte oder zumindest einen großen Teil davon als ihren Ertrag. Heute ist zum Beispiel Facebook einer der großen Feudalherren. Er überlässt den Usern das „Land" und fordert alle auf, es mit Daten zu beackern. Wir kommunizieren via Facebook und fühlen uns dabei völlig frei. Am Ende kommt der Feudalherr Facebook und fährt die Ernte ein: Er beutet die Kommunikation aus. Er schlägt Kapital aus unserer Kommunikation... und Geheimdienste überwachen fleißig mit. Es gibt keine Proteste dagegen, weil wir uns völlig frei fühlen. Wir werden in unserer gefühlten Freiheit ausgebeutet.

Der nächste Schritt ist dann, dass „Big Data" nicht nur als Überwachungsinstrument eingesetzt wird sondern vor allem für die Steuerung des menschlichen Verhaltens. Und wenn das menschliche Verhalten auf diese Weise gesteuert wird, wenn also Entscheidungen, die wir im Gefühl, völlig frei zu sein, treffen total manipuliert sind, ist unser freier Wille gefährdet. Kann man bei dieser Macht an Manipulation noch von einem freien Willen der Menschen sprechen? Big Data rüttelt an unserer allgemeinen Vorstellung eines freien Willens.

Für Wimmer stellten sich nun ein paar Fragen: Gab es nun einen freien Willen oder nicht? War alles um ihn herum deterministisch und Susanne Schlömers Tod demnach unausweichlich gewesen? Hätten Schlömer und er anders handeln, entscheiden können?

Hätte er den Mord in Breda bewusst verhindern können? Hatte er in diesem Moment überhaupt über einen freien Willen verfügt? War er, wie auch immer, manipuliert? Er war offensichtlich nach Breda gefahren, hatte sich dort auch offensichtlich ziemlich bewusst verhalten und dennoch eine Tat verübt, die mit seinen eigenen Moralvorstellungen unvereinbar war. War das alles Schicksal?

KAPITEL 11

Vita non optanda, optanda sunt vivanda.
Träume nicht dein Leben, lebe deine Träume.
altes römisches Sprichwort

Um 06:30 klingelte Bianca Schiffers Wecker. Sie öffnete die Augen, blinzelte und sah, dass durch die Fensterläden bereits helles Sonnenlicht drang. Sie gähnte und reckte sich dabei. Sie drehte sich noch einmal um und kuschelte sich in ihre Decke. Langsam wurde sie richtig wach. Sie setzte sich auf die Bettkante und strich sich die Haare aus dem Gesicht. Sie stand auf, schob das Moskitonetz, das über ihr Bett gespannt war beiseite und befestigte es mit der kleinen Schnur am Rand des Bettes. Das Bett, das mit dem Kopfende an der Wand, ansonsten aber mittig im Raum stand, war ein einfaches Bett, bestehend aus einem grauen, stabilen Metallgestell, einer flachen Matratze, die mit einem weißen Bettlaken überzogen war, einem Kopfkissen und einer dünnen, bunt gemusterten Decke. Langsam stand Bianca auf und ging über den Holzdielenboden zum Fenster, welches sich an der linken Seite ihres Bettes befand. Sie entfernte auch hier das Moskitonetz, das das Zimmer insbesondere nachts vor unerwünschten kleinen Blutsaugern und Malariaüberträgern schützte, vom Fensterrahmen. Das Netz war am Rande des Fensterrahmens mit Klettverschlüssen angebracht. So konnte man es problemlos lösen und wieder befestigen. Sie öffnete das Fenster, indem sie den Fensterhebel nach rechts drehte und dann die zwei Flügel nach innen aufzog. Die beiden Holzflügel der Fensterläden öffnete sie nach außen und hakte sie an der Hausmauer ein. ‚Die könnten auch noch einmal gestrichen werden‘, dachte Bianca, als sie die abblätternden Farbreste der Läden sah. Sie blinzelte, denn die Sonne, die wie jeden Tag warm und grell von einem wolkenlosen Himmel schien, störten ihre noch verschlafenen Augen. Sie ging zum Waschbecken, das am Ende des Zimmers, hinter dem Fußende ihres Bettes an die Wand geschraubt war. Es gab lediglich kaltes Wasser, aber immerhin fließendes Wasser. Sie wusch sich, putzte ihre Zähne und kämmte ihre langen, dunklen Haare.

Sie hatte sich noch immer nicht an alles gewöhnt. Sie schaute in das Regal, in dem ihre Kleidung sauber und gefaltet lag. Wie hatte sie diese Oberteile jemals kaufen können? Sie passten zwar alle perfekt, aber die Farben und der Schnitt… Das war eigentlich nicht ihr Stil. Wie dem auch sei, dachte sie und wählte eine dunkle Hose und ein farblich dazu passendes Oberteil. Sie setzte sich an ihren Tisch, brach ein Viertel von einem Fladenbrot ab und aß es, immer ein wenig Butter und ein wenig Konfitüre darauf streichend, wie ein Croissant. Aus dem Wasserkocher füllte sie heißes Wasser in die Tasse und fügte einen vollen Kaffeelöffel lösliches Kaffeepulver hinzu. Langsam rührte sie um, bis der aromatische Kaffeeduft ihre Nase erreichte. Sie schlürfte am heißen Kaffee und merkte mit und mit, wie das Koffein anfing, ihre Lebensgeister zu wecken.

Sie schaute sich um. Dieses bescheidene Zimmer war ihr einziges Hab und Gut. Sie arbeitete seit zwei Wochen als Bürokraft in einer Filiale von van Maarten

Inc. in der Route de Zongo in Kasangulu. Kasangulu lag ungefähr dreißig Kilometer von der Zentrale in Mfuti entfernt. Alle Beschäftigen wohnten in einem der Häuser, die van Maarten an die Belegschaft vermietete. Die Häuser waren zweigeschossig und befanden sich auf dem Firmengelände. Das Firmengelände selber war umzäunt und von einer Art Security rund um die Uhr bewacht. Für Einheimische, die mit ihren Familien teilweise nur in etwas besseren Baracken lebten, waren diese Wohnungen ein großes Stück Luxus.

Schiffer befestigte das Moskitonetz wieder in den Fensterrahmen, ließ das Fenster aber geöffnet, damit über Tag frische Luft hineinkam. Dann verließ sie ihr Zimmer, schloss ab, stieg die Treppe hinunter und ging über den Hof zum Verwaltungsgebäude, in dem sich ihr Büro befand.

Sie öffnete die Bürotür. Sie teilte sich das Büro mit Kayra Bemba. Bemba war eine Einheimische und die Leiterin des Büros.

„Guten Morgen Kayra", sagte Schiffer fröhlich grüßend zu ihrer Kollegin, die wie fast jeden Morgen vor ihr am Arbeitsplatz war.

„Guten Morgen, Bianca", antworte Bemba ebenso freundlich.

Schiffer hatte immer ein komisches Gefühl, wenn man sie mit Bianca anredete. Einerseits passte der Vorname natürlich überhaupt nicht in den Kongo, andererseits fand sie, passte der Name auch überhaupt nicht zu ihr. Warum, wusste sie auch nicht. Der Name der Kollegin, fand sie, passte ziemlich genau. Wenn sie sich das Wort Bemba näher betrachtete, hatte es etwas Fülliges, Kräftiges, ja etwas Dickes in sich... Bemba. Bemba klang irgendwie nicht schlank. Und ihre Kollegin passte genau zu diesem Namen. Sie war nicht sehr groß, vielleicht einen Meter sechzig, wog dafür aber vermutlich ungefähr fünfundachtzig Kilogramm. Schiffer bemühte sich, Gespräche nie auf das Thema Mode, Konfektion, Diät oder ähnliches kommen zu lassen. Bemba war aber eine sehr kompetente und immer gut gelaunte Kollegin, von der Schiffer schon eine Menge gelernt hatte.

Schiffer setzte sich an ihren Arbeitsplatz. Immerhin hatte sie einen vernetzten PC und ein Telefon, was im Kongo auch nicht unbedingt Standard war.

„Steht heute etwas Besonderes an?", fragte Schiffer.

„Nicht dass ich wüsste."

„Also weiter mit Auftragseingabe..."

„Ja, ich habe schon einmal angefangen. Da vorne in der Mappe sind die Aufträge, die du bearbeiten kannst."

„Ja, o.k."

Schiffer musste wohl vor ihrem Unfall in Mfuti dieselbe Arbeit erledigt haben, aber als sie wieder genesen war wurde sie nach hier versetzt und konnte sich an nichts erinnern. Als könnte sie Gedanken lesen fragte Bemba:

„Wie sieht es heute Morgen aus? Was machen die Erinnerungen? Ist irgendetwas zurückgekommen?"

„Nein, leider nicht. Seit dem Bootsunfall vor drei Wochen habe ich eine vollständige Amnesie. Ich kann mich an überhaupt nichts aus meiner Vergangenheit erinnern. Hätte man mir nicht gesagt, dass ich Bianca Schiffer heiße, hätte ich auch das nicht gewusst."

„Ja, das war ja auch kein kleiner Unfall... Mit dem Boot in die Stromschnellen geraten. Wie konnte das überhaupt passieren? Du hast ja Glück gehabt, dass van Maarten dich zufällig gefunden hat. Es hätte noch viel schlimmer kommen können."

„Ich kann mich ja auch daran nicht mehr erinnern. Er muss mich wohl unterhalb der oberen Stromschnellen im Wasser treibend gefunden haben. Ich war bewusstlos. So wie er sagt, hat er mich durch Herzdruckmassage zurück ins Leben geholt. Nach vier Tagen auf seiner Krankenstation hat er mich dann nach hier versetzt."

„Amnesie.", sagte Bemba. „Aber offenbar eine richtig heftige Amnesie, wenn man sich an gar nichts erinnern kann. Als du hier bei mir anfingst, dachte ich, du hättest noch nie im Leben für van Maarten im Büro gearbeitet. Alles habe ich dir zeigen und erklären müssen."

„Ja, tut mir leid. Für mich ist das mindestens genau so unangenehm. Alles wirkt auf mich fremd und neu. Manchmal frage ich mich: Bin ich überhaupt Bianca Schiffer?"

„Du hast doch einen Ausweis", merkte Bemba an.

„Schau doch einfach nach", fuhr sie lachend fort.

„Habe ich auch vor, aber die Papiere von allen Beschäftigten sind ja in der Zentrale bei van Maarten in Mfuti. Sobald ich dazu komme, werde ich mir meine Personalakte einmal ansehen. Ist bestimmt interessant, was ich da alles über mich erfahren kann..."

Schiffer öffnete die Mappe, in der die neuen Aufträge lagen. Sie betrachtete den ersten Auftrag, der über eine große Summe lautete und las die einzelnen Positionen durch. In den Aufträgen kauften die Kunden von van Maarten diverse Rohstoffe. Da Schiffer mittlerweile ein wenig Einblick in die Einkaufspreise und in die Kostenstruktur gewinnen konnte, erkannte sie zunehmend, dass in dieser Branche offenbar viel Geld zu verdienen ist.

„Hier ist wieder diese Position“, sagte Schiffer. „In jedem zweiten Auftrag bestellen die Kunden ‚Corban‘. Was soll denn das sein? Ich habe noch nie von einem Rohstoff ‚Corban‘ gehört“, wandte sie sich an Bemba.

„Du scheinst wirklich alles vergessen zu haben“, sagte Bemba. „Eigentlich geht es doch bei uns *nur* um Corban. Die restlichen Positionen sind doch im Wesentlichen nur Alibipositionen, um das alles hier“, sie senkte die Stimme, „ein wenig seriöser und legaler aussehen zu lassen.“

„Ja, aber was ist denn dieses Corban. Ist ja offensichtlich sehr wertvoll.“

„Dummchen“, antwortete Bemba und senkte wieder ihre Stimme. In verschwörerischem Ton fuhr sie fort:

„Corban ist El-fen-bein.“

„Elfenbein?“, entfuhr es Schiffer laut.

„Pssst“, mahnte Bemba. „Was denn sonst? Und jetzt mach deine Arbeit.“

Schiffer stockte der Atem und ihr Herz raste. Elfenbein! Und was um Himmels Willen mache ich hier mit illegalen Elfenbeingeschäften?

„Wie macht sich denn Frau Schlömer“, fragte Willems. Willems war ein hoch gewachsener, schlanker Mann Anfang vierzig. Er war niederländischer Mitarbeiter bei van Maarten und betreute als Außendienstmitarbeiter das Europageschäft.

„Sie meinen Frau Schiffer", sagte van Maarten.

„Ja, sorry. Frau Schiffer natürlich", korrigierte er sich augenzwinkernd.

„Ganz hervorragend. Frau Schiffer geht es ganz hervorragend. Sie entwickelt sich prächtig."

„Und das bedeutet?"

„Ich wusste ja, dass Wimmer und Schlömer die Bootstour auf dem Kongo vorhatten. Ich wusste auch, dass beide überhaupt keine Ahnung, weder vom Bootsfahren noch von den Gefahren des Kongo, hatten. Daher befürchtete ich schon das Schlimmste."

„Und dann fuhren Sie mit dem PKW hinterher?"

„Ja, zumindest an die Nähe des Ufers. So konnte ich mit dem Fernglas beobachten und hoffte, im Falle eines Falles, eingreifen und helfen zu können. Aber dann ging alles viel zu schnell. Sie wurden von einem Krokodil attackiert und gerieten anschließend in die starke Strömung der Livingstone-Fälle."

„Ja, und dann?"

„Ich fuhr an das untere Ende der ersten Stromschnellen und hoffte, dass sie irgendwie unbeschadet da unten ankommen würden. Dann hätte ich versucht, sie raus zu fischen."

„Es kam aber schlimmer…"

„Ja. Ich wartete ein paar Minuten, dann kam das Boot kieloben liegend an mir vorbei. Ich stieg in den Kongo, bekam das Boot zu fassen und überzeugte mich, dass sich im Boot beziehungsweise unter dem Boot niemand mehr befand. Kurz darauf kam dann Frau Schlömer angetrieben. Sie lag bewegungslos bäuchlings, das Gesicht im Wasser und trieb geradezu auf mich zu. Da habe ich sie an Land gezogen."

„Sie hätte ja auch tot sein können", meinte Willems.

„Damit hatte ich ja auch gerechnet. Ich fühlte in dem Moment als ich sie aus dem Wasser zog weder Herzschlag noch Atmung bei ihr. Ich legte sie ans Ufer und habe dann mit Herzdruckmassage und Beatmung versucht, sie zurück zu holen. Und tatsächlich setzten Atmung und Herzschlag nach zwei Minuten wieder ein. Ein großer Glücksfall. Als sie wieder bei Bewusstsein war, brachte ich sie zunächst in mein Haus. Erst im Laufe der nächsten Stunden stellte ich fest, dass sie offenbar unter einer Amnesie litt. Das erkannte ich als große Chance."

„Ganz schön clever", gab Willems zu. „Hätten Sie sie ins Krankenhaus gebracht, hätten Sie sich um diese große Chance gebracht."

„In der Tat. Wimmer und Schlömer schickte mir der Himmel. Wimmer ist schon, ohne es zu ahnen, für mich unterwegs und Schlömer werde ich ebenfalls als ‚Geheimwaffe' für Europa ‚programmieren'. Wimmers Träume und Schlömers Amnesie sind für mich absolute Glücksfälle."

Kapitel 12

Die Welt wird Traum, der Traum wird Welt!
Novalis (1772 - 1801), eigentlich Georg Philipp Friedrich Leopold Freiherr von Hardenberg, deutscher Lyriker

Das Flugzeug gewann langsam an Höhe. Wimmer und Schlömer saßen sich gegenüber und schauten sich an. „Sehe ich da eine kleine Unsicherheit in ihren Augen?“, dachte Wimmer. Aber nein, sie hatten alles sorgfältig überlegt und geplant. Für Unsicherheit blieb kein Raum.

Es war eine zweimotorige Propellermaschine, die sich langsam durch die Luft nach oben schraubte. Deutlich hörte man das sonore Brummen der Motoren. Außer den beiden war niemand an Bord des Flugzeugs. Wimmer schaute aus dem Fenster und sah einen klaren Himmel. Die Sonne strahlte gleißend von oben und nur in der Ferne sah man vereinzelte Kumuluswolken. Von hier oben sahen die Straßen und die kleinen Dörfer, über die sie nun flogen, wie Miniaturen aus. Fahrzeuge bewegten sich als winzige Punkte auf den Straßen. Plötzlich fiel ihm auf, dass das Flugzeug kein Dach hatte. Nach oben war es völlig offen. Gerade eben hatte es aber noch ein Dach gehabt… Es gibt überhaupt keine nach oben offenen Flugzeuge, schoss es ihm durch den Kopf. Wie hörte denn der Rumpf nach oben auf? War das Dach abgerissen? Das hätte er doch gemerkt! Ohrenbetäubend toste der Fahrtwind um seine Ohren. Das war doch nicht möglich! Er schaute rüber zu Susanne. Sie lächelte ihm zu. Die beiden Männer, die neben ihm saßen schienen offenbar auch in Gedanken versunken zu sein. Wo kamen die auf einmal her? Wimmer beschloss einen Realitätscheck zu machen. Er versuchte sich zu konzentrieren und überlegte... Die Situation kam ihm sehr bekannt vor, als hätte er sie schon einmal erlebt. Er schaute auf seine Hände: Fünf Finger an jeder Hand, alles schien normal zu sein. Aber das abgerissene Dach des Flugzeugs... Mit einem Schlag wurde ihm bewusst, dass er gerade zum ersten Mal einen Klartraum erlebte. Ihm war in diesem Moment bewusst, dass er träumte, dass er diesen Albtraum schon einmal durchlebt hatte...Susanne starb beim Sprung aus dem Flugzeug, da sie keinen Fallschirm hatte. Und er hatte tatenlos zusehen müssen.

Wimmer stand aus seinem Sitz auf, ging zwei Schritte nach vorne und beschloss, dass das Flugzeug wieder über ein Dach verfügen solle: Das Flugzeug war nach oben geschlossen. Wie in der Theorie vorhergesagt wurde er nun zu seinem eigenen Traumregisseur. Ihm war klar, dass er träumte und er konnte, im Gegensatz zu einem normalen Traum, aktiv in das Geschehen eingreifen.

Er drehte sich nach links und ging Richtung Cockpit des Flugzeugs. Er ging durch die Tür, vorbei an drei verdutzt dreinblickenden Stewardessen, von denen eine extrem kleinwüchsig war. Wahnsinn!, dachte Wimmer. Er betrat das Cockpit, den großen Raum, in dem der Pilot, ein Co-Pilot, sowie weitere zehn Personen Billard spielten. Wimmer griff ein. Er reduzierte das Cockpit auf ein realistisches Cockpit, in dem nur noch Pilot und Co-Pilot saßen. Realitätscheck! Er schaute auf die Instrumente, die ihm erstaunlicherweise alle bekannt vorkamen. Höhe: dreitausendvierhundert Kilometer. Außentemperatur: Plus dreißig Grad. Völlig absurde Werte. Er wusste, dass er sich nach wie vor in einem Traum befand. Er sprach den Piloten an und teilte ihm mit, dass es eine große Gewitterfront in Flugrichtung gebe. Weiterfliegen in diese Richtung sei zu gefährlich. An Fallschirmsprung war nicht zu denken. Der Pilot nickte, schaute kurz zu seinem Co-Piloten und änderte die Flugrichtung. Er sagte: „Wir fliegen zurück zum Heimatflughafen." Wimmer jubelte innerlich. Er ging zurück in den Passagierraum, hin zu Susanne Schlömer, die ihn lächelnd anblickte. Er ging auf sie zu und küsste sie auf den Mund.

Schweißgebadet wurde Wimmer wach. Er brauchte eine Weile, bis er wieder bei klarem Bewusstsein war und realisierte, wer er war und wo er war. Realitätscheck! Er kniff sich in den Arm, was Schmerzen verursachte. Er schaute auf seine Hände, die ganz normal aussahen. Er schaute auf die Uhr. 06:45 Uhr. Alles realistisch. Er befand sich in keinem Traum.

Langsam erinnerte er sich, dass er gerade eben seinen allerersten Klartraum erlebt hatte. Und… zum ersten Mal hatte er in einen Albtraum eingreifen können, so dass Susanne nicht sterben musste. Seine Augen wurden feucht. So intensiv hatte er sich das nicht vorgestellt. Der Kuss. Er küsste Susanne im Traum. Das war in der Situation, in der ihm im Traum klar wurde, dass er sie gerettet hatte. Der emotionale Moment, der ihn aus dem Schlaf riss.

Wimmer duschte und rasierte sich, zog sich an und setzte sich an seinen Küchentisch. Er bereitete sich ein gesundes Frühstück und machte sich mit seiner Kaffeemaschine einen großen, starken Kaffee. Er trank den Kaffee, rührte das Frühstück aber nicht an. Ihm war noch überhaupt nicht danach, etwas zu essen. Er musste das Erlebte erst noch verarbeiten.

Er verließ das Haus, stieg in seinen Golf und fuhr zur Arbeit. Er verband sein Smartphone mit dem Autoradio und spielte per Zufallsgenerator Lieder aus seiner mp3-Sammlung ab. Das beruhigte ihn und brachte ihn auch auf andere Gedanken.

Als er in seinem Büro ankam, wurde er schon erwartet. Drei seiner Mitarbeiter baten um einen Termin, da sie dringende Fragen hatten.

„Ja“, meinte er „ich komme gleich auf sie zu.“

Auf seinem Schreibtisch stapelten sich ungeöffnete Briefe, Unterschriftsmappen und noch nicht erledigte Vorgänge. Es wurde ihm bewusst, dass ihn die Aktivitäten und Gedanken der letzten Tage doch sehr von der Arbeit abgehalten hatten. Er bat die Kollegen einzeln in sein Büro, hörte sich ihre Belange an und gab Impulse oder half weiter, soweit ihm dies möglich war. Er leistete einige Unterschriften und kümmerte sich dann um den Berg von Arbeit, der auf seinem Schreibtisch darauf wartete.

Nach Feierabend gönnte er sich ein Essen bei ihrem Lieblingsitaliener. Ja, hier waren Schlömer und er oft gewesen und hatten die große Auswahl an Pizza genossen. Für sie gab es hier die beste Pizza im ganzen Umkreis. Aber heute hatte er keine Lust auf Pizza.

Pizza hätte ihn im Moment wieder zu sehr an Susanne erinnert und ihn vermutlich zu sehr bedrückt. Er bestellte einen Salat Niçoises mit Thunfisch und Ei. Als Hauptgang wählte er Gemberoni alla Griglia – Riesengarnelen vom Grill und dazu einen Pinot Grigio COF / Livio Felluga. Während er das Essen genoss, überlegte er, wie er heute Abend vorgehen wollte. Er müsste, so stellte er sich vor, lange lesen. Nur nicht versuchen, zu früh einzuschlafen. Er wollte wirklich müde sein, um dann mit den letzten Eindrücken des Gelesenen in die luzide Traumwelt abdriften zu können. Realitätscheck! Er hatte sich bereits daran gewöhnt, mehrmals am Tag einen Realitätscheck durchzuführen. Denn insbesondere nach der sehr realistischen Traumerfahrung der letzten Nacht schien ihm das wichtig zu sein. Außerdem wollte er sich daran gewöhnen, um auch nachts und wenn möglich im Traum automatisch Realitätschecks durchzuführen.

Am Abend legte er sich ins Bett und fing an zu lesen. Gefühlte fünf Minuten später klingelte um 07:15 Uhr sein Wecker. Wimmer fuhr erschrocken hoch und konnte sich nicht mehr daran erinnern, wann er eingeschlafen war. Offensichtlich hatte ihn die Müdigkeit übermannt und er war beim Lesen eingeschlafen. Und nun wachte er nach einer traumlosen Nacht auf. Zumindest konnte er sich an keinen Traum erinnern. Das Buch lag aufgeschlagen neben ihm. Es musste ihm wohl aus den Händen gerutscht sein. ‚Na Bravo!‘, dachte Wimmer. ‚Soweit zum Thema ‚Luzides Träumen“.

Auch die nächsten Nächte, in denen er sich jedes Mal auf einen Klartraum einstellte und vorbereitete, verbrachte er ohne jeden Erfolg. Er wollte aber unbedingt wieder klarträumen. Einerseits wegen der überwältigenden Erfahrung, die er mit dem absolut realistisch wirkenden Klartraum hatte. Andererseits wollte er ja immer noch mit Hilfe von Klarträumen seine Albträume bekämpfen. Und in seinem bisher einzigen Klartraum war ihm das ja auch schon ganz gut gelungen.

Kapitel 13

Nichts ist mehr Euer Eigen als Eure Träume! Nichts mehr Euer Werk! Stoff, Form, Dauer, Schauspieler, Zuschauer – in diesen Komödien seid alles Ihr selber!
Friedrich Wilhelm Nietzsche

„Guten Morgen Kayra“, grüßte Bianca Schiffer fröhlich ihre Kollegin, die wieder einmal vor ihr im Büro war, um mit der Arbeit zu beginnen.

„Morgen Bianca“, antwortete Kayra Bemba ebenso freundlich. „Ich habe schon einen Kaffee aufgesetzt. Der weckt unsere Lebensgeister. Das werden wir heute auch brauchen. Es kommt viel Arbeit auf uns zu.“

„So?“, fragte Bianca. „Irgendetwas Besonderes?“

„Nein“, antwortete Bemba. „Eigentlich alles normale Routinearbeit. Aber schau dir mal den Stapel an. Muss alles heute bearbeitet werden und mit der Post raus“.

Bianca Schiffer hatte schlecht geschlafen. Es war eine außergewöhnlich warme und schwüle Nacht gewesen. Schlömer hatte lange Zeit wach gelegen und sich von links nach rechts gedreht, aber sie konnte nicht einschlafen. Die Fenster, die ja mit Moskitonetzen geschützt waren, hatte sie sperrangelweit aufgerissen, damit wenigstens ein wenig Windhauch ins Zimmer gelangte und für ein bisschen Abkühlung sorgte. Sie konnte sich nicht daran erinnern, wann sie eingeschlafen war, aber sie hatte schlecht geträumt. In ihrem Traum sah sie kleine Mädchen, mit denen sie spielte. Ein kleines, rotes Fahrrad lag auf dem Boden. Sie hob es auf, stellte es auf die Räder und radelte los. Sie konnte sich aber nicht mehr erinnern, wo sie genau gefahren war. Die Umgebung wirkte einfach zu fremd, unwirklich. „Fahr vorsichtig!“, hörte sie noch eine Frauenstimme rufen. Das muss wohl meine Mutter gewesen sein. Eine Kirche, eine große Kirche kam im Traum vor. Tauben flogen vom Dach herunter, landeten vor der Kirche uns machten sich auf die Suche nach Essbarem.

„Ich habe letzte Nacht schlecht geschlafen“, sagte Schiffer zu ihrer Kollegin. „Vieles geträumt, aber alles ziemlich durcheinander.“

„Das kenne ich, geht mir auch oft so. Insbesondere bei der drückenden Schwüle, so wie letzte Nacht.“

„Ja, ich glaube auch, dass das die Ursache war. Erst konnte ich gar nicht einschlafen, und dann wirre Träume.“

„Was hast du denn geträumt?“, fragte Bemba interessiert.

„Es war ein ziemliches Durcheinander, aber es waren ziemlich viele, wie ich glaube, Kindheitserinnerungen. Kinder, Spielen, Radfahren, meine Mutter... alles kam ein wenig drin vor. Aber wie in einem typischen Traum halt, alles ziemlich chaotisch und bizarr.“

„Aber das ist doch gut!“, meinte Bemba.

„Gut? Wieso gut?“

„Na, das scheint doch der erste Schritt zu sein, dich langsam aus deiner Amnesie zu befreien. Auch wenn es erst ein kleiner Anfang zu sein scheint, immerhin beginnst du, dich an deine eigene Vergangenheit zu erinnern.“

„Da hast du vermutlich Recht… Vielleicht muss ich ab jetzt viel mehr auf meine Träume und Trauminhalte achten. Mein Unterbewusstsein kämpft für mich vielleicht gegen das Vergessen“, sagte sie lachend.

„Unterbewusstsein: Kämpfe für mich!“ fuhr Bemba ebenfalls lachend fort.

Schiffer nahm sich einen großen Becher Kaffee, goss ein wenig Milch hinein und nahm einen Zuckerwürfel.

„Der riecht aber kräftig“, meinte sie.

„Ist ja auch Sinn und Zweck. Er soll ja schließlich etwas bewirken. Wie gesagt, es gibt heute viel zu tun“, sagte sie und nahm sich die obersten fünf der gestapelten Mappen.

Schiffer nahm sich ebenfalls ein paar Mappen, öffnete die erste und begann zu lesen. In dem Moment klopfte es an der Bürotür.

„Herein!“, rief Schiffer.

Die Tür öffnete sich und ein sehr dunkelhäutiger Mann betrat das Büro. Er war leicht mit einem weiten, offenen Hemd und einer dreiviertel langen Hose gekleidet. An seinen Füßen trug er einfache Lederlatschen.

„Frau Schiffer?“, fragte der Mann, nahm seine Sonnenbrille ab und sah zu Schiffer hinüber.

„Ja, bitte?“

„Mein Name ist Henk. Ich komme von Herrn van Maarten und soll Sie abholen,… Sie zu ihm bringen.“

„Wann? Jetzt?“, fragte Schiffer.

„Ja, jetzt sofort. Er ist in seinem Haus und erwartet Sie dort.“

„Worum geht es denn?“

„Das weiß ich nicht, ich soll Sie nur abholen“, sagte Henk achselzuckend.

„Lass mich nur mit der ganzen Arbeit alleine“, sagte Bemba schmunzelnd.

„Ja, aber...", sagte Schiffer ein wenig verwirrt. „Augenblick. Ich räume das hier nur schnell zusammen."

Sie legte die Arbeitsmappen ordentlich zusammen und räumte ihre Stifte in den Schreibtisch. Sie nahm noch einen großen Schluck aus ihrer Kaffeetasse.

„Schade um den guten Kaffee", sagte sie und schüttete den Rest in den Ausguss des kleinen Waschbeckens, das sich in der hinteren Ecke des Büros befand.

„Bis später", verabschiedete sie sich von Bemba.

„Ja, bis später", erwiderte Bemba.

Schiffer folgte dem Mann nach draußen und stieg an der Beifahrerseite in den Geländewagen. Henk startete den Motor und sie fuhren los.

„Heute wird es bestimmt wieder heiß", begann Henk ein wenig Smalltalk.

„Ja, bestimmt", erwiderte Schiffer. „Ich glaube, ich werde mich nie daran gewöhnen. Als Mitteleuropäerin ist dieses Wetter, diese ständige Hitze manchmal schon eine kleine Zumutung."

„Glauben Sie nicht, dass uns Afrikanern das viel leichter fällt..."

„Henk,..." wechselte Schiffer das Thema, „ich habe noch nie einen dunkelhäutigen Afrikaner kennen gelernt, der Henk hieß.

„Ja, das ist eine lustige Geschichte", grinste Henk. „Eigentlich heiße ich ja Jêrome O'Mkongo Bete. Aber vor vier Jahren habe ich mich bei van Maarten als Fahrer beworben. Als ich den Arbeitsvertrag unterschrieb, stand van Maarten vor mir und meinte: ‚Dieser Name ist mir zu kompliziert. Ab jetzt bist du hier der Henk‘. Seitdem nennt mich van Maarten nur noch Henk. Selbst bei der Belegschaft werde ich mittlerweile nur noch Henk genannt.“

Beide mussten herzhaft über van Maartens niederländischen Humor lachen.

„Alles klar,... Henk“, meinte Schiffer und schaute nach draußen in die unter der gleißenden Sonne strahlende Landschaft.

Henk hielt das Fahrzeug an. Schiffer stieg aus und ging zum Haupthaus. Es kam ihr alles so neu vor.

Ich habe früher schon oft von Amnesien gehört, dachte Schiffer. Aber wenn man davon hörte oder las, war man einfach viel zu weit davon weg. Man hatte zwar eine Vorstellung von einer Amnesie, konnte sich aber nicht in die Gedanken- und Gefühlswelt eines Menschen mit Gedächtnisverlust hineinversetzen. Als selbst davon Betroffene ist eine Amnesie einfach nur fürchterlich. Man wird extrem unsicher. Kenne ich das schon? Müsste ich das kennen? Habe ich das einmal gewusst? Was wissen die anderen über mich oder von mir? Wissen die anderen, dass ich das eigentlich wissen müsste? Machen sie mich nur glauben, ich müsste das wissen und führen mich einfach nur hinters Licht?

„Guten Morgen Frau Schiffer“, unterbrach van Maarten ihre Gedanken.

„Schön, dass sie so schnell kommen konnten“.

„Ja, das war kein Problem. Henk ist ja ein guter Fahrer...“, sagte sie schmunzelnd, den Namen Henk betonend.

„Ja, der Henk", lächelte auch van Maarten. „Nach wie vor bin ich der Überzeugung, dass seine Eltern ihn schon so hätten taufen sollen. Ein typischer Henk eben..."

Sie betraten das Gebäude und van Maarten führte sie in sein Büro. Das Büro war sehr groß und beim ersten Anblick erschien Schiffer das Büro so, wie sie es schon oft in Filmen gesehen hatte. So, wie die großen Räume und Säle der Kolonialherren dargestellt wurden. Großer, viktorianischer Stil. Mit Ölgemälden an den Wänden, teuren Teppichen auf dem Boden und wuchtigen, viel zu wuchtigen Massivholzmöbeln.

„Nehmen Sie doch bitte Platz", forderte van Maarten Schiffer auf.
Schiffer setzte sich auf den gepolsterten Stuhl an einem großen Besprechungstisch, auf den van Maarten wies.
„Kann ich Ihnen etwas zu trinken anbieten?", fragte van Maarten höflich.
„Ja, gerne. Sodawasser wäre sehr angenehm."
„Gerne", sagte van Maarten, drückte eine Taste am Telefon und wies seine Sekretärin, Frau Sneijder , die ihren Schreibtisch im Vorraum hatte an, Getränke herein zu bringen.
„Wie geht es Ihnen Frau Schiffer? Gefällt es Ihnen hier bei uns? Und... was macht ihr Gedächtnis?"
„Na ja", antwortete Schiffer. „Eigentlich geht es mir ganz gut. Ich werde hier ja auch sehr freundlich behandelt... ich habe eine Arbeitsstelle, nette Kollegen, aber..."
„Aber?", hakte van Maarten nach.

„Na ja, vielleicht können Sie das verstehen, aber eigentlich habe ich innerlich das Gefühl, nicht hierher zu gehören. Sie verstehen,... ich kann mich an nichts, aber auch an gar nichts hier erinnern. Mir ist nicht ganz klar, wie ich überhaupt nach hier gekommen bin. Ebenso wenig weiß ich, warum ich überhaupt nach hier gekommen bin. Was habe ich vorher gemacht? Vielleicht klingt die Frage ja komisch, aber ich stelle sie mir immer wieder: Wer bin ich überhaupt?“

Bingo, dachte van Maarten. Sie kann sich tatsächlich immer noch an nichts erinnern.

„Es freut mich, dass es Ihnen soweit ganz gut geht. Ebenso freut es mich, dass Sie sich hier bei mir wohlfühlen. Was Ihre Amnesie angeht, habe ich vollstes Verständnis für Ihre Gefühle und Empfindungen. Ich habe in den letzten Tagen mehrmals versucht, mich in Ihre Situation gedanklich hineinzuversetzen. Vermutlich würde ich mich an Ihrer Stelle genauso fühlen. Falls Sie Hilfe benötigen, wenden Sie sich ruhig jederzeit an mich.“

„Werde ich dann gerne tun“, sagte Schiffer.

„In vielen Fällen, habe ich gelesen, kehrt das Erinnerungsvermögen nach relativ kurzer Zeit wieder zurück. Manchmal schlagartig, manchmal Stückchen für Stückchen. Mein Tip: Nehmen Sie sich die Zeit! Vielleicht kommen die Erinnerungen viel schneller zurück, wenn man sich nicht ständig selber unter Druck setzt und krampfhaft nach Erinnerungen sucht. Aber es gibt auch Möglichkeiten, eine Amnesie aktiv zu bekämpfen beziehungsweise zu beseitigen.“

„Es gibt da... Möglichkeiten? Welche Möglichkeiten?“

„Sehen Sie, Frau Schiffer, ich habe Sie aus zweierlei Gründen zu mir bestellt. Aber eins nach dem anderen. Bevor wir auf Ihre Amnesie zurückkommen, möchte ich Ihnen zunächst sagen, dass ich eine große Aufgabe für Sie vorgesehen habe."

„Eine große Aufgabe? Für mich?", fragte Schiffer erstaunt.

„Ja, eine große Aufgabe in Europa. Ich habe Sie dafür ausgewählt, weil Sie in meiner Belegschaft die einzige Deutsche sind. Es handelt sich nämlich um ein abzuwickelndes Geschäft in Deutschland. Genauer gesagt bei einem meiner Geschäftspartner in Essen im Ruhrgebiet."

„Und was ist da meine Aufgabe?"

„Nicht so voreilig, Frau Schiffer. Ich werde noch rechtzeitig mit Ihnen gemeinsam die Reise und den weiteren Ablauf planen und besprechen. Ich wollte Sie nur schon einmal darauf vorbereiten, dass sie in Kürze nach Deutschland fliegen werden."

Nach Deutschland, dachte Schiffer. Ja, Deutschland, ich bin Deutsche, aber… von wo aus Deutschland? Wenn sie jetzt so überlegte… Wenn ich schon einmal mit mir selber spreche… auf Deutsch… dann fällt mir zumindest nicht selber auf, dass ich einen bestimmten Dialekt hätte. Bayerisch, Schwäbisch, Sächsisch,… das hätte mir doch schon selber auffallen müssen. Mein Deutsch hat überhaupt keine Färbung..

„Frau Schiffer", riss van Maarten sie wieder aus ihren Gedanken. „Ich hatte noch Ihren Personalausweis. Den möchte ich Ihnen geben. Ich glaube, er ist bei Ihnen besser aufgehoben als bei mir, ist ja auch Ihrer", sagte er lächelnd.

Schiffer nahm den Personalausweis und schaute ihn sich an: Bianca Schiffer, Geburtsort Düsseldorf, Größe: 169 cm, Augenfarbe: blau. Laut Personalausweis, rechnete Schiffer war sie gerade 29 Jahre alt geworden. Es kam ihr alles so unwirklich vor. Weder der Name noch der Geburtsort lösten bei ihr irgendeine Erinnerung aus.

Die Übergabe des Personalausweises war für van Maarten der nächste Schritt auf dem Weg, das vollständige Vertrauen von Schlömer zu gewinnen. Sie zweifelte immer mehr an sich und er war derjenige, der ihr half, der ihr dokumentierte, wer sie angeblich war.

Den Personalausweis zu beschaffen war für van Maarten kein großes Problem gewesen. Im Internet bekommt man alles… aber nicht unbedingt im ‚normalen' Internet.

Das Internet, das der normale User kennt, ist ja nur das www, das World Wide Web. Und im www, was nur einen Teil des Internets ausmacht, ist wiederum nur ein kleiner Teil für den normalen User sichtbar.

Das Internet insgesamt besteht noch aus vielen anderen Bereichen, in denen sich NASA, Forschungseinrichtungen, Militär, Geheimdienste und ähnliche Größen tummeln. Und es gibt den großen Bereich des ‚Deep Web'. Handelt es sich im Deep Web um eine reine Peer-to-peer-Verbindung, wird es auch als ‚Darknet' bezeichnet. Angeblich macht das für uns sichtbare Internet nur einen Bruchteil von dem aus, was sich an Netzkapazität im Deep Web befindet. Auch der Datenverkehr und –austausch soll im Deep Web deutlich größer sein als im sogenannten ‚Surface-Web'. Das ‚Surface-Web', die normale Nutzeroberfläche mit den ebenfalls normalen IP-Adressen, Webseitenadressen, Domains etc. ist der Bereich auf in dem sich der normale ‚Surfer' bewegt. Das ist auch der Bereich des Internets, auf den die Suchmaschinen Google und Co Zugriff haben. Auf das Deep Web haben Suchmaschinen keinen Zugriff. Es ist ein vollkommen abgeschottetes und anonymisiertes Parallelnetz, mit Internetadressen, die über normale Suchmaschinen nicht aufgelöst werden können.

Nur über Tor-Browser erhält man Zugriff. Tor stand ursprünglich als Akronym für ‚The Onion Routing' oder ‚The Onion Router'. Onion, auf Deutsch ‚Zwiebel' deswegen, weil sich die Anonymisierung des Users Schicht für Schicht wie die einzelnen Schalen einer Zwiebel aufbaut. Die Daten des Internetusers, der sich in das Deep Web einwählt, werden über zufällige Serverrouten und –knotenpunkte geleitet, bis eine nahezu einhundertprozentige Anonymisierung erreicht ist. Niemand ist in der Lage, die Identität eines Users nachzuvollziehen oder herauszubekommen. Die Intention der Betreiber entspricht in gewisser Weise der ursprünglichen Intention des Internets, sich frei und anonym ohne staatliche oder behördliche Kontrolle bewegen zu können.

Aber wer nutzt dieses Deep Web, auf das auch Polizei, Behörden und Geheimdienste keinen Zugriff haben? Einerseits Wissenschaftler, die gemeinsam und geheim weltweit vernetzt forschen können, ohne dass Konkurrenten oder wie auch immer geartete Spione ihnen schaden könnten. Politische Untergrundbewegungen im Nahen Osten (‚Arabischer Frühling') tauschen sich dort, ohne von ihren Regierungen kontrolliert oder erwischt zu werden, aus. Dissidenten, Whistleblower und sonstige durch ihre Aktivitäten gefährlich lebenden Nutzer tauschen sich dort unentdeckt und anonym aus. Und... es ist natürlich eine Spielwiese für Pädophile, Drogendealer, Waffenhändler, Auftragskiller, Kannibalen und was man sich sonst noch so vorstellen kann oder auch nicht vorstellen möchte. Ein Blick auf ‚Hidden Wiki' und die Unterwelt offenbart sich einem auf einen Klick. Und für die Unterwelt, da vollständig anonymisiert, fast völlig gefahrlos.

Dennoch sollte jeder User sich im Klaren sein, dass Illegales illegal bleibt, auch wenn man es anonym aufruft oder ausübt! Ein gewisses Restrisiko, in gefährliche Kreise zu gelangen oder strafrechtlich verfolgt und belangt zu werden, bleibt für den User immer bestehen.

So benötigte auch van Maarten nur wenige Klicks im Deep Web, um auf einen Anbieter gefälschter Dokumente zu stoßen. Bezahlt wird im Deep Web mit Bitcoins, einer imaginären Internetwährung. Man kann für echtes Geld Bitcoins kaufen und verkaufen. Die Bitcoins unterliegen, wie eine reale Währung Kursschwankungen. Anschließend kann man mit diesem anonymen, imaginären Zahlungsmittel Umsätze tätigen. Überschüssige Bitcoins können in echtes Geld zurückgetauscht werden. Es gibt sogar Websites, die sich ‚Bitcoin Laundry' nennen, die also eine Geldwäsche in der fiktiven Währung Bitcoins anbieten…

So war es für van Maarten leicht, für vergleichsweise wenig Geld einen perfekt gefälschten Ausweis für Schlömer alias Schiffer zu beschaffen.

Kapitel 14

Manche Leute schlafen nur deshalb so gut, weil sie so langweilige Träume haben.
Anne Louise Germaine de Staël (1766 - 1817), genannt Madame de Staël, französisch-schweizerische Autorin

Bianca Schiffer war verwirrt. Nicht nur, dass sie sich an nichts erinnern konnte, weder an ihren Namen noch an ihre Geburtsstadt... jetzt dieser ‚Auftrag' in Deutschland, in Essen. Das konnte für sie ja die große Gelegenheit bedeuten, in Düsseldorf zu recherchieren. Wo sie geboren wurde, wo sie aufgewachsen war, wer ihre Eltern waren und so weiter.

„Ich werde Ihnen zu gegebener Zeit nähere Informationen und Instruktionen zu Ihrem Auftrag geben, Frau Schiffer", unterbrach van Maarten sie in ihren Gedanken.

„Ja, o.k.", stammelte Schiffer unsicher.

„Der zweite Grund, warum ich Sie hierher zu mir bestelle habe, ist Ihre Amnesie. Wie ich vorhin andeutete, kann ich Ihnen vielleicht, ja, sehr wahrscheinlich sogar helfen."

„Wie denn?" entfuhr es Schiffer.

„Ich habe in früheren Jahren sehr häufig unter Albträumen gelitten", erklärte van Maarten. „Nachdem ich dies irgendwann als große Belastung, als Einschränkung meiner Lebensqualität empfand, beschloss ich, aktiv dagegen vorzugehen."

„Ich verstehe..."

„Ich habe mir ein recht umfangreiches und komplexes Schlaflabor eingerichtet, in dem ich den Schlaf und insbesondere Träume ‚beobachten' kann."

„Beobachten? Wie denn das?"

Van Maarten atmete erleichtert auf. Schiffer alias Schlömer konnte sich offenbar auch nicht mehr an Wimmers Aufenthalt in seinem Schlaflabor erinnern.

„Ich kann nicht wirklich erkennen, was man träumt, aber mithilfe von Messströmen, ähnlich den Ihnen bekannten EEGs oder EKGs, kann ich erkennen, wann eine REM-Phase einsetzt, wann ein Traum beginnt, wie intensiv ein Traum ist. Dabei kann ich durch automatische Prozesse der Anlage, wenn auch sehr beschränkt, auf das Unterbewusstsein Einfluss nehmen. Das brauchte ich, um meine Albträume zeitlich lokalisieren und unterbinden zu können."

„Das hat aber nicht viel mit Amnesie zu tun…"

„Doch hat es, das heißt, die Wahrscheinlichkeit ist sehr hoch, dass es Einfluss auf die Amnesie nehmen könnte. Durch einen Eingriff, der selbstverständlich nicht gefährlich ist, könnte eine Blockade des Unterbewusstseins, Ihres Erinnerungsvermögens gelockert oder im besten Falle aufgehoben werden."

„Einen Versuch ist es auf jeden Fall Wert", sagte Schiffer hoffnungsfroh.

Noch am selben Abend fand sich Schiffer wieder bei Van Maarten ein. Gemeinsam betraten Sie das Schlaflabor.

Schiffer sah den kleinen Raum mit dem abgedunkelten Fenster. Sie sah das Bett und darum herum angebrachten Computer, Apparaturen mit Monitoren und den verschiedensten Kabeln. Ein unruhiges Gefühl stieg in ihr hoch. Hatte sie so etwas Ähnliches nicht schon einmal gesehen? Vielleicht. Sie hatte sicherlich, auch wenn sie sich im Moment nicht mehr daran erinnern konnte, bei Ärzten ähnliche Räume und Apparaturen gesehen. Sie versuchte sich zu beruhigen, indem sie sich sagte, dass wohl jeder Mensch, der sich vor solches technisches Gerät begibt und in kürze verkabelt werden soll, unruhig sein würde.

Van Maarten erklärte ihr ruhig den Aufbau und Zweck der Apparaturen.

„Na dann mal los", sagte Schiffer, sich selber Mut machend.
„Sie müssen entschuldigen, wenn das nun ein wenig länger dauert", lächelte Van Maarten. „Aber ich habe die Geräte länger nicht benutzt und muss erst einmal selber überlegen, wie ich sie jetzt verkabeln muss."
„Es kann mir aber nichts passieren?"
„Nein, seien Sie ganz beruhigt. Selbst bei einer Fehlfunktion wären die fließenden Ströme so gering, dass Sie sie nicht einmal wahrnehmen würden. Aber was rede ich da, es wird nicht zu einer Fehlfunktion kommen."

Er befestigte die Elektroden an Schiffers Hinterkopf, an den Schläfen und an der Stirn. Anschließend verband er die Elektroden mit den Kabeln, die zu den Apparaturen, die bereits leise summend liefen. Er legte ihr das Stirnband mit der Webcam an.

„Mit dieser Kamera erkennt das System automatisch, wann bei Ihnen eine REM-Phase einsetzt. Das ist nämlich die günstigste Gelegenheit, um Ihre Gehirnwellen zu erfassen und aufzuzeichnen. Und dann hoffen wir, in Ihrem Unterbewusstsein die Blockade lösen zu können."
Van Maarten ist doch Kaufmann..., ging es Schiffer durch den Kopf. Wieso kennt er sich so gut mit diesen technischen Dingen aus? Weiß er überhaupt, was er da anstellt? Aber warum sollte sie Bedenken haben? Sie kannte Van Maarten und hatte Vertrauen zu ihm. Er wirkte mit dem, was er tat sehr ruhig und überzeugend. Und er wollte ihr helfen. Was könnte schon passieren? Nichts. Helfen könnte es, das alleine war den Versuch doch schon wert.

Van Maarten schaltete die Monitore aus, löschte das Licht und verließ den Raum. Übrig blieb ein leichtes Dämmerlicht, verursacht durch einige wenige LEDs, die an den Apparaturen leuchteten. Das leichte Summen der Geräte war zwar zu hören, war aber sehr gleichförmig, so dass Schiffer glaubte, dass es ihr sogar beim Einschlafen helfen könnte.

Schiffer lag längere Zeit wach und konnte nicht einschlafen. Ihre Situation ging ihr noch einmal durch den Kopf. Dann die ungewohnte Umgebung, verkabelt in einem kleinen Raum liegend. Sie war es gewohnt, auf der linken Seite liegend einzuschlafen. Das ging hier im Moment auch nicht, denn durch die Verkabelung und durch die Kamera musste sie auf dem Rücken liegen. Sie hatte extra ein dünnes T-Shirt und eine dünne kurze Schlaf pant angezogen. Trotzdem war es auch in diesem Raum stickig und vor allem sehr warm. Während sie sich nun ihren Gedanken hingab versank sie schließlich doch in den Schlaf.

Am Morgen wurde Bianca Schiffer wach. Durch die Spalten der Verdunklung an den Fenstern konnte sie erkennen, dass die Sonne bereits aufgegangen war. Draußen war es schon hell. Es dauerte ein paar Sekunden bis sie sich im Klaren war, wo sie sich gerade befand. Ihre Stirn schmerzte ein wenig, da die aufgeklebten Elektroden die ganze Nacht über einen ziemlichen Druck ausgeübt hatten. Sie traute sich aber nicht, selbstständig die Kabelverbindungen zu lösen. Neben dem Bett lag ein Schnurlostelefon. Über Intern 2 sollte sie damit Van Maarten anrufen, sobald sie wach war. Sie hatte keine Uhr an und wusste daher nicht, wie spät es war. Sie hoffte, dass es nicht noch zu früh war und Van Maarten vielleicht noch schlief.

Sie wählte. Es klingelte am Ende der Leitung. Van Maarten ging dran.

„Guten Morgen Frau Schiffer, da haben Sie aber lange geschlafen!“, begrüßte Van Maarten sie.

„So, wie spät ist es denn?“

„Jetzt, lassen Sie mich schauen... fast genau 09:30 Uhr.“

„Das ist in der Tat lange“, sagte Schiffer ein wenig peinlich berührt.

„Ich komme sofort zu Ihnen.“

Van Maarten betrat kurz darauf das Schlaflabor. Er löste die Kabelverbindungen und Schiffer löste selbstständig die Elektroden und das Stirnband von ihrem Kopf. Sie kleidete sich an, indem sie einfach den Jogging-Anzug, mit dem sie gestern hier aufgetaucht war überzog. Was sollte sie für diese Aktion auch sonst an Kleidung benötigen?

„Wie haben Sie denn geschlafen?“, fragte Van Maarten.

„Nachdem ich zunächst nicht einschlafen konnte, bin ich dann doch weggenickt und habe offensichtlich“, sagte sie nun lächelnd, „recht gut und lange geschlafen“.

„Irgendetwas Besonderes? Besondere Träume? Eindrücke?“

„Nein. Ich hatte eher das Gefühl, dass ich sehr ruhig und fest geschlafen habe“.

Gemeinsam schauten sie sich die Aufzeichnungen an. Mitten in der Nacht, in einer der aufgezeichneten REM-Phasen waren deutliche Ausschläge zu erkennen.

„Sie haben keinen Traum gehabt?“, fragte Van Maarten.

„Nein, zumindest kann ich mich nicht daran erinnern.“

„Seltsam.“

Innerlich jubelte van Maarten. Bei Wimmer waren die Ausschläge in den Aufzeichnungen wesentlich geringer ausgefallen. Und dennoch hatte er sein Ziel erreichen können. Auch an den Ausschlägen in den Auswertungen von Schlömer erkannte er, dass er Zugang zum Unterbewusstsein erlangt hatte. Er war mit seiner Software in das Unterbewusstsein eingedrungen und hatte nun mit Susanne Schlömer eine weitere Schläferzelle in seinem Netzwerk geschaffen, und Schlömer hatte nichts davon gemerkt. Zur rechten Zeit würde er Schlömer, genau wie Wimmer, aktivieren…

Bianca Schiffer hingegen fühlte sich unwohl. Der gesamte Apparateaufbau beunruhigte sie zutiefst. Wer war Van Maarten überhaupt, mit ihr Versuche und Messreihen dieser Art vorzunehmen? Wollte er wirklich nur helfen? Oder hatten diese Messungen und Aufzeichnungen eigentlich einen ganz anderen Zweck? Sie war nach einiger Zeit eingeschlafen. Dann fing sie an zu träumen. Sie konnte sich noch genau daran erinnern. Es fing mit einer Wiese an, auf der sie sich befand. Sie war umgeben von Blumen und Gräsern. Sie lief, ein Stoffband in der Hand schwenkend über diese Wiese und genoss den Augenblick. Doch dann passierte es: Im Traum hatte sie plötzlich ein bedrückendes, ja beklemmendes Gefühl. Sie hatte das Gefühl, dass sich irgendetwas auf sie legte, sie ummantelte. Ein Gefühl von gewalttätiger Übernahme ihres Körpers und ihrer Sinne, ein Gefühl der absoluten Machtlosigkeit, einer geistigen Penetration, einer psychischen Vergewaltigung. Sie fühlte sich ausgeliefert und hilflos. Nach einer Weile wich dieses Gefühl wieder und sie glitt wieder in eine normale Schlafphase zurück.

Bianca Schiffer traute sich nicht, Van Maarten davon zu erzählen. Sie hatte Angst. Der Versuchsaufbau, die Messungen... Was, wenn es keine Messungen waren sondern genau das, als was sie es empfand: Eine technische Apparatur, um in ihr Bewusstsein einzudringen? Sie war erneut verwirrt. Es war im Moment alles zu viel für sie. Die Amnesie, die nächtliche Erfahrung dieses Traums, eines Traums, den sie in dieser Intensität und Bedrückung noch nie erlebt hatte. Konnte sie Van Maarten trauen? Er meinte es doch gut mit ihr, oder?

Bianca Schiffer war froh, als sie das Schlaflabor verlassen konnte, um sich in ihr Zimmer im Wohnblock zurückzuziehen und erst einmal zu sich selbst zu finden. Zwei Stunden später ging sie dann ins Büro und machte sich an ihre Arbeit.

Kapitel 15

Was ist Jugend? Ein Traum.
Was ist Liebe? Der Inhalt des Traumes
von Sören Kierkegaard

Sebastian saß am Steuer seines Autos. Er fuhr mit mäßiger Geschwindigkeit, jedenfalls unterhalb des vorgeschriebenen Tempolimits. Sanft umfuhr er die langgezogenen Kurven und beschleunigte moderat, wenn eine geradere Strecke vor ihm auftauchte. In den engeren, teils Haarnadelkurven bremste er schärfer ab und versuchte, das Auto nicht über die seitlichen Begrenzungslinien zu steuern. Das Wasser stieg schneller als erwartet. Mittlerweile war es schon auf Höhe der Unterkante seine Windschutzscheibe.

Kleine Fische schwärmten herbei und ließen sich auch vom Scheibenwischer nicht sonderlich beeindrucken. Wimmer schaute in den Rückspiegel. Der Sonnenuntergang wirkte beeindruckend. Keine Wolken versperrten den Blick auf den roten Glutball, der in den nächsten Minuten hinter dem Horizont verschwinden würde. Als Wimmer nach einigen Minuten wieder nach vorne schaute, konnte er gerade noch einer Herde Schafe ausweichen, die wie aus dem Nichts vor ihm erschienen waren. Er stellte das Fahrrad ab und sah den Schafen zu. Border Collies liefen um die Herde und achteten darauf, dass die Herde beisammen blieb.

Als die Herde vorübergezogen war, richtete sich Wimmer in seinem Boot auf. Er ging nach vorne, um das Rahsegel zu reffen. Er schaute auf den steinigen Untergrund und verstand plötzlich, warum das Schiff nicht weitersegelte. Er stieg aus und versuchte, das Boot anzuheben.

Realitätscheck!

Wimmer versuchte auf seine Uhr zu schauen: Er hatte keine Uhr an. Er kniff sich in den Arm: Er spürte keinen Schmerz. Ein weiterer Realitätscheck musste Klarheit bringen. Er nahm das Stück Seife, das er extra für diesen Zweck bereit gelegt hatte und roch daran. Es war eine intensiv nach Lavendel riechende Seife, aber Wimmer konnte keinen Geruch wahrnehmen. Erneut schaute er auf sein Handgelenk mit der Digitaluhr: Er konnte die Uhrzeit nicht ablesen... Wimmer war überzeugt, sich in einem Wachtraum zu befinden. Die Realitätschecks ließen keinen anderen Schluss zu. In den letzten Nächten hatte er alles daran gesetzt, luzides Träumen zu erreichen. Dies war nun die dritte Nacht in Folge, in der es ihm gelang. Innerlich sprang sein Herz vor Freude. Jetzt aber nichts falsch machen, bloß nicht aufwachen.

Er stieg in sein Auto, ja so war das richtig, ein roter Ferrari sollte es sein, und fuhr los. Ein wenig Randstreifen, ein paar Leitplanken, ein Kiesbett zum Ausrollen an der Seite und die Jagd auf dem Nürburgring konnte beginnen... Seit er sich bewusst war, Klarträume zu haben hatte er seine Regisseureigenschaften deutlich verbessert. Er konnte im Traum fast beliebige Szenarien entstehen und vergehen lassen.

Das hätte er sich vorher nie vorstellen können. Und dabei war ihm jetzt zu jeder Zeit bewusst, sich in einem Traum zu befinden.

Pitstop: Seine Crew wartete bereits mit den neuen, fertig bereiften Rädern. Er würde ihnen Beine machen. Schneller. Er fuhr wieder zurück auf die Rennstrecke und bemühte sich ans fahrerische Limit zu kommen.

Da zog plötzlich eine dunkle Wolke auf. Wimmer konzentrierte sich auf die Wolke und wollte sie verschwinden lassen. Die Wolke gehorchte aber nicht, im Gegenteil, sie wurde größer und mächtiger. Langsam aber sicher legte sich die Wolke über ihn. Wimmer war in seiner Traumwelt schockiert. Was passierte da gerade? Die Wolke legte sich immer enger um ihn. Jetzt merkte er ein deutliches, unangenehmes Ziehen in seinem Gehirn. Es war nicht wirklich ein Kopfschmerz, aber das untrügliche Gefühl, dass sich in seinem Gehirn etwas tat, sich Etwas versuchte breit zu machen, Besitz von seinem Gehirn zu erlangen. Wimmer versuchte sich zu konzentrieren und gegen dieses Gefühl anzukämpfen. Der dumpfe Druck wurde langsam schmerzhaft. Es war, als würde irgendetwas versuchen, in sein Gehirn einzudringen. ‚Abwehren, abwehren!‘ waren Wimmers Gedanken. Ich lasse das nicht zu! Wie ein nebliger Krake umspielte das Etwas mit zunehmendem Druck sein Gehirn und sein Traumbewusstsein. Da, er konnte etwas erkennen! Licht, streuendes, sanftes Licht. Der Druck nahm zu. Wimmer stemmte sich gedanklich dagegen… und dann ging es ganz plötzlich: Mit einem heftigen ‚Van Maarten‘ im Kopf wurde Wimmer wach.

Er war schweißnass und schaute sich um. Er befand sich wieder in seiner natürlichen Umgebung. Sein Federbett und sein Kopfkissen lagen neben dem Bett. Das Bettlaken war völlig zerwühlt ans Fußende gelangt. Er musste sich heftig bewegt haben. Er roch an der Seife: Intensiv Lavendel. Ein Blick auf die Uhr verriet ihm eine korrekte Uhrzeit: Realitätscheck erfolgreich. Er war wieder wach.

Wimmer fühlte, wie sein Herz raste. Er stand auf, ging in die Küche, nahm eine Flasche Mineralwasser und ein Glas. Er goss das Glas voll und trank es in einem Zug leer.

Van Maarten... Er befand sich eben noch im Traum und hatte ganz plötzlich in diesem Traum das Gefühl, eher ein nicht zu beschreibendes Gefühl einer Omnipräsenz van Maartens. Er war umgeben vom Geist, von der Psyche van Maartens. Er wusste nicht, woran er es erkannte, es war einfach da.

Wimmer setzte sich auf einen Stuhl an seinen Esstisch und atmete langsam und tief durch. Was war ihm widerfahren? Dieses erdrückende Gefühl war dermaßen realistisch und ergreifend gewesen. Er war immer noch von den Eindrücken gefangen.

Er ging ins Bad und duschte sich. Die wohlige Wärme des Wassers entspannte seinen Körper. Minutenlang ließ er das Wasser über seinen Körper laufen. Anschließend trocknete er sich ab und zog bequeme Kleidung an. Dann machte er sich daran, den Tisch zu decken und sich ein Frühstück zuzubereiten. Einen starken Kaffee würde er jetzt auch brauchen können.

„Inception“ ging es ihm durch den Kopf. Genau, Inception hieß der Film mit Leonardo di Caprio in der Hauptrolle. Im Film drang Cobb, so hieß der Hauptprotagonist, in Träume von Menschen ein, um deren geistigen Geheimnisse zu stehlen. Ein Milliardär heuerte ihn schließlich an, um genau den umgekehrten Weg zu gehen: Statt Geheimnisse zu stehlen sollte Cobb einen Konkurrenten mit Gedanken infiltrieren, die ihn dazu führen würden, sein eigenes Firmenimperium zu zerschlagen. Er musste aber feststellen, dass im Unterbewusstsein Abwehrinstinkte vorhanden sind, eine Immunabwehr gegen fremde Ideen. In immer tiefere Traumebenen musste Cobb hinabsteigen, um diese Abwehr auszuhebeln. Doch je tiefer er sich in die Traumebenen begab, desto größer wurde die Gefahr, sich darin zu verirren und nie wieder aufzuwachen. Cobb nutzte als Realitätscheck einen Kreisel. Solange der Kreisel sich unbeirrt drehte, befand er sich in der Traumwelt. Strauchelte der Kreisel und begann umzukippen, so befand er sich wieder in der Realität.

Hatte Wimmer gerade ein ähnliches Erlebnis gehabt? Hatte jemand versucht, von seinem Unterbewusstsein Besitz zu ergreifen? Wie konnte irgendjemand oder irgendetwas über Distanz auf sein Gehirn und damit sein Bewusstsein zugreifen? Halt, dachte Wimmer... befindet sich mein Bewusstsein überhaupt *in* meinem Gehirn?

Bis heute ist es Wissenschaftlern, Neurologen, noch nicht gelungen, den Sitz und das Entstehen von Bewusstsein zu verstehen oder zu erklären. Zu irgendeinem Zeitpunkt nach der Geburt entsteht das Bewusstsein (Ist das Bewusstsein nicht schon vor der Geburt vorhanden?). Aber das Bewusstsein ist ja nichts Greifbares. Es ist etwas höchst Immaterielles, Geistiges. Jeder Mensch hat, insofern er nicht unter einer Persönlichkeitsstörung leidet, ein Bewusstsein und eine damit eng verbundene Persönlichkeit. Wir nehmen uns selber als ein Individuum wahr, das mit seiner Umwelt in Austausch treten kann. Früher glaubte man, der Sitz des Bewusstseins, der Seele, läge im Herzen. Man glaubte, man würde mit dem Herzen denken. Das Gehirn mit seinen vielen Windungen und seiner großen Oberfläche schien nur ein großer Kühlkörper zu seine, mit dem wir die Körpertemperatur regulieren. Heute weiß man selbstverständlich, dass wir mit dem Gehirn denken. Wir wissen, dass Milliarden von neuronalen Knotenpunkten über chemische und elektrische Prozesse über die Synapsen angeregt und befeuert werden. Wir wissen, dass bestimmte Hirnareale für bestimmte Funktionen zuständig sind: Hörzentrum, Sehzentrum, logisches Denken, Kreativität und so weiter. Aber der Sitz des Bewusstseins? Wie kann so etwas Abstraktes entstehen und lokalisiert werden? Wir gehen davon aus, dass sich Bewusstsein im Gehirn abspielt. Aber wie alle wissenschaftlichen Theorien gilt auch diese Theorie nur solange bis sie falsifiziert wird. Was wäre zum Beispiel, wenn das Bewusstsein sich überhaupt nicht in unserem Gehirn, ja, noch nicht einmal in unserem Körper befinden würde, überlegte Wimmer. Er stellte sich einen Nachrichtensprecher im Fernsehen vor.

Natürlich können wir mit Hilfe des TV-Apparates den Nachrichtensprecher sehen und hören. Aber kein Mensch käme doch auf die Idee zu vermuten, der Nachrichtensprecher würde sich in diesem TV-Apparat befinden. Er befindet sich selbstverständlich an irgendeinem Ort, vielleicht in irgendeinem Sendezentrum, von dem aus die Nachrichtensendung per Funk an uns ausgestrahlt wird. Vielleicht befindet sich die Steuerung unseres Bewusstseins ebenso an einer ganz anderen, vielleicht für die gesamte Menschheit einheitlichen, zentralen Stelle, irgendwo in einer Sendezentrale im spirituellen Raum und wir sind nur die Empfänger, die 'TV-Apparate'? Falls ein psychischer Hirndefekt vorliegt, ist vielleicht nur das Empfängermodul beschädigt?

Wimmer wischte diesen Gedanken beiseite. Das wäre zu fantastisch. Sehr viel wahrscheinlicher war es da schon, dass das Bewusstsein ein von uns untrennbarer Teil des Gehirns ist. Aber, wer weiß das schon?

Auf jeden Fall war Wimmer davon überzeugt, dass irgendjemand den Versuch unternommen hatte, von seinem Gehirn, von seinem Unterbewusstsein Besitz zu ergreifen. Und er hoffte, dass seine Abwehrversuche erfolgreich gewesen waren. Zum Glück hatte er sich in einem Klartraum befunden und konnte daher diese Situation bewusst wahrnehmen. ‚Wie oft mag das schon vorgekommen sein, wenn ich einfach nur schlief und unbewusst träumte?', dachte Wimmer beunruhigt.

KAPITEL 16

Ja, ich bin ein Träumer
... denn nur Träumer finden ihren Weg durchs Mondlicht
und erleben die Morgendämmerung bevor die Nacht erwacht.
von Oscar Wilde

Sebastian Wimmer fuhr am Morgen gedankenversunken zur Arbeit. Er lauschte der Musik im Radio und summte manchmal mit. Um diese Uhrzeit waren die Straßen noch angenehm leer. Würde er nur zwanzig Minuten später losfahren, wäre das Verkehrsaufkommen schon deutlich größer. Und zähfließender Verkehr oder gar im Stau zu stehen, gehörten zu den Dingen, die Wimmer überhaupt nicht mochte. Bei CS angekommen parkte er seinen Golf auf dem für ihn reservierten Parkplatz. Er nahm seine Aktentasche, die er auf den Beifahrersitz gelegt hatte, und stieg aus. Es war ziemlich früh an diesem Morgen. Er schaute nach oben. Vereinzelt zeigten sich ein paar Wolken, die ihrer Form nach zu urteilen schönes Wetter versprachen. Die Sonne schien schon fröhlich. Als er seinen Blick in Richtung Sonne richtete, musste er kräftig niesen. ‚Photischer Niesreflex', dachte er.

Es war schon erstaunlich. Sehr häufig musste er niesen, wenn plötzlich eine helle Lichtquelle auftauchte und er hineinschaute. So wie jetzt zum Beispiel beim Blick in Richtung Sonne. Und da er diesen Niesreflex schon seit seiner Kindheit kannte, hatte er sich irgendwann einmal damit auseinandergesetzt. Bei zirka siebzehn bis fünfunddreißig Prozent aller Menschen ist dieser photische Niesreflex zu beobachten. Bei den meisten Betroffenen folgt nach Blick in Richtung der hellen Lichtquelle ein bis zu dreimaliges Niesen in kurzen Abständen. Eine Theorie besagt, dass bei Menschen mit photischem Niesreflex offenbar der Sehnerv näher am Drillingsnerv verläuft als bei nicht betroffenen Menschen. Dieser Drillingsnerv ist unter anderem für die sensible nervliche Wahrnehmung der Nasenschleimhaut zuständig. Bei plötzlicher Helligkeit werden dann sehr viele Aktionspotentiale über den Sehnerv geleitet, der dadurch den sehr nahe liegenden Drillingsnerv elektrisch stimuliert. Das Gehirn interpretiert diesen Reiz als Reizung der Nasenschleimhaut und reagiert, indem ein Niesreiz ausgelöst wird. Haben sich die Augen durch Verengung der Pupillen an die Helligkeit gewöhnt, was sehr schnell passiert, lässt der Niesreiz auch sofort wieder nach.

Sebastian gähnte und ließ das Erlebnis der vergangenen Nacht noch einmal kurz revue passieren. Dann schloss er sein Fahrzeug ab und machte sich auf den Weg zu seinem Büro. Er betrat zunächst wie jeden Morgen das Büro seiner Mitarbeiter und wünschte den drei heute bereits anwesenden Personen einen guten Morgen. Da seine Abteilung gleitende Arbeitszeit hatte, würden die übrigen drei Mitarbeiter bis zum Beginn der Kernarbeitszeit nach und nach auftauchen. Er ging nun weiter zu seinem Büro und legte seine Aktentasche auf den Besprechungstisch. Um den Besprechungstisch herum standen sechs Stühle. Bei Abteilungsbesprechungen musste, wenn alle Mitarbeiter anwesend waren, noch ein Stuhl dazu gestellt werden. Hinter dem Besprechungstisch stand sein Schreibtisch, auf dem sich neben Monitor, Tastatur und Maus noch eine ganze Reihe von Mappen mit unerledigten Arbeiten befand.

Obwohl er zu Hause schon einen starken Kaffee getrunken hatte, schaltete er seine Kaffeemaschine ein und machte sich einen weiteren Kaffee. Den konnte er jetzt gut brauchen. Er kippte das Fenster, das sich hinter seinem Schreibtisch und damit hinter seinem Rücken befand und ließ die Sonnenrollos herunter. Er kippte die Lamellen der Rollos so weit, dass noch genügend Licht herein kam, eine Blendung im Monitor aber vermieden wurde.

Er schaute sich die Unterlagen an, die auf seinem Schreibtisch lagen. Unterschriftenmappen, Berichte, ungeöffnete Post, Hausmitteilungen... Er hatte das Gefühl, dass er noch nie eine solche Menge unerledigter Arbeit vorgefunden hatte. War ja wohl auch kein Wunder. In den letzten Tagen und Wochen hatte er so viel Energie und Zeit auf Albträume, luzides Träumen und theoretische Gedanken darüber verbracht, dass seine Arbeit hier ein wenig darunter gelitten hatte.

Nach ungefähr einer halben Stunde hatte er sich einen Überblick über die Unterlagen verschafft und sich eine Prioritätenliste erstellt. Unbedingt und sofort zu Erledigendes stand ganz oben. Ganz unten befanden sich die Arbeiten, die weniger wichtig oder terminlich noch nicht so dringend waren. Er war gerade fertig mit der Liste, als Marc Meier an der Tür klopfte. Meier war einer seiner besten Mitarbeiter und schon seit acht Jahren bei CS in dieser Abteilung beschäftigt.

„Herr Wimmer", begann Meier das Gespräch unsicher.

„Ja, Herr Meier. Kommen Sie herein. Nehmen Sie Platz... Was kann ich denn für Sie tun?"

„Nun", druckste Meier ein wenig herum. „Es ist mir nicht sehr angenehm, aber meine Kollegen baten mich, zu Ihnen zu gehen und..."

„Und was?", fragte Wimmer.

„Nun ja, wir haben in letzter Zeit das Gefühl, nehmen Sie das jetzt bitte nicht persönlich, aber... wir haben in letzter Zeit das Gefühle, ein wenig führerlos zu sein."

„Wie soll ich das verstehen?"

„Na ja, Sie waren in letzter Zeit, so war unser Eindruck, immer ein wenig abwesend... Wir haben eine ganze Reihe von Unterlagen eingereicht, bei denen wir auf Ihre Entscheidung warten, bei denen wir auf Ihre Unterschrift oder Genehmigung warten... Wir kommen im Moment nicht so recht weiter, ... Sie verstehen?"

Sebastian verstand nur zu gut. Genau das war ja auch sein persönlicher Eindruck gewesen. Die Arbeit hatte er ein wenig vernachlässigt. Jetzt musste er einen Weg finden, das angenehme Arbeitsklima, das bisher immer geherrscht hatte, wieder herzustellen.

„Herr Meier, vielleicht haben Sie ja Recht. Gehen Sie bitte zurück und sagen den übrigen Mitarbeitern, dass ich alle um 10:30 Uhr zu einer Besprechung in mein Büro einlade. Es war mir immer ein Anliegen und wird es auch immer sein, ein harmonisches Miteinander zu haben. Probleme sollten sofort offen und ehrlich angesprochen und gelöst werden."

„Ja, danke, werde ich ausrichten", sagte Meier und verließ Sebastians Büro.

Sebastian hatte noch eine knappe Stunde, die Besprechung vorzubereiten. Er überlegte sich, was und vor allem wie er es sagen würde. Er hatte ein sehr motiviertes und nettes Team. Vermutlich würden Sie ohnehin weniger kritisch im negativen Sinne als vielmehr kritisch besorgt erscheinen. Er würde sie wieder alle mit ins Boot bringen, nahm Sebastian sich vor.

Er wollte sich die Probleme und Bedenken der Mitarbeiter in Ruhe anhören. Anschließend würde er die Kritiken entkräften, die Bedenken zerstreuen und die Probleme lösen, so dass alle wieder zufrieden an ihre Arbeit gehen konnten. Er nahm sich vor, dabei einige rhetorische Kniffe anzuwenden, die wenn sie aufrichtig und überzeugend angewandt wurden, fast immer Erfolg versprachen. So hatte er auch gegenüber dem Vorstand von CS schon eine ganze Reihe heikler Vorschläge und vor allem finanzieller Wünsche erfolgreich durchsetzen können.

Er nahm sich zum Beispiel vor, die Mitarbeiter durch rhetorische Fragen wie „Was haben wir in den letzten beiden Monaten nicht alles erreicht?" oder „Ist es nicht ein großer Erfolg, dass die fünfzigtausend Euro für Ihr Projekt, Frau Müller, im Mai trotz aller Widerstände genehmigt wurden?" zu gewinnen. Auf eine rhetorische Frage erwartet man keine Antwort. Vielmehr formulieren die Zuhörer die Antwort selbst im Kopf. Das geht ganz automatisch. Obwohl der Redner die

Gedanken in Bewegung setzt, hat der Zuhörer das Gefühl, ihm selbst sei die Antwort gekommen. Mit rhetorischen Fragen kann man das Denken der Zuhörer direkt steuern.

Gerne von ihm eingesetzte rhetorische Mittel waren zum Beispiel auch die Prolepsis, die Vorwegnahme: „Kritiker werden nun einwenden, dass...". Wer die Kritik selbst schon ausspricht, entkräftet die Argumente echter Kritiker. Oder das rhetorische Mittel der Ellipse, der Weglassung: „Dieses Modell ist, na ja, Sie wissen schon...". Auch wenn etwas nicht gesagt wird, kann eine Botschaft geschickt werden. Der Zuhörer denkt sich seinen Teil, und das ist besonders überzeugend. Und nicht zuletzt die Correctio, die Berichtigung: „Ich meine, ... nein, ich bin ganz sicher, dass...!" Wer sich selbst korrigiert, kann den Kritikern schon den Wind aus den Segeln nehmen. So kann man auch zunächst einmal Umstrittenes sagen und sich anschließend selber verbessern.

Der niederländische Neurowissenschaftler Christian Keysers von der Universität Groningen behauptet, dass Redner die Meinungen ihrer Zuhörer synchronisieren, der Gruppe also die eigene Meinung aufzwingen können. Schuld daran sind die Spiegelneuronen im Gehirn. Spiegelneuronen werden immer dann aktiv, wenn wir die Handlungen eines anderen Menschen beobachten. In unseren Gehirnen werden dann über die Spiegelneuronen die gleichen Empfindungen ausgelöst, die auch im Gehirn des Handelnden stattfinden. Empathie, Mitgefühl sind deutliche Ausprägungen davon, wenn Spiegelneuronen in bestimmten Situationen wild im Gehirn feuern. Besonders viele dieser Spiegelneuronen befinden sich im Sprachzentrum unseres Gehirns. Hören wir eine Rede oder Ansprache, so werden diese Spiegelneuronen aktiv und starten in unserem Gehirn Emotionen, die wir beim Redner wahrnehmen. „Das Gehirn ist durch die Spiegelneuronen darauf eingestellt, Meinungen zu synchronisieren. Wir wollen zu einer Gruppe gehören und stimmen unser Meinung auf die der Menschen in unserer Umgebung ab“, sagt Keysers. Daher versuchen erfolgreiche Redner unbedingt ein Gruppengefühl bei ihren Zuhörern auslösen. Das Wort „wir“ ist dabei der einfachste rhetorische Gruppentrick. In der Rede zu seiner Amtseinführung hat Barack Obama, der Präsident der USA, über achtzigmal das Wort „wir“ verwendet.

Der Neurowissenschaftler Vasily Klucharev von der Radboud University in Nijmwegen hat herausgefunden, dass unser Gehirn, wenn wir uns als Teil einer Gruppe fühlen, das Hormon Dopamin produziert. Und Dopamin ist das Hormon, das in uns Glücksgefühle auslöst. Schon in der Urzeit konnten Menschen nur in der Gruppe überleben. Dieser Zusammenhang aus dem Wir-Gefühl und dem ausgeschütteten Dopamin macht uns zu sozialen Wesen. Wer kennt dieses Gefühl nicht, dass sich einstellt, wenn man gemeinsam ein Konzert erlebt, gemeinsam einen WM-Erfolg im Fußball genießt, gemeinsam einer packenden Wir Rede zuhört? Auf einer Urlaubsreise, die man alleine unternimmt, haben Sehenswürdigkeiten und Erlebnisse nicht dieselbe emotionale Wirkung die sie hätten, wenn man diese Emotionen mit jemandem, vielleicht dem Partner beziehungsweise der Partnerin, teilen würde.

Gegen 11:30 Uhr beendete Wimmer die Teambesprechung. Er hatte das Gefühl, dass seine Mitarbeiter sein Büro beeindruckt, beruhigt und zufrieden verließen. Die Besprechung war für das soziale Wohlbefinden in der Abteilung sehr wichtig gewesen. Letztlich war er dankbar, dass die Mitarbeiter diese eingefordert hatten. Jetzt machte er sich wieder daran, die noch unerledigten Akten zu lesen und abzuarbeiten.

KAPITEL 17

Der Traum ist der beste Beweis, dass wir nicht so fest in unserer Haut eingeschlossen sind, als es scheint. von Friedrich Hebbel

Sebastian Wimmer stand am Rande dieser großen Lichtung. Von seiner Position aus hatte er einen hervorragenden Blick auf die Tiere, Hirsche und Rehe, die auf der großen Wiese vor ihm ästen. Er war durch den Mischwald spaziert, der im Wesentlichen aus Laubbäumen wie Eichen und Buchen bestand. Der Boden war bis auf den Fußweg von Gräsern und Moosen bedeckt. Efeu, Ilex und Farnkraut brachten ein wenig Abwechslung in das Unterholz. Nur ganz vereinzelt hatten sich offenbar ein paar Nadelbäume hierher verirrt. Es war ein wenig mühsam gewesen, den steinigen Fußweg zu gehen, denn Wimmer war barfuß unterwegs. Aber die Mühe hatte sich gelohnt. Er hob das Fernglas an, um die Tiere näher betrachten zu können. Er zählte fünf Hirsche, drei davon mit mächtigem Geweih.

Er war froh, das Fernglas nun in die Hände nehmen zu können. Es hing nämlich an einem Lederriemen um seinen Hals. Und der Lederriemen hatte sich im Laufe seines Spazierganges durch das Gewicht des Fernglases ziemlich in seine nackte Haut eingearbeitet. Er schaute auf seine Schultern, wo man an roten Striemen erkennen konnte, wo die Riemen ihre Spuren hinterlassen hatten. In dem Moment wurde ihm bewusst, dass er völlig unbekleidet war. ‚Wieso habe ich keine Kleidung an?‘, dachte er. In dem Moment wurde er aber abgelenkt, als ein Reh jäh davonlief, als sei es von etwas erschreckt worden. Als es schnell genug war, hob es ab und flog über die restliche Lichtung auf den gegenüberliegenden Waldrand zu. Wimmer wollte es nicht aus den Augen verlieren und flog hinterher.

Realitätscheck!

Wimmer versuchte sich zu konzentrieren. Der Wald, die Bäume, alles absolut realistisch. Aber... das fliegende Reh, er hinterherfliegend... er musste sich in einem Traum befinden. Wimmer wurde bewusst, dass er es vermutlich wieder geschafft hatte, einen luziden Traum zu erleben. Ein Wachtraum, in dem er, wie er ja jetzt wusste, aktiv beeinflussend eingreifen konnte.

Er beschloss am Ende der Lichtung zu landen. Hinter der großen Eiche, beschloss er, würde ein Rucksack mit seiner Kleidung stehen. Er ging hin und fand den Rucksack. Er öffnete ihn, entnahm Kleidungsstücke und zog sich an. ‚Wow', dachte er als er sich umdrehte und zurück zur Lichtung blickte. Wie realistisch das alles erscheint. Bin ich wirklich in einem Traum oder ist es die Realität?

Realitätscheck!

Er schaute auf seine Armbanduhr. Er sah Symbole auf seinem Ziffernblatt, konnte sie aber nicht erkennen, nicht deuten. Er hatte solche Symbole noch nie gesehen. Das gesamte Ziffernblatt wirkte... durchsichtig. Ja, er konnte seine Haut, und bei genauem Hinsehen sogar die Knochen darunter deutlich erkennen. Er war sich sicher, in einem Traum zu sein.

Und dann traf es ihn mit voller Wucht. Völlig ohne Vorwarnung überkam ihn eine schmerzhafte dunkle Emotionswolke. Er versuchte sich zu wehren, die Wolke abzuwehren, sich zu schützen. Aber er merkte, wie die Wolke immer mehr in sein Bewusstsein eindrang. Wimmer hatte Angst. Es fehlte ihm jeder Vergleich. Etwas Derartiges hatte er noch nie erlebt, noch nie gespürt. Wie Wanderameisen, die sich gemeinsam über ein größeres Opfer hermachen. Wimmer hatte das Gefühl, von allen Seiten bedrängt, bedrückt zu werden. Und wieder, er hätte es nicht beschreiben können, fühlte er diese Omnipräsenz von van Maarten. Was ging hier vor sich?

Nach einer gefühlten Ewigkeit legte sich das bedrückende Gefühl, lichtete sich die Emotionswolke. Langsam ließ auch der Schmerz nach. Er nahm wieder wahr, dass er am Rande einer Lichtung stand. Er war sich sehr bewusst, sich in einem Traum zu befinden. Und dennoch dieses Gefühl… Aber da war noch etwas… ein eigenartiges Gefühl… da spürte er noch etwas. Er konnte nicht sagen, wie es sich anfühlte, es überkam ihn einfach. Aber plötzlich bekam das Gefühl ein Gesicht und einen Namen: Susanne.

Wieder einmal wachte Wimmer schweißgebadet auf. Seine Zudecke hatte er im Traum offenbar weit von sich geworfen. Das Kopfkissen lag neben dem Bett und das Betttuch war nassgeschwitzt. Er richtete sich langsam auf und versuchte klare Gedanken zu fassen.

Realitätscheck!

Er schaute auf die Uhr. Er betrachtete die ihm gewohnte Umgebung. Er schaute in den Spiegel. Es war in diesem Moment kein besonders schöner Anblick, aber immerhin erkannte er sich eindeutig. Alles schien darauf hinzudeuten, dass er wieder in der Realität war. Wachträume waren in der Tat dermaßen realistisch, dass er sich wirklich davon überzeugen musste, wieder im Hier und Jetzt zu sein. Die Emotionen des Traumes hatten ihn sehr mitgenommen. Er ging ins Bad und stellte sich unter die Dusche. Abwechselnd stellte er das Wasser auf heiß und kalt. Er wollte dadurch klar und richtig wach werden.

Anschließend setzte er sich an seinen Esstisch und trank einen Kaffee. Nach Essen war ihm im Moment noch nicht zumute. Das war nun das zweite Mal, dass er dieses überwältigende Bewusstseinserlebnis in einem Traum hatte. Und jedes Mal bisher das unbeschreibliche Gefühl von van Maartens Präsenz. Aber diesmal hatte er auch Susanne gespürt. Was hatte das zu bedeuten?

Heute war Samstag. Und den Samstagmorgen nutzte Sebastian Wimmer immer, um ein paar Einkäufe zu tätigen. Als Berufstätiger blieb ihm manchmal auch nichts Anderes übrig. Zwar hatten sich die Ladenöffnungszeiten im Einzelhandel in den letzten Jahren deutlich geändert, so dass er in einigen Geschäften sogar noch bis 22:00 Uhr einkaufen konnte, aber Sebastian hatte sich angewöhnt, samstags für die kommende Woche einzukaufen. Zumindest alles das einzukaufen, was er dienstags nicht auf dem Wochenmarkt in Vaals kaufen wollte oder konnte. Häufig hatte er als Berufstätiger ja auch nicht die Zeit, morgens nach Vaals zu fahren.

So fuhr er zu einem der vielen Discounter, um sich mit Lebensmitteln und sonstigen Dingen des Alltags einzudecken. Frisches Obst, frisches Gemüse, eine Konserve hier, eine Packung Reis oder Nudeln dort. Stilles Wasser war heute, genau wie Toilettenpapier, sogar im Sonderangebot, also nichts wie rein damit in den Einkaufswagen. An der Kasse zog die nette Verkäuferin die Waren über den Scanner. ‚Piep, piep, piep…'

„Macht 34,95 €", sagte sie.

Wimmer zahlte mit seiner EC-Karte und fuhr mit dem Einkaufswagen zu seinem Auto. Er öffnete die Heckklappe, um die gekaufte Ware in den Kofferraum zu verstauen. Wimmer stutzte. Hatte er sich im Auto vertan? Unter einer Abdeckplane, die immer in seinem Kofferraum lag, lugte etwas aus Leder hervor. Er zog die Plane beiseite und erkannte eine Aktentasche. Da lag also eine ihm unbekannte Aktentasche in seinem Kofferraum. Er überlegte; nein, die Tasche hatte er noch nie gesehen. Er vergewisserte sich, dass es tatsächlich sein Auto war. Er räumte die Waren ein, brachte den Einkaufswagen zurück, entnahm den Einkaufschip und ging wieder zu seinem Auto. Wie kam eine fremde Aktentasche in seinen Golf? Wann hatte er zuletzt überhaupt den Kofferraum geöffnet und genutzt? Oder die Plane bewegt? Das musste schon länger her sein. Seine eigene Aktentasche legte er ja gewöhnlich auf den Beifahrersitz…

Zu Hause angekommen trug er zunächst die eingekauften Waren in seine Wohnung. Alles was gekühlt werden musste legte er in den Kühlschrank. Erst dann nahm er die gefundene Aktentasche zur Hand. Er betrachtete sie und überlegte angestrengt, wem sie wohl gehören könnte. Er musste die Aktentasche öffnen, um einen Hinweis zu finden. Er öffnete den Reißverschluss der Aktentasche und öffnete sie. Darin befand sich ein Ordner. In dem Ordner waren viele Klarsichthüllen, gefüllt mit, wie es aussah, Geschäftsbriefen:
'Offerte, Opdrachtbevestiging, Factuur,...' So viel Niederländisch beherrschte Wimmer um zu erkennen, dass es sich um Angebote, Auftragsbestätigungen und Rechnungen handelte. Alle Unterlagen wiesen als Absender „Africaans Delight B. V., Exotische Producten aus Utrecht aus. Das sagte Wimmer absolut überhaupt nichts. Weder kannte er das Unternehmen noch hatte er jemals etwas mit exotischen afrikanischen Produkten zu tun gehabt. Er schaute weiter in die Seitentaschen der Aktentasche. Da befand sich eine kleine Mappe mit Visitenkarten.

Africaans Delight B. V.
Exotische Producten
Bart Ridder
Sales Manager
Croeselaan 23
3588 Utrecht

Wimmer fuhr ein Schreck durch alle Glieder. Ridder, das war doch einer der beiden Geschäftspartner von van Maarten in der Demokratischen Republik Kongo gewesen. Ridder, der Mann, den er vermutlich in

Breda erschossen hatte. Was hieß hier noch vermutlich? Wenn es noch eines Beweises bedurft hätte, dann war es dieser. Er war auf den Fotos in Breda recht deutlich zu erkennen gewesen. Die Parkquittung war mehr als erstaunlich. Der km-Stand... und jetzt die Aktentasche von Ridder. Es gab keinen Zweifel mehr. Er war der Mörder von Bart Ridder.

Nachdem er sich wieder ein wenig beruhigt hatte, sah sich Wimmer noch einmal den Aktenordner an. Er öffnete ihn und las, dass das Unternehmen offenbar viele exotische afrikanische Produkte im Angebot hatte: Von leichter Bewaffnung von Pygmäen (pijl en boog van pygmeeën) über ausgestopfte Affen bis hin zu ... ivoor. Ivoor musste Wimmer im Internet nachsehen. Ivoor ist das niederländische Wort für Elfenbein. Und dieses ivoor machte als Artikel einen großen Teil der Rechnungen aus, die Wimmer vorfand. Noch dazu lauteten die Rechnungen über sehr hohe Beträge. War der Handel mit Elfenbein nicht international verboten? War der Handel damit nicht strafbar? Warum sollte ausgerechnet er Ridder ermorden? Wimmers Verwirrung wurde immer größer.

KAPITEL 18

Der Traum und die Phantasie
sind das eigenste Eigentum
von Novalis

Langsam, langsam dämmerte es Sebastian Wimmer. Vor einigen Wochen in der Demokratischen Republik Kongo... Da hatte van Maarten doch davon gesprochen, dass er ein Experte auf dem Gebiet der Schlafforschung, der Träume und vor allem der Albträume sei. Er hatte sich sogar ein professionelles Schlaflabor eingerichtet, in dem er, Sebastian Wimmer, sogar zwei Nächte verkabelt verbracht hatte. Was, wenn van Maarten von vorneherein überhaupt kein Interesse daran hatte, Wimmer zu helfen? Hatte van Maarten mit ihm nicht vielmehr ein williges Opfer gefunden, dass sich an seine Apparaturen anschließen ließ, damit er es später im Traum manipulieren konnte? War das denkbar? War es überhaupt möglich, über weite Distanzen auf ein anderes (Unter-)bewusstsein zuzugreifen und es zu manipulieren? Um Zugriff auf ein anderes Bewusstsein, ja auf ein anderes Gehirn zu haben ist es wohl erforderlich, dass die Gehirne miteinander verbunden, vernetzt sind. Ist das möglich?

Am Montag machte Wimmer früher Feierabend und fuhr nach Aachen zur Universitätsbibliothek der RWTH Aachen. Er wollte Fachliteratur über Bewusstseinsbeeinflussung, Vernetzung von Gehirnen und so weiter suchen. Neurowissenschaften schien ihm dabei der geeignete Wissenschaftszweig zu sein. Er parkte im Parkhaus und ging zügig in Richtung Bibliothek. Er war noch nicht weit gegangen, als er sich entschloss, langsamer zu gehen und den Weg zu genießen. Wie lange war es nun schon her, dass er diese Wege als Student gegangen war? Eine Vielzahl von Erinnerungen lugte aus seinem Gedächtnis hervor und zauberte ein Lächeln auf Wimmers Gesicht. Vorlesungen, Seminare, Facharbeiten, Literaturrecherche, Klausuren, und natürlich das angenehme Studentenleben, geprägt von langem Schlafen, langen Partynächten, Alkohol... Einige, wenn er so recht überlegte, sehr angenehme Jahre seines Lebens hatte er hier bis zu seinem Uni-Abschluss verbracht.

Beladen mit Fachbüchern und Dissertationen zu den gewünschten Themen ging er zu seinem Auto ins Parkhaus, löste sein Ticket ein und fuhr nach Hause. Dort machte er sich sofort daran, sich einen Überblick über den aktuellen Stand der Forschung zu machen. Immer wieder führte er parallel dazu Recherchen in den gängigen Suchmaschinen im Internet durch. Ziemlich schnell fand er interessante Ergebnisse.

Wissenschaftler am Max-Planck-Institut für Bildungsforschung in Berlin haben bereits 2009 herausgefunden, dass sich zum Beispiel beim Musizieren hirnübergreifende Netzwerke ausbilden. Wenn Musiker zugleich dasselbe Musikstück spielen, werden die Aktivitäten ihrer Gehirnwellen synchronisiert. In weiteren Experimenten wurde nun die Vernetzung, Synchronisation der Gehirne in den Fällen untersucht, in denen die Duettpartner unterschiedliche Stimmen spielen mussten. Das heißt, sie spielten zwar dasselbe Stück, aber eben nicht dieselben Noten. In zwölf Duettpaaren spielten Gitarrenspieler Sonaten. Sie hatten beide jeweils unterschiedliche Stimmen zu spielen und einer der beiden bekam die Verantwortung aufgetragen dafür zu sorgen, dass beide gemeinsam einsetzten und ein gemeinsames Tempo hielten. Einer übernahm also eine Führungsrolle, während der andere sich lediglich am gemeinsamen Rhythmus orientieren musste. Der Unterschied der zugeteilten Aufgaben ließ sich anschließend mithilfe von Messungen per EEG (Elektroenzephalografie) in den Hirnstrommessungen deutlich erkennen. Die Gleichschaltung der Hirnwellen war bei dem führenden Spieler, der die größere Aufgabe hatte deutlich ausgeprägter und begann bereits kurz vor Beginn des Musikstückes. Das kann darauf hindeuten, dass bereits die Entscheidung des führenden Spielers, nun zu beginnen, die Hirnströme bereits entsprechende aktivierte. Das entspricht ja auch den Ergebnissen der Forschung von John-Dylan Haynes, der durch seine Forschungen ja die Diskussionen um den freien Willen neu entfacht hatte.

Bei der Messung der Kohärenz der Signale verschiedener Elektroden eines Duettpaares fiel außerdem auf, dass zu Beginn einer Sequenz, in den Phasen also, in denen die Musiker ihre Aktivität koordinieren mussten, die Signale der frontalen und der zentralen Elektroden einen signifikanten Zusammenhang zeigten. Und dieser Zusammenhang bestand nicht nur innerhalb eines Kopfes der Probanden sondern auch zwischen den Köpfen der Probanden. Dieser Zusammenhang zwischen den Köpfen konnte nicht damit erklärt werden, dass die Wahrnehmung gleicher Reize oder die Ausführung gleicher Bewegungen vorgelegen hätte. Schließlich mussten sie ja unterschiedliche

Stimmen spielen, wodurch sich Reize und Bewegungen voneinander unterschieden. Das beobachtete Phänomen deutete den Wissenschaftlern nach darauf hin, dass Nervenzentren aus zwei separaten menschlichen Köpfen eine gemeinsame Handlung koordinieren können. Vermutlich ist dies nicht nur beim Musizieren der Fall, sondern in allen Situationen, in denen Menschen ihr Handeln mit anderen koordinieren. Dies ist dann nicht nur beschränkt auf zwei Personen sondern auf alle an der Handlung Beteiligten, zum Beispiel im Sport oder bei der zwischenmenschlichen Kommunikation…

Noch einen Schritt weiter ging ein internationales Team aus Wissenschaftlern, die die Ergebnisse einer Versuchsreihe im Auftrag des spanischen Unternehmens Starlab aus Barcelona im Fachmagazin PLOS one im August 2014 veröffentlichten: Eine Versuchsperson wurde darauf trainiert, eine simple Botschaft, einige wenige einzelne Worte, in Gehirnaktivitäten umzuwandeln. Diese Gehirnströme wurden mit Hilfe einer EEG-Haube erfasst und in Computersprache, letztlich in einen Binärcode übersetzt. Diese Botschaft wurde dann per mail an einen Empfänger geschickt. Die Mail wurde dort wieder in Hirnsignale mittels transkranieller Magnetstimulation (TMS) in magnetische Impulse übersetzt. Diese magnetischen Impulse lösten im Empfängergehirn Reaktionen in Form von Lichtblitzen am Rande des Sichtfeldes aus. Der Empfänger, der gelernt hatte, die ankommenden Hirnsignale, die Lichtblitze zu decodieren, konnte so die Botschaft entschlüsseln und wiedergeben. Mit dieser Übertragung einer Botschaft über Schnittstellen zwischen Gehirn und Computer auf der Senderseite und

Computer und Gehirn auf der Empfängerseite war erstmalig eine, wenn auch indirekte, da in Binärcode übertragene weltweite Gedankenübertragung über das Internet möglich. Immerhin funktionierte die korrekte Wiedergabe der gesendeten Information in fünfundachtzig Prozent der Fälle.

Bereits seit einigen Jahren wird von Forschungsgruppen in Europa und in den USA an einem BCI (Brain-Computer Interface) geforscht und entwickelt, welches über EEG-Hauben eine direkte Kommunikation zwischen Gehirn und Rechner ermöglichen soll. Man ist zwar noch weit davon entfernt, komplexe Gedanken interaktiv zu übertragen aber mit fünfzehn Prozent lag die Fehlerquote in dem Experiment schon recht niedrig und lässt Fortschritte dieser Art von Kommunikation erwarten.

Bereits im Jahr 2013 gelang es einem Team um den Neurobiologen M. Nicolelis von der Duke University in North Caroline, Rattenhirne miteinander zu vernetzen. Durch eingepflanzte Elektroden waren die Hirne der Ratten miteinander vernetzt. Gemeinsam konnten die Ratten quer über die amerikanischen Kontinente hinweg einfache Aufgaben lösen.

Aber das war noch nicht unbedingt das, wonach Wimmer gesucht hatte. Es kam seinen Vorstellungen schon recht nah, aber von einer gezielten Kontaktaufnahme mit einer anderen Person, oder gar einer unterbewussten Beeinflussung dieser Person war bis dahin noch nicht die Rede. Aber dann stieß er auf die ATR Computationao Neuroscience Laboratories aus Kyoto. Die Forscher dieses Unternehmens forschen seit 2008 daran, Träume ‚lesen' zu können. Sie haben eine Software entwickelt, mit der sie die Gehirnaktivitäten auffangen und in Bilder, die im Gehirn entstehen, umwandeln. Auch dies ist noch nicht sehr ausgereift, um nicht zu sagen, steckt noch in den Kinderschuhen. Immerhin gelingt es den Forschern bereits, zwar noch recht abstrakte Bilder zu generieren, die aber durchaus erkennen lassen, worum es sich handelt. Einer der Haken an dieser Geschichte ist, dass der Schlafende dafür in einem Magnetresonanztomografen (MRT) liegen muss, der die Gehirnaktivitäten scannt.

John-Dylan Haynes, der Wimmer nun bereits als Forscher bekannt war, forscht und lehrt seit 2006 am Berliner Bernstein Center for Computational Neuroscience. Ihm ist es bereits gelungen, ‚verborgene Absichten und Pläne aus der Hirnaktivität abzulesen'. Selbst den Forschern ist dieser Erfolg ein wenig unheimlich. Man ist bereits so erfolgreich, dass man über ethische Richtlinien nachdenkt, wann ‚brainreading' überhaupt eingesetzt werden darf – und wann nicht. Vielleicht werden demnächst auf den Flughäfen Nacktscanner durch Gehirnscanner ersetzt, die die Pläne und Absichten potentieller Terroristen entlarven? Auf dem Weg, das Unterbewusstsein total zu kontrollieren, ist das Lesen von Gedanken und Träumen allerdings nur der erste Schritt. Wesentlich spannender wird es da, und jetzt wurde Wimmer äußerst aufmerksam, wo es darum geht, fremde Ideen in Gehirnen zu installieren. Die Forschungsbehörde DARPA des amerikanischen Verteidigungsministeriums hat auf diesem neurowissenschaftlichen Gebiet bereits riesige Fortschritte erzielt. Die Forschungsbehörde hat einen Helm entwickelt, in dem mikroprozessorgesteuerte Ultraschallkanonen in die Gehirnaktivitäten von Soldaten eingreifen. Diese Schallwellen können, wenn sie die Schädeldecke des Gehirns durchdrungen haben im inneren des Gehirns gravierende Verhaltensänderungen herbeiführen. Bisher ist es bereits gelungen, Schmerzempfindungen, Stress und Ängste zu blockieren und im Gegenzug Reaktionsgeschwindigkeit und Konzentration der Probanden deutlich zu erhöhen. Diese Technologie ist auch auf Träume anwendbar.

Ganz gebannt las Wimmer weiter. Denn jetzt hatte er einen Text über ‚shared dreams', geteilte Träume, gefunden. Bei den ‚shared dreams' handelt es sich bereits um eine uralte Technik, bei der zwei oder mehr Personen denselben Traum träumen. Schamanen der Indianer, die Guarani in Paraguay, der Orang-Asil-Stamm in Malaysia und mindestens zwanzig indigene Völker im Amazonasgebiet beherrschen die Technik der ‚shared dreams'. Besonders gut funktioniert die Technik, wenn man dabei Kopf an Kopf liegt. Es wurde aber auch schon berichtet, dass die ‚shared dreams'-Technik über tausende Kilometer Entfernung funktionerte.

‚Katathymes Bilderleben' (KB) ist eine Psychotechnik, die es ebenfalls erlaubt, in fremde Traumwelten einzudringen. Diese Technik, erfunden vom Psychiater Hanscarl Leuner, ist eins der mächtigsten Instrumente, unser Unterbewusstsein gezielt zu beeinflussen. Von Therapeuten, vor allem in Deutschland wird dieses Instrument eingesetzt, um seelische Störungen zu behandeln. Der Therapeut versetzt den Patienten

beim ‚Katathymen Bilderleben‘ in einen Klartraum, dessen Design er vorgibt und von außen steuert.
Die Klienten des Psychiaters werden dann aufgefordert, im Traum als Rahmenhandlung zum Beispiel einen Berg zu besteigen oder auf dem Meeresgrund zu wandeln. Dabei gelingt es dem Therapeuten oft bis zu den intimsten und verborgensten Gefühlen und Gedanken der Klienten vorzudringen. Bei Beziehungsproblemen, Sexualstörungen, Depressionen und Zwangsneurosen wurde diese, mittlerweile von Krankenkassen anerkannte Therapie, schon erfolgreich eingesetzt. Aber Vorsicht! Mit Glück hilft KB in kurzer Zeit das Problem zu lösen, mit Pech kann aber auch statt Linderung oder Heilung eben durch die Anwendung dieser Methode eine akute Psychose entstehen.

Sollte Wimmer tatsächlich Opfer einer solchen Manipulation geworden sein? Das was er hier gerade gelesen hatte, war ja nur der Tenor der aktuellen, ethisch einwandfreien Wissenschaft. Wer weiß, wie weit man mit diesen Techniken mittlerweile bereits im ‚Deep Web‘ der Neurowissenschaften vorgedrungen war? Eine weitere Passage in der Fachliteratur ließ Wimmer ebenfalls vorsichtig stutzen. Mittlerweile war er schon recht fortgeschritten, was das Initiieren und Gestalten von luziden Träumen anging. Dennoch hatte er das Gefühl, dass auch hier das ‚Deep Web‘ der luziden Träume noch weitestgehend vor ihm verborgen lag. Nun las er, was beim luziden Träumen passieren kann: Dringt man beim luziden Träumen zu tief in die Traumwelt vor, läuft man Gefahr, den Weg an die Oberfläche nicht mehr zurückfinden zu können. Das Unterbewusstsein kann bis in die unstrukturierten

Traum-Gebiete des Limbus absinken. Die katholische Kirche nennt diesen Bereich des Unterbewusstseins den ‚Kreis der Hölle', in den Kinder, die ungetauft sterben, aufgenommen werden. Es ist das Gebiet im Gehirn, in dem in der Traum-Theorie das Gehirn oder Teile davon irreparabel zerstört werden können. Wer von hier zurückkehrt, ist nicht mehr der Mensch, der er vor dem Traum war. Wimmers Respekt vor der Traumwelt stieg von Sekunde zu Sekunde.

Die Frage blieb für Wimmer bestehen: Hatte van Maarten in irgendeiner Form die Möglichkeit, sich in sein Bewusstsein einzuschleichen? Und wenn ja, was machte er dort?

Am nächsten Abend stand für Sebastian Wimmer wieder eine Orchesterprobe an. Er freute sich schon darauf. Einerseits war es für ihn immer wieder ein Genuss, sich dem musikalischen Spiel in der Swing-Bigband hinzugeben. Ergänzend würde dieses Zusammenspiel diesmal in dem Bewusstsein erfolgen, dass die Hirnwellen seiner Bandmitglieder, während sie ihr Repertoire spielten, synchronisiert wurden. So hatte er eine Probe noch nie betrachtet und erlebt. Andererseits freute er sich auch darauf, Nico Janke wiederzusehen und ihm seine neuesten Erkenntnisse mitzuteilen.

Wie gewohnt war Nico auch diesmal, genau wie Wimmer viel zu früh zur Probe erschienen. So hatten sie Gelegenheit, sich noch ein wenig auszutauschen.

„Na, was machen die Träume?", begann Janke nach einer kurzen Begrüßung das Gespräch.

„Fortschritte, Fortschritte,...“, sagte Wimmer lächelnd.
Dann erzählte Wimmer ihm von seinen Erlebnissen und Erkenntnissen, die er durch Literaturstudium gewonnen hatte. Janke hörte interessiert zu.

„Da hast du ja in der Tat schon große Fortschritte gemacht“, musste Janke zugeben. „Ist dir nur zu wünschen, dass dein Leidensdruck dadurch abnimmt.“

„Na ja, Albträume habe ich ja nach wie vor, aber ich gehe mittlerweile mit einem anderen Bewusstsein an die Lösung des Problems heran.“

„Da, es geht jetzt gleich los. Aber bevor ich es vergesse: Hast du dir schon einmal Gedanken über Codes oder Codeworte gemacht, die ein bestimmtes Verhalten im Traum auslösen oder beenden können?“

„Codeworte...?“, stutzte Wimmer.

„Nein, bisher nicht, aber Nico... du bist phänomenal. Jedes Mal, wenn ich mich mit dir unterhalte, öffnest du ein neues Tor bei mir. Nein, habe ich mir bisher noch keine Gedanken gemacht...“

Wimmer setzte sich an sein Klavier, spielte munter mit, war aber teilweise nicht ganz bei der Sache und in Gedanken bei ‚Codeworten‘.

Kapitel 19

Nach einem bösen Traum sieht man,
welchen Stoff zu einer Hölle ein bloßes Gehirn in sich aufbewahrt.
von Jean Paul

Es war Sonntag. Für Bianca Schiffer war es heute ein besonderer Tag. Nicht etwa deswegen, weil der Sonntag ein arbeitsfreier Tag war. Nein, heute war ein besonderer Tag, weil Kayra Bemba sie für heute nach Hause zum Essen eingeladen hatte. Und Essen im Kongo bedeutete an Sonntagen, dass mit der ganzen, großen Familie gemeinsam gegessen wurde. Schiffer freute sich darauf, die Familie kennen zu lernen. Sie freute sich auch darauf, die vermutlich etwas anderen Tischsitten und Gebräuche kennen zu lernen. Und nicht zuletzt freute sich auf die kongolesische Küche.

Wegen der zu hohen Temperaturen um die Mittagszeit fand das Essen am Abend statt. Gegen 17:00 Uhr kam ein Bruder von Bemba, Jonathan, mit einem Pickup und holte Schiffer ab. Sie betrachtete das Fahrzeug und überlegte kurz, ob sie überhaupt einsteigen sollte. Das einst stolze und neue Fahrzeug schien nur noch wenig verkehrstauglich zu sein. Es gab nur noch eine Frontscheibe, die zwei große Risse aufwies. Die übrigen Scheiben fehlten. Auch sonst schien das Fahrzeug im Wesentlichen von Rost zusammengehalten zu werden.

„You're welcome", grinste Bembas Bruder und zeigte dabei zwei Reihen makelloser weißer Zähne.

Schiffer stieg ein und war auf die nun anstehende Fahrt gespannt. Der Motor startete fast auf Anhieb. Die Geräusche, die das Fahrzeug ab dann erzeugte, passten zum optischen Gesamteindruck. Und so zuckelten sie los in Richtung Kinshasa. Bemba wohnte mit ihrer Familie zwar in Kinshasa, aber nicht im Zentrum, sondern in einem weiter außerhalb gelegenen Stadtbezirk. Die Fahrt ging von Mfuti über Mitendi auf die N1. Von Mitendi über Benseki nach Kinshasa. Zunächst wurde der Straßenbelag, je näher sie Kinshasa kamen, besser. Die N1 war sogar in einem ziemlich guten Zustand. Nachdem sie von der N1 wieder abgebogen waren, wurde der Straßenbelag aber sehr schlecht. Größere Teile der Asphaltdecke fehlten oder tiefe Schlaglöcher zwangen den Fahrer, manchen Abschnitt sehr langsam und im Slalom zurückzulegen. Der Verkehr nahm, je näher sie Kinshasa kamen, zu. Teilweise herrschte ein Verkehrsaufkommen wie zur Rushhour in einer europäischen Metropole. Nur herrschten in den meisten europäischen Metropolen so etwas wie Verkehrsregeln.

In Kinshasa lief der Verkehr eher schleppend, da niemand Vorfahrtsregeln beachtete und vor allem niemandem Vorfahrt gewähren wollte. Als das wichtigste Teil des Autos erwies sich die Hupe. ‚Wenigstens die funktioniert einwandfrei. Ist ja vermutlich auch überlebenswichtig', dachte Schiffer. Solche Verkehrszustände hatte sie in Dokumentationen im Fernsehen schon oft gesehen. Ob in den asiatischen Großstädten Vietnams, Thailands oder auch in anderen großen afrikanischen Städten: die Zustände im Straßenverkehr ähnelten sich doch sehr. Selbst in Athen und in Istanbul ist die Hupe wesentlicher Bestandteil des Fahrzeugs, mit dessen Benutzung nicht gegeizt wird. ‚Bei uns zu Hause wäre so etwas undenkbar', dachte sie. ‚Bei uns zu Hause?', gingen ihre Gedanken weiter. Sie hatte spontan einige Straßen und Straßenkreuzungen vor Augen, konnte aber beim besten Willen nicht zuordnen, wo sie die gesehen hatte. Immerhin merkte sie erfreut, dass wohl die eine oder andere Erinnerung zurückkehrte. Weiter konnte sie nicht darüber nachdenken, da Jonathan laut hupend stark bremsen musste. Stark bremsen bedeutete für Bianca Schiffer, sich mit Händen und Füßen nach vorne abstützen zu müssen, denn Sicherheitsgurte gab es in diesem Fahrzeug nicht.

Je weiter sie in die Außenbezirke von Kinshasa eindrangen desto schlechter wurde der Asphalt, bis er schließlich ganz fehlte. Die letzten Kilometer zu Bembas Familie legten sie daher auf festgefahrenem Lehmboden zurück. Die Konversation mit Jonathan gestaltete sich währenddessen als eher schwierig. Außer einem mindestens fünfmaligen „You're welcome", einem „Nice weather", oder „Very hot today" war dem Bruder Bembas nichts zu entlocken. Er war der englischen Sprache eben nur rudimentär mächtig. Schiffer nahm es ihm nicht übel. Zumindest gab er sich Mühe, ein paar Worte zu sagen und lächelte dabei immer sehr freundlich.

Die letzten Meter zu Bembas Familie führten dann eher über eine Art Schotterpiste. Links und rechts der Straße standen einfache Wohnhäuser. Genau genommen waren die Häuser eher eine Mischung aus Häusern und Hütten. Sie waren allesamt eingeschossig. Grün, blau und rot gestrichene Holztüren zierten den Eingang. In den meisten Häusern gab es keine Fenster, sondern nur kleine rechteckige oder quadratische Löcher, die genügend Licht hineinließen und gleichzeitig für eine angenehme Lüftung und Klimatisierung der Häuser sorgten. Einige Häuser verfügten sogar über Fensterscheiben aus Glas. Als Dach diente den meisten Häusern eine Art Strohbedeckung. Einige wenige Häuser verfügten über Blechdächer. Was die Klimatisierung beziehungsweise die Kühlung der Räume anging waren vermutlich diejenigen mit der Strohbedachung besser bedient.

Als sie vor Bembas Haus anhielten und Schiffer ausstieg, wurde sie sofort von einer größeren Schar Kinder lautstark umringt. Sie wurde mit großen, neugierigen Augen bemustert. Wann hatte sie schon einmal eine weiße Frau zu Gast?

Die Kinder hatten einfache Shorts und Polohemden oder T-Shirts an. Aber, und da war Schiffer doch angenehm überrascht, sämtliche Kleidung war sauber und in einem sehr ordentlichen Zustand. Kayra Bemba kam, durch den nun entstandenen Lärm aufmerksam geworden, aus dem Haus und begrüßte ihre Kollegin herzlich. Dann stellte sie Bianca Schiffer ihren Familienmitgliedern vor, die sich alle auf die Straße begeben hatten, um sie zu begrüßen. Die Frauen hatten alle ihre Sonntagskleider, die größtenteils sehr bunt gemustert waren, angezogen. Typisch für diese Regionen, dachte Schiffer. Die Einwohner der Demokratische Republik Kongo, durchweg sehr dunkelhäutig und mit schwarzen gekräuselten Haaren legten besonderen Wert darauf, sich durch Kleidung mit leuchtenden Farben zu schmücken. Noch dazu kommen diese Farben in einem Land, in dem fast immer die Sonne hell strahlt, natürlich hervorragend zur Geltung. Die Männer trugen teils Shorts, teils lange Hosen, die hellblau, khakifarben oder auch gemustert waren. Jeans, fiel ihr auf, trug hier niemand. Am Hauseingang stand eine von Bembas Schwestern. Sie trug ein schwarzes Kopftuch und ein gelbes mit roten Ornamenten verziertes Kleid. Um ihren Oberkörper hatte sie ein weißes Tragetuch aus Baumwolle gewickelt, in dem sie rücklings ihr jüngstes Kind trug.

Zur Freude der Kinder hatte sich Schiffer gestern noch mit Süßigkeiten eingedeckt, die sie nun an die vor Glück strahlenden Kinder verteilte.

Nach der Begrüßung wurden einfache Tische, Stühle und Bänke aus Holz nach draußen vor das Haus gebracht, denn bei den vielen Personen war nicht daran zu denken, im Inneren des Hauses zu essen. Und bei dem Wetter wäre es auch eine Schande gewesen, drinnen zu sitzen.

„Hirse“, klärte Bemba Schiffer auf, „ist wegen seiner Genügsamkeit beim Anbau ein wichtiges Element in der Küche Kongos. Die Körner werden zerstampft und als Brei serviert oder gemahlen und zu Fladenbrot verarbeitet. Ebenfalls von großer Bedeutung ist für uns der Mais. Zu Brei zerstampft nennen wir ihn hier in im Kongo dann Fufu.“

„Das ist ja interessant. Erzähle mir bitte mehr über die kongolesische Küche.“

„Gerne“, fuhr Bemba fort. „Die Blätter der Maniok werden häufig als Gemüse genutzt. Die Wurzelknollen der Maniok werden dagegen gekocht, gebraten, geröstet oder zu Mehl und Stärke verarbeitet. Süßkartoffeln werden bei uns, ähnlich wie in Europa gekocht, püriert, überbacken, frittiert, gebraten oder auch gegrillt. Als Fufu bezeichnen wir übrigens auch den Knollenbrei aus Maniok, Süßkartoffeln, Yams und Kochbananen. Daher ist es immer eindeutiger, wenn man zum Beispiel von Maniok-Fufu spricht."

„Das schmeckt alles bestimmt sehr lecker, exotisch", meinte Schiffer.

„Na ja, exotisch für dich! Für uns natürlich ganz normal."

„Stimmt", musste ihr Schiffer Recht geben.

„Fufu wird bei uns mit scharfen Soßen angerichtet, zum Beispiel mit Chakalaka, einer Würzsoße aus Tomaten, Paprika, Karotten, Weißkohl, Chilischoten, gebackenen Bohnen und Zwiebeln, aus Pfeffer, Knoblauch, Ingwer, Koriander und Curry."

„Und das ist alles in Chakalaka drin? Hätte ich nicht gedacht. Chakalaka habe ich nämlich schon ein paar Mal probiert".

„Klar, ist das alles da drin. Es soll ja auch nach etwas schmecken."

„Mir läuft schon das Wasser im Munde zusammen... Und was gibt es heute Abend bei euch zu essen?"

„Etwas ganz Feines! Chicken kongolesischer Art. In einem Schmortopf werden Butter und Erdnussöl erhitzt. Das Hühnchen wird darin von allen Seiten kräftig angebraten und mit Salz und Pfeffer gewürzt. Je zwei in Würfeln geschnittene Zwiebeln und Knoblauchzehen werden hinzugegeben und das ganze wird dann kurz gebraten. Nun muss das Huhn im geschlossenen Topf zirka eine Stunde im eigenen Saft schmoren. Ab und zu sollte man das Hühnchen wenden. Kurz bevor die Stunde um ist, wird ein Erdnussbrei, der aus zweihundert Gramm gerösteten Erdnüssen, die gemahlen in Wasser zu einem Brei aufgekocht werden, auf dem Hühnchen verteilt. Nachdem das Huhn dann noch ein wenig geschmort hat, wird es mit Reis, Salat, Maniokgemüse oder Kartoffelbrei serviert."

„Das klingt ja sehr lecker. Aber mit einem Hühnchen werdet ihr heute nicht sehr weit kommen."

„Das stimmt, heute wird es ziemlich viele Hühnchen geben", lachte Bemba. „Hier probiere mal unser Chakalaka!"

„Das mache ich", sagte Schiffer vor Freude lächelnd. „Meine Mutter sagte früher immer zu mir: Susanne, du musst zumindest alles einmal probieren!"

„Bianca…, du heißt Bianca."

„Ja klar, was habe ich denn gesagt?"

„Du sagtest Susanne."

„Susanne…, wieso sagte ich Susanne? Jetzt wo ich es selber sage, kommt mir Susanne so vertraut vor…Komisch."

„Vielleicht kanntest du früher eine Susanne und du hast dich gerade wieder ein Stück an früher erinnert."

„Ja, das kann sein. Susanne…", dachte Schiffer angestrengt nach.

„Essen ist fertig!", wurde sie dabei unterbrochen.

Die ganze Familie versammelte sich nun vor dem Haus, um das gemeinsame Essen zu genießen. Die älteren Personen setzten sich auf Stühle oder Bänke, die jüngeren und die Kinder setzten sich teilweise in die Hocke oder auch einfach auf den Boden. Gegessen wurde traditionell mit den Fingern und ohne Besteck. Zum Essen gab es Fladenbrot mit dem man, wenn man es geschickt teilte, einzelne Bissen aus den einfachen, kleinen Tonschalen greifen konnte. Ein weiterer Vorteil des Brotes war, dass es die Sauce aufsaugte. Bianca Schiffer achtete darauf, nur mit der rechten Hand in die Schale zu greifen. Denn auch hier galt die linke Hand als die unreine Hand. Gegessen wurde immer nur mit der rechten Hand.

Nach dem Essen unterhielten sich Kayra Bemba und Bianca Schiffer unter anderem noch über die Arbeit und die Verhältnisse in der DR Kongo. Irgendwann kamen sie dann auch wieder auf Schiffer und ihre offenbar verlorene Vergangenheit zu sprechen. Dabei erzählte Schiffer nun von einem Traum, den sie vor kurzem hatte:

„Kayra, ich möchte dir von einem Traum erzählen, den ich vor kurzem hatte, aber... was jetzt kommt, klingt sicherlich ein wenig abgedreht..."

„Ein Traum? Klingt schon interessant. Was war es denn für ein Traum?"

„Nun ja, ich kann mich nicht mehr so genau an den Trauminhalt erinnern... wie bei vielen Träumen, nach dem Aufwachen ist die Erinnerung ganz oder zumindest zu einem großen Teil verschwunden. Ich zum Beispiel kann mich nur selten an Träume erinnern."

„Ja, ich glaube auch, dass man sich eigentlich nur an die Trauminhalte erinnern kann, die man kurz vor der Aufwachphase erlebt. Da, wo das Bewusstsein schon dabei ist, sich bemerkbar zu machen. Was war denn das Besondere an deinem Traumerlebnis."

„Also, es ist mir schon ein wenig peinlich... und großes Ehrenwort, dass das nur unter uns bleibt?"

„Ehrenwort!"

„Wie gesagt, an den genauen Inhalt des Traumes kann ich mich nicht mehr erinnern, aber im Traum wurde ich plötzlich von heftigen Emotionen überwältigt. Es war wie eine große, dunkle, bedrohliche Emotionswolke, die sich über mein Bewusstsein legte. Oder über mein Unterbewusstsein? Ich hatte keine Möglichkeit zu reagieren, etwas dagegen zu tun… Vielleicht war es mein Unterbewusstsein, dass sich ‚an der Oberfläche' meldete? Da ich mich aber daran erinnern kann und es ziemlich bewusst wahrgenommen habe, war es vielleicht doch eher das Bewusstsein? Ich weiß es einfach nicht. Ich habe so etwas noch nie vorher erlebt."

„Spannend… erzähl weiter!"

„Es fehlen mir die Worte, das Erlebte genau zu beschreiben, weil es sich nur als Gefühl im Bewusstsein abgespielt hat, aber… eine dunkle Wolke legte sich wie gesagt über mein Unterbewusstsein. Ich fühlte mich völlig eingehüllt, überfallen, bedrängt,... Und jetzt kommt es: Das gesamte Gefühl trug einen Namen. So unwirklich es scheint, die gesamte psychische Belastung, die sich mir aufdrängte war verbunden mit einer Person, die ich kenne."

„Jetzt bin ich neugierig. Wer war denn die Person? Kenne ich die auch?"

„Denke bitte an dein Ehrenwort. Ich sage dir das jetzt ganz im Vertrauen. Dieses Erlebnis, diese dunkle Überlagerung meines Innersten war ganz intensiv verbunden mit dem Gefühl, van Maarten sei präsent."

„Van Maarten?", lachte Bemba heraus.

„Du darfst nicht lachen", sagte Schiffer verlegen. „Es ist mir ja peinlich, aber so habe ich es empfunden. Hättest du etwas Ähnliches erlebt, wäre dir auch nicht mehr zum Lachen zumute. Es war nämlich alles andere als angenehm."

„Ja, ich glaube, das hat dich schon ziemlich mitgenommen"

„Und wenn ich mir vorstelle, van Maarten würde irgendetwas davon erfahren... Vermutlich wäre er auch noch eingebildet, wenn er erfährt, dass ich nachts von ihm träume." Daraufhin mussten beide doch lachen.

„Nein, Ehrenwort. Ich erzähle nichts. Ja und was ist dann passiert? Ist überhaupt irgendetwas passiert?"

„Nein, es dauerte zwar eine gefühlte kleine Ewigkeit, aber so schnell wie diese Emotionswolke sich über mein Unterbewusstsein legte, so schnell war sie auch wieder verschwunden... Aber danach war noch etwas..."

„Was denn? Oh Mann, warum erlebe ich nicht mal so etwas Spannendes?"

„Danach waren noch weitere Emotionen zu spüren, aber ganz anders. Das klingt jetzt komisch, weil es ja kein richtiges physisches Erlebnis ist, sondern auf reinen Empfindungen in meinem Unterbewusstsein basiert. Aber da war noch eine weitere ‚Emotionswolke', aber die war viel schwächer. Und außerdem strahlte sie nichts Negatives aus... Vielmehr empfand ich so viel Bekanntes, Vertrautes, Warmes... Du erklärst mich jetzt bestimmt für verrückt."

„Nein, überhaupt nicht. Ich finde es aber äußerst faszinierend. Die zweite Wolke ist für mich übrigens sonnenklar."

„So, da bin ich aber gespannt"

„Na ist doch klar", sagte sie augenzwinkernd und lächelnd. „Das war jemand, der dich liebt!"

„Jemand der mich liebt?“ fragte Schiffer wieder ziemlich verlegen. „Da wüsste ich aber doch wohl etwas von.“

„Liebe Bianca, vergiss nicht deine Amnesie. Wer weiß, wem du vorher alles den Kopf verdreht hast?“

„Ja, wer weiß...“ sagte Schiffer wieder einmal sehr verwirrt.

Als Bianca Schiffer noch am selben Abend wieder zu Hause in ihrem Bett lag, machte sie sich noch einmal Gedanken über Erinnerungen. Was sind überhaupt Erinnerungen? Im Gegensatz zu Erwartungen, die sich immer auf die Zukunft beziehen, beziehen sich Erinnerungen naturgemäß immer auf die Vergangenheit. Es handelt sich dabei um das mentale Wiedererleben früherer Erlebnisse und Erfahrungen. Wie erinnert man sich überhaupt an Dinge? Erinnerungen, also alles das, was wir schon einmal gesehen, erlebt oder empfunden haben wird, wenn es denn abgespeichert wird, im sequenziellen Langzeitgedächtnis hinterlegt. Viele Dinge, die man erlebt, werden vom Gehirn als unwichtig erachtet und schaffen den Weg nicht ins Langzeitgedächtnis. Die allermeisten Dinge gelangen nicht dorthin. Wer kann sich zum Beispiel noch daran erinnern, ob in der Eisdiele gestern auf dem Bild an der Wand eine Frau in einem roten Kleid dargestellt war? Vermutlich wird man sich nur daran erinnern können, wenn man das Bild bewusst betrachtet hat und sich vielleicht sogar vorgenommen hat, sich später daran erinnern zu wollen. Dies ist natürlich nur ein Beispiel von Millionen von Sinneseindrücken, die uns täglich begegnen und einer längerfristigen Speicherung nicht bedürfen.

Man kann aktiv versuchen, sich an Dinge zu erinnern, indem man versucht, eigene Gedächtnisinhalte abzurufen und sich zum Beispiel fragt: „Wie genau war die Situation damals? Was hatte er eigentlich genau auf meine Frage geantwortet? Weißt du noch, welches Stück die Band nach der Pause als erstes gespielt hat?" Bei Zeugenaussagen bei der Polizei oder vor Gericht wird genau dieser Abruf aus dem Gedächtnis vorgenommen. Wer sich genauer mit der Theorie der Erinnerung, insbesondere im Hinblick auf Zeugenaussagen, beschäftigt hat, wird teilweise sehr ernüchtert sein, was die Qualität von Erinnerungen angeht. Tatsachen werden verdreht, Fantasie spielt einem einen Streich oder bestimmte relevante Dinge hat man nicht oder falsch wahrgenommen und so weiter. Das sequenzielle Langzeitgedächtnis, auch episodisches Gedächtnis genannt, speichert Erinnerungen in komprimierter Form, die dann zur Aktivierung aufbereitet werden müssen. Man weiß, man war dort, kann sich aber nicht mehr an Einzelheiten erinnern. Konzentriert man sich dann auf die Erinnerung, kommt es vor, dass die komprimierte Erinnerung aufbricht und man sich wieder an viele Gegebenheiten und Details erinnert.

Der Mensch verfügt über multimediale Erinnerungen. Die Erinnerungen können als Bilder abgespeichert sein, sie können aber auch als filmische Sequenz abgerufen werden. Man kann sich an Gerüche erinnern, an Geräusche, Klangfarben und an Gefühle. Häufig assoziiert man mit bestimmten Eindrücken gespeicherte Erinnerungen. Beim Geruch an einer Lavendelblüte steht man gedanklich, weil als Erinnerung gespeichert, plötzlich mitten in der Toskana. Mit

Gerüchen verbindet man bestimmte Erlebnisse, Emotionen und so weiter. Diese Wiederbelebung früherer Erlebnisse durch ein Gefühl, einen Gedanken, einen Sinneseindruck nennt man auch spontane Erinnerung. Unser menschliches Gehirn wird nicht umsonst mit über hunderten von Millionen miteinander vernetzten Neuronen als das komplexeste Bauteil des Universums bezeichnet.

Manche Erinnerungen sind weniger gut als andere gespeichert. Wie oft sagt man, dass man sich an bestimmte Dinge nur noch vage erinnern kann. Erlebnisse, die man häufiger und vor allem sehr ähnlich erlebt hat verschmelzen nach gängiger Lerntheorie über Assimilation zu mentalen Schemata. Einzelne Erinnerungen lassen sich dann aus diesen mentalen Schemata nicht explizit extrahieren.

Am nächsten Tag nahm Schiffer sich vor, sich mehr mit der Theorie der Erinnerungen und was ihr noch wichtiger war, mit der Theorie des Gedächtnisverlustes, der Amnesie auseinanderzusetzen.

Mit Hilfe der gängigen Suchmaschinen wurde sie im Internet fündig. Dabei war sie erstaunt, wie viele Formen von Amnesien es gab. Da war die Rede von anterograder, retrograder, globaler, transienter globaler, kongrader und psychogener Amnesie.

Grundsätzlich gehen bei jeder Form von Amnesie Erinnerungen verloren oder sind zumindest temporär für den Betroffenen nicht zugänglich. Der Gedächtnisteil, in dem Prozesse und Handlungsabläufe gespeichert sind, ist dabei meistens nicht betroffen. Wie auch bei mir, dachte Bianca Schiffer, sind Amnesiepatienten sehr wohl noch in der Lage, zum Beispiel einen Brief zu schreiben, sich die Schuhe zu binden und vieles mehr. Das episodische Gedächtnis ist dagegen in aller Regel beeinträchtigt. Also der Teil des Gedächtnisses, in dem Informationen über das persönliche und das erlebte öffentliche Leben gespeichert sind.

Als Ursachen für eine Amnesie wurden unter anderem Unfälle, etwa Schädel-Hirn-Verletzung oder Gehirnerschütterung und extreme seelische Belastungen, traumatische Erlebnisse aufgeführt. Schiffers Amnesie hatte offenbar nach einem heftigen Unfall auf dem Kongo eingesetzt. Sie hatte mehrfach nachgefragt, aber die wenigen, die Genaueres über diesen Unfall wussten, hüllten sich in Schweigen. Um sie zu schützen, war die allgemeine Begründung.

Bei ihr schien es sich um eine retrograde, rückwirkende Amnesie zu handeln. Dabei können Betroffene alle Ereignisse, die vor einer Hirnschädigung liegen, nicht mehr abrufen. Erlebtes, als Bilder gespeicherte Erinnerungen oder auch Zusammenhänge können nicht mehr ins Bewusstsein geholt werden. Diese Form der Amnesie kann von Sekunden bis zu Monaten andauern. Eine solche Amnesie kann sich zwar manchmal wieder aufhellen, aber klinische Erfahrungen belegen, dass meistens Teile des Gedächtnisverlustes, also Erinnerungslücken, zurück bleiben.

Schiffer war ihre gesamte Situation nicht geheuer. Sie hatte den Eindruck, dass es Personen gab, die Wert darauf legten, dass sie sich nicht erinnern konnte.

Personen, die Wert darauf legten, ihr nicht die Möglichkeit zu geben, Erinnerungen abrufen zu können. Immerhin gaben ihr die vagen Erinnerungen aus ihrer Kindheit, die sie vor kurzem abrufen konnte und die Vertrautheit der positiven Emotionswolke in ihrem Traum ein wenig Hoffnung. Und wie kam sie auf den Namen ‚Susanne'?

KAPITEL 20

Das Leben ist Schlaf, dessen Traum die Liebe ist.
Du wirst gelebt haben, wenn du geliebt haben wirst.
von Alfred de Musset

Sebastian Wimmer parkte seinen Golf in der Kampveldgarage. Die Straße, in der sich das Parkhaus befand, hieß praktischerweise Kampveld. Das würde er sich gut merken können.

Von hier aus war es nicht weit zum Agnetapark. Der Agnetapark lag ein wenig außerhalb des Zentrums von Delft, bot sich aber als Ausgangspunkt für eine Stadterkundung an. 1881 wurde der Park vom Direktor einer „Gist- en Spiritusfabriek“ gekauft und nach seiner Frau Agneta benannt. Seit 1989 ist der Park niederländisches Staatsdenkmal. Nach einem kurzen Blick auf den schönen Weiher in der Mitte des Parks verließ er den Park wieder.

Beim Verlassen des Parks schaute Wimmer nach oben. Der Himmel war bewölkt und die Sonne traute sich an einigen Stellen sanft durch die Wolken hindurch. Nein, regnen würde es heute vermutlich nicht, dachte Wimmer.

Nun ging er über die Laan van Altena, einer Straße, die sich an dieser Stelle bereits seit dem 13. Jahrhundert befindet. Im 15. Jahrhundert befand sich hier ein Kastell, das die Niederländer aber 1572 abrissen, damit die Spanier es nicht nutzen konnten. Nach dem Wiederaufbau 1612 wurde es 1761 erneut abgerissen. Heute befindet sich dort ein landwirtschaftlicher

Betrieb, der „Altena-hoeve“. Über die Hof van Delftlaan, benannt nach dem früheren Vorort von Delft Hof van Delft, die Laan van Overvest, die über sehr schöne Gartenhäuser aus dem 18. und 19. Jahrhundert verfügt, ging Wimmer über die Phoenixstraat am alten Stadttor „Bagijntoren“ vorbei zur Molen de Ros, der letzten von ehemals fünfzehn Kornmühlen, die früher auf die Stadtmauer gebaut wurden. Mit einer erstmaligen Erwähnung um 1352 und nach dem Umbau im Jahre 1727 in ihre heutige Form ist es ein geschichtsträchtiges Monument der Stadt Delft. Rechts abgebogen erreichte Wimmer den Bagijnhof. Wie auch in Breda verfügte Delft über einen Beginenhof, für Frauen, die sich hier nach Ablegen eines einfachen Gelübdes, in dem sie sich unter anderem zur Keuschheit verpflichteten, zurückziehen konnten.

Über Oude Delft, einer Grachtenstraße, die noch aus dem 12. Jahrhundert stammt, erreichte er die Oude Kerk. Die Oude Kerk mit ihrem Turm, der im 14. Jahrhundert errichtet wurde, ist 75 Meter hoch. Bereits beim Bau des Turmes musste man feststellen, dass er in den Boden einsank. Man hatte noch nicht sehr hoch gebaut, als der Turm schon mit 1,96 Meter Überstand aus der Senkrechten schief stand. Als man glaubte, der Turm würde nicht weiter einsinken, baute man senkrecht nach oben weiter. Daher hat der Turm seinen eigentümlichen Knick.

Nach einem kurzen Abstecher in den Prinsenhof , in die Hippolytuskapel und in das Meisjeshaus ging er über die Boterbrug, die mit knapp einhundert Metern längste Brücke der Stadt Delft. Am Ende der Brücke, die im 16. Jahrhundert über eine Gracht gebaut wurde, ging er nun zum Markt. Hier fand Wimmer die große Stadtwaage, die seit 1536 an dieser Stelle steht. Alle Händler, deren Waren schwerer als fünf Kilogramm waren, mussten hier ihre Waren öffentlich wiegen. Daneben befand sich das Rathaus, das erstmalig im Jahr 1200 erwähnt wurde. Der Turm des Rathauses wurde als Gefängnis benutzt. Auch heute befindet sich darin noch ein mittelalterliches Gefängnis, inklusive Folterwerkzeug.

In der Kerkstraat befindet sich eine kleine handwerkliche Fabrik „De Candelaer“. Hier wird noch heute das berühmte Delfter Porzellan in „Delfter Blau“ hergestellt. Die Farbe „Delfter Blau“ ist seit Jahrhunderten eins der Markenzeichen der Stadt Delft. Dominierend auf dem Marktplatz ist außerdem die Nieuwe Kerk. Als zweite Delfter Kirche, ab 1396 gebaut, heißt sie bis heute „Neue Kirche“. Alleine der Turmbau dieser Kirche benötigte einhundert Jahre. Vorbei an der Jessekerk, über die Moolslaan schlenderte Wimmer zum Viehmarkt, dem Beestenmarkt. Der Viehmarkt war ein sechzig mal fünfzig Meter großer Platz. Ursprünglich stand auf diesem Platz von 1449 bis 1595 ein Kloster. Von 1595 bis 1972 wurde der Platz dann als Platz für den Viehmarkt genutzt. Danach fungierte der Platz einundzwanzig Jahre lang als Parkplatz, bis er seit Ende der neunziger Jahre des letzten Jahrhunderts seiner bisher letzten Bestimmung als Ausgehzentrum zugeführt wurde.

Von hier aus ging Wimmer wieder zurück zum Markt, um sich in einem der schönen Cafés, auf der Außenterrasse sitzend, einen Cappuccino zu gönnen. Er sah dem bunten Treiben auf dem Marktplatz zu und genoss es, ein wenig schattig sitzend, seinen Cappuccino zu trinken.

Er hatte von hier einen sehr guten Blick von ganz links, wo sich das Rathaus befand quer über den Marktplatz bis zum rechten Ende, wo sich die Nieuwe Kerk befand. Während er da saß, beobachtete er ein wenig die Leute um ihn herum.

Da war zum Beispiel der schlanke, groß gewachsene Mann, der schnellen Schrittes an ihm vorübereilte. Der Kleidung nach zu urteilen, Maßanzug, Hemd und Krawatte, Lederschuhe, sicherlich ein Bankangestellter, dachte Wimmer. Vermutlich musste er in seiner Mittagspause schnell etwas erledigen.

Dann schaute Wimmer zu dem älteren Mann zwei Tische neben ihm. Auf dem Kopf zeigte sich schon eine recht starke Glatzenbildung. Die Haare, die er noch hatte, waren hellgrau, ja schon fast weiß. Dieser Mann saß an seinem Tisch und las Zeitung. Hin und wieder schlürfte er an seinem Kaffee und schaute ungeduldig auf seine Uhr. Er schien wohl auf irgendwen oder irgendetwas zu warten.

Einen Tisch weiter, genau am Rand zum großen Marktplatz saß eine ältere Dame. Sie hatte sich einen Tee bestellt. Als sie den Tee bekam, machte sie sich einen Spaß daraus, den beigelegten Keks zu zerbröseln und an die Tauben zu verfüttern. Die ließen sich auch nicht lange bitten und landeten zu Dutzenden in ihrer Nähe.

Drei Tische weiter saß eine Familie. Vater, Mutter und Tochter, so hatte es den Anschein. Er konnte das Alter der Tochter schwer schätzen, aber fünfzehn oder sechzehn Jahre schien sie zu sein. Auffallend war die gute Laune der Tochter. Sie lachte, machte offenbar mit ihren Eltern Späße und ließ ihr Smartphone, was zu ihrem Alter wohl perfekt passte, keinen Augenblick aus den Augen. Ständig schien sie irgendwelche Messages zu empfangen, auf die sie selbstverständlich sofort antworten musste. Dann entdeckte Wimmer den Grund für ihre gute Laune: An ihren Füßen standen mindestens vier Einkaufstaschen mit Logos und Schriftzügen bekannter Modeketten. ‚Alles klar', dachte Wimmer schmunzelnd.

Da berührte plötzlich jemand seinen Stuhl. Ein Mann war von hinten heran getreten und drängte sich an seinem Stuhl vorbei. Der Mann entschuldigte sich für den Rempler und ging zu dem älteren wartenden Herrn, der seine Zeitung nun bei Seite legte. Er stand auf und begrüßte den neu angekommenen Mann freundlich. Sie setzten sich und begannen eine Konversation. Wimmer schaute wieder auf den Marktplatz. Als er seinen Blick erneut über die Gäste des Cafés schweifen ließ, stutzte er einen Moment. Der neu angekommene Mann... irgendwoher kannte er ihn. Er überlegte und versuchte noch einmal unauffällig hin zu sehen. Ja, jetzt fiel es ihm ein. Das war Verdonk. Verdonk hatte er zusammen mit Ridder im Kongo bei van Maarten gesehen... Wimmer war verwirrt. Er schaute in Richtung Himmel, konnte aber keinen klaren Gedanken fassen.

Nach ungefähr fünf Minuten standen Verdonk und der kahlköpfige Mann auf und verließen das Café. Wimmer stand auf und folgte den beiden mit ein wenig Abstand. Sie verließen den Marktplatz nach rechts an der Nieuwe Kerk vorbei und gingen die Straße Oosteinde hinunter in Richtung Oostpoort. Es waren rund vierhundert Meter, die sie zügig und sich angeregt unterhaltend zurücklegten. Am Ende machte die Straße einen Knick nach links und ging über in die Oranje Plantage. Genau an dieser Stelle schien Wimmer die Gelegenheit günstig. Es war außer den beiden Männern kein Mensch zu sehen. Also griff Wimmer in die Seitentasche seiner Jacke und nahm die Schusswaffe heraus. Er beschleunigte ein wenig und kam den Männern näher. Da er sich ihnen von hinten näherte, konnten sie ihn noch nicht bemerkt haben. Wimmer hob die Waffe, spannte den Hahn und… In dem Moment durchfuhr es Wimmer wie ein Blitz. Schnell steckte er die Waffe in seine Jacke und drehte sich um, um nicht von den beiden Männern gesehen oder gar von Verdonk erkannt zu werden.

Wimmer wurde schlecht. Blass und mit kaltem Schweiß auf der Stirn ging er ein paar Meter auf die Grünfläche der Zuidergracht und setzte sich auf das Gras. Sein Herz schlug wie wild und er atmete aufgeregt. Was war gerade passiert? Wo befand er sich überhaupt? Er fühlte in seine Jackentasche und fühlte die Schusswaffe. Um ein Haar hätte er vermutlich erneut einen Mord begangen. Er war drauf und dran gewesen, Verdonk zu erschießen. Alles gut gegangen, dachte er und versuchte sich zu beruhigen.

Wimmer hatte in den letzten Nächten deutliche Fortschritte im luziden Träumen erzielt. Immer öfter war es ihm gelungen, Klarträume zu initiieren und sie immer besser zu beherrschen. Er erinnerte sich an das letzte Gespräch mit Nico Janke. Aus Angst, ihm könnte erneut ein Befehl im Unterbewusstsein erteilt werden, hatte er sich selber im Klartraum mit Codeworten ‚programmiert'. Wie jemand, der in Hypnose auf bestimmte Kommandos entweder bestimmte Handlungen vornimmt oder aber auch aus seiner Trance erwacht, so wollte Wimmer sich selber programmieren. Er nahm sich vor bei Gedanken wie ‚Schuss', ‚Mord', ‚Tod', ‚Schusswaffe', egal in welcher Situation aufzuwachen und bei klarem Bewusstsein zu sein. Er hatte natürlich keine Ahnung gehabt, ob das funktionieren würde. Mehrmals hatte er sich so im Traum konditioniert und hoffte, es würde in einer bestimmten Situation helfen. Natürlich hatte er auch gehofft, dass diese Situation nie eintreten würde. Aber offensichtlich war sie nun eingetreten. Er war sich sicher, dass wieder jemand, wie vor einiger Zeit vor dem Mord in Breda, in seinem Unterbewusstsein sein Unwesen getrieben hatte. Diese Person hatte ihn wieder so beeinflusst, dass er nach wohin auch immer fuhr, um einen Mord zu begehen. Und er hatte den ganzen Tag über nichts davon bewusst wahrgenommen. Erst jetzt wurde Wimmer klar, dass er offenbar den ganzen Tag wie ein willenloser Zombie durch die Gegend gelaufen war, nicht erkennend, warum er überhaupt hier war.

Für ihn kam nur eine Person als Täter in Frage: van Maarten. Mittlerweile verdichtete sich alles zu sehr. Da war diese mehrmalige, unangenehme geistige Präsenz van Maartens in seinen Träumen gewesen.

Er konnte es ja nie dinglich fassen aber es gab keinen Zweifel, dass van Maarten sich in seinem Unterbewusstsein, im Traum herumtrieb. Dazu der Mord an Ridder und der Mordversuch an Verdonk. Beides Personen, die er in Afrika bei van Maarten kennen gelernt hatte. Im Schlaflabor hatte van Maarten ihn offenbar schon ‚präpariert', um später in ihm ein williges Werkzeug zu haben. Der Gedanke alleine machte Wimmer Angst. Was habe ich bisher vielleicht noch alles getan, von dem ich überhaupt nichts weiß? Jedenfalls wusste er nun, dass man im Unterbewusstsein über Codes tatsächlich Verhalten, Taten einpflanzen und aktivieren konnte. Gleichzeitig erkannte er, dass das Über-Ich dadurch tatsächlich komplett ausgeschaltet werden konnte. Die moralische Instanz war sozusagen deaktiviert.

Jetzt musste Wimmer nur noch herausfinden, wo er sich befand. Er hatte keine Ahnung. Er ging ein paar Schritte zurück in die Richtung, aus der er gekommen war. Er sah das Straßenschild Oosteinde, sah die Gracht in der Mitte der Straße und war sich zumindest sicher, sich in Belgien oder in den Niederlanden zu befinden. Er ging die Straße Oosteinde entlang und hoffte, irgendeinen Hinweis auf die Stadt zu bekommen, in der er sich gerade befand. Es wäre ihm zu peinlich gewesen, Leute anzusprechen und zu fragen, in welcher Stadt er sich gerade befindet. Sie hätten ihn vermutlich und sicherlich sogar zu Recht für nicht ganz bei Sinnen gehalten. Am Ende der Oosteinde fand er eine Tafel, auf der ein Stadtplan abgebildet war. ‚Delft', staunte Wimmer nicht schlecht. So muss es wohl auch Menschen ergehen, die Opfer von k.o.-Tropfen geworden sind. Sie sind während der Wirkzeit absolut willen- und wehrlos und können sich anschließend an nichts erinnern.

Er ging an der Kirche vorbei auf den großen Markt von Delft und versuchte sich zu erinnern. Wie bin ich überhaupt hier hergekommen? Bin ich mit dem Auto gekommen, oder mit der Bahn? Er versuchte, klare Gedanken zu fassen, als er merkte, dass jemand aus einem Café auf ihn zugelaufen kam. Es war ein Kellner, der ihn höflich, aber bestimmt ansprach: „Mein Herr, ich glaube, Sie haben eben vergessen, Ihren Cappuccino zu bezahlen.“ Wimmer war extrem verwirrt und verunsichert. Welcher Cappuccino? Er wollte jetzt keine Aufmerksamkeit erregen und überlegte, dass es sich für 2,50 € nicht lohnte, in eine unangenehme Situation zu geraten. Also zog er sein Portmonee und zahlte. Der Kellner bedankte sich und ging zurück zu seinem Café. Gerade wollte Wimmer sein Portmonee zurück stecken, als er das Ticket des Parkhauses sah: „Kampveldgarage, Delft“. Na, immerhin, dachte Wimmer. Er suchte das Parkhaus und in dem Parkhaus, welches zum Glück nicht sehr groß war, sein Auto. Dann fuhr er nach Hause. Während der Fahrt fühlte er sich die ganze Zeit über sehr unsicher und unwohl.

KAPITEL 21

Um ruhig zu sein,
muss der Mensch nicht denken, sondern träumen.
von Johann Jakob Engel

Wimmer war soeben fertig geworden. Er hatte die nötigsten Sachen zusammengelegt und nun im Koffer verstaut. Sein Entschluss stand fest: Nachdem er in der letzten Nacht wieder deutlich, wenn auch schwach, eine Emotionswolke von Susanne Schlömer empfangen hatte, wollte er in die Demokratische Republik Kongo fliegen. Und vor Ort wollte er sich ein Bild machen. Er wollte van Maarten zur Rede stellen und vor allem... Susanne finden.

Er hatte unter anderem ein paar leichte Kleidungsstücke, Sandalen und Toilettenartikel eingepackt. Etwas zu lesen für den Flug nahm er auch mit. Am liebsten hätte er auch die Schusswaffe mitgenommen. Bis heute wusste er noch nicht, woher er die überhaupt hatte. Er konnte sich nicht daran erinnern, sie jemals gekauft zu haben. Aber das überraschte ihn zurzeit nicht mehr. Er entschloss sich, die Waffe nicht mitzunehmen. Erstens fehlte ihm seiner Meinung nach das ‚Verbrechergen'. Was sollte er auch schon mit einer Waffe anfangen? Er hätte sie höchstens im Notfall zu seiner Verteidigung einsetzen können. Zweitens wäre er bei der ersten Kontrolle am Flughafen schon damit aufgefallen. Also deponierte er sie in einem Versteck in seiner Wohnung.

Er war kaum fertig geworden, als es an seiner Tür klingelte. „Ah, das Taxi. Sehr pünktlich", sagte er zu sich selber. Er überprüfte noch einmal kurz, ob er alles hatte: Koffer, Geld, EC-Karte, Kreditkarte, Ausweis, Tickets,... Dann verließ er seine Wohnung. Er schloss die Wohnungstüre ab und ging nach unten zu dem Taxi, das schon vor dem Haus wartete. Er ließ sich mit zum Hauptbahnhof fahren, zahlte und ging zum Bahnsteig. Er hatte noch fünfzehn Minuten Zeit, bis der Zug nach Frankfurt fuhr. Er wollte, wie beim ersten Mal, den Linienflug von Frankfurt nach Kinshasa mit Zwischenstopp in Paris nehmen. Fluganbieter war wieder die Air France. Im Bahnhofskiosk kaufte er sich noch eine Zeitung und schlenderte gemütlich zum Gleis. Am Bahnsteig wunderte er sich, wie viele Personen um diese frühe Uhrzeit bereits mit dem Zug fahren wollten. Es war gerade einmal 04:15 Uhr. Der Zug würde ungefähr zwei Stunden bis nach Frankfurt brauchen. Dann hatte er noch genügend Zeit, vom Bahnhof in den Flughafen zu wechseln und einzuchecken. Wenn der Flug planmäßig verlief würde er 17:40 Uhr in Kinshasa landen.

Die Zugfahrt verlief reibungslos und pünktlich. Um 07:15 Uhr hatte Wimmer bereits im Flugzeug Platz genommen. Reihe 24, Fensterplatz. Er saß gerne im Flugzeug am Fenster. Hier konnte vor allem den Start und die Landung genießen. Er freute sich auf den Schub der Antriebsaggregate, die ein zig Tonnen schweres Flugzeug so stark beschleunigen, dass man den durch die Beschleunigung entstehenden Anpressdruck im Sitz deutlich wahrnimmt. Als das Flugzeug abhob, konnte er Frankfurt, die Skyline ‚Mainhattans' und den Main betrachten. Steil stieg die Maschine nach oben. Es würde nicht lange dauern und sie hätten die Reisehöhe erreicht. Die Flugdauer nach

Paris war recht kurz. Wimmer nahm seinen MP3-Player, stöpselte die Kopfhörer ein und ließ sich mit Musik berieseln.

Dreißig Minuten später stieß ihn sein Sitznachbar an der Schulter an.

„Haben Sie das gerade gehört?“, fragte der Mann.

„Äh, nein, was denn?“

„Wegen technischer Probleme wird die Maschine nicht wie geplant nach Kinshasa fliegen. Wir müssen in Paris aussteigen.“

„So?“, fragte Wimmer. Es war ihm peinlich, dass seine Musik offenbar so laut war, dass er eine wichtige Durchsage verpasst hatte.

„Entschuldigung“, sagte er zu einer Stewardess, als sie an ihm vorbeiging. „Ich habe eben die Durchsage nicht richtig verstanden. Wir müssen in Paris die Maschine wechseln?“

„Ja, aufgrund eines kleinen technischen Defekts. Es wird für Sie dadurch zu einer kleinen Verspätung kommen, aber wir bemühen uns, den Zwischenstopp in Paris für Sie so angenehm und reibungslos wie möglich zu gestalten.“

„Danke“, sagte Wimmer.

„Dann hoffen wir mal, dass der Defekt wirklich nur klein ist und wir zumindest Paris sicher erreichen“, meldete sich der Sitznachbar.

„Machen Sie sich mal keine Sorgen“, sagte die Stewardess.

Wimmer hatte irgendwann einmal gelesen, dass Stewardessen darin geschult werden, auch in kritischen Situationen ruhig zu bleiben und auf die Passagiere Ruhe auszustrahlen. Wenn wirklich ein gravierendes

Problem vorliegen würde, wäre sie vermutlich nicht so ruhig, dachte Wimmer.

In Paris angekommen, verließen sie das Flugzeug und wurden in den Transitbereich des Flughafens gelotst. Dort gab man sich Mühe, die Passagiere bei Laune zu halten. Man bot ihnen kleine Snacks und Getränke an. Und man versprach ihnen, sie, sobald etwas Näheres bekannt sei, zu informieren. Im Flughafen gab es selbstverständlich WiFi-HotSpots. Da es noch etwas länger dauern konnte, beschloss Wimmer ein wenig im Internet zu surfen. Also loggte er sich ins WLAN ein. Er sah nach, ob er neue Mails erhalten hatte: Ein Newsletter und zweimal unerwünschte Werbung, die er sofort als Spam markierte. Das war schon alles. Dann rief er eine Satireseite, den Postillon, im Internet auf. Ihm war danach, etwas zum Schmunzeln zu lesen, um auf andere Gedanken zu kommen. Und da stand auch schon der erste Newsticker: „Jahrzehntelanges Rechnen und Grübeln hat für Schüler ein Ende - Weltmathematikverband legt fest: x ist 5“. Und weiter: „Hohle Nuss – Dummes Eichhörnchen fällt auf Aprilscherz herein“. Genau diese Art von Humor brauchte Wimmer jetzt.

Wie alle übrigen Passagiere lenkte er alle paar Minuten den Blick auf die Anzeigetafel, um Informationen zu erhalten. Aber es tat sich zunächst nichts. Erst zwei Stunden später kam dann die Durchsage:

„Sehr geehrte Fluggäste des Flugs AirFrance 448 nach Kinshasa mit Zwischenstopp in Paris. Aufgrund weiterer technischer Probleme wird es uns leider nicht möglich sein, heute einen Ersatzflug anzubieten. Ein Weiterflug wird erst morgen früh gegen 10:00 Uhr möglich sein. Bitte haben Sie Geduld und bleiben Sie ruhig. Wir bieten jedem Passagier einen Gutschein und einen Hotelvoucher an, um die Nacht hier in Paris in einem unserer Vertragshotels zu verbringen. Selbstverständlich ist für Sie auch der Transfer zum Hotel und morgen früh zum Flughafen kostenlos und wird von uns organisiert. Bitte warten Sie weitere Anweisungen ab. Wir danken für Ihr Verständnis."

Wie zu erwarten war, kam es zu annähernd tumultartigen Zuständen. Natürlich waren die Passagiere aufgebracht. Sie hatten Termine, die sie unbedingt einhalten wollten oder mussten. Vielleicht gab es auch Passagiere, die einen Anschlussflug gebucht hatten, den sie nicht mehr erreichen konnten. Viele Passagiere waren einfach nicht darauf gerichtet, eine Nacht in Paris zu verbringen. Und allen gemeinsam war die Empörung, dass sie für ihr gezahltes Geld nicht die entsprechende Leistung erhielten.

Wimmer gehörte noch zu den ruhigeren Personen. Im Grunde genommen betrachtete er es als angenehme Abwechslung, einmal weg von jeder Routine Teil einer Improvisation zu sein. Und da es für ihn auf einen Tag mehr oder weniger ohnehin nicht ankam, nahm er sich vor, das Beste aus der Situation zu machen. Vielleicht bot sich ja die Möglichkeit, Paris ein wenig zu erkunden...

Tatsächlich brachte man Wimmer und eine ganze Reihe anderer Passagiere mit Minibussen zu einem Hotel, das zwar nicht schlecht, dafür aber weit außerhalb der Pariser City lag. Weder S-Bahn noch Metro fuhren von hier zum Zentrum. So zog Wimmer es vor, sich nach einem kleinen Mittagsimbiss die unmittelbare Umgebung des Hotels anzusehen. Rückblickend musste er sagen, dass er schon schönere Gegenden gesehen hatte.

Nach dem Abendessen, welches den Passagieren im Hotel angeboten wurde, zog Wimmer sich auf sein Zimmer zurück. Es war ein schlichtes Zimmer, aber immerhin war es sauber und verfügte über Telefon, Klimaanlage, Dusche und WC, Minibar und einen Fernsehapparat. Wimmer schaltete das TV-Gerät an. Vielleicht würde er ja etwas Interessantes finden, um sich die Zeit zu vertreiben. Er zappte durch die Programme und stellte fest, dass auch deutsche TV-Programme eingespeist wurden. Über Astra konnte er ARD, ZDF und RTL sehen. Im ZDF lief gerade „Aktenzeichen XY – ungelöst". Wimmer beschloss, etwas zu lesen und den Fernseher im Hintergrund vor sich hin laufen zu lassen.

Aufmerksam wurde er, als der Moderator den nächsten Fall mit den Worten: „Im nächsten Fall bittet die niederländische Kriminalpolizei um Ihre Hilfe..." anmoderierte. Aus Aachen, im Dreiländereck Deutschland, Belgien, Niederlande kommend, wollte Wimmer sehen, ob es ein interessanter Fall aus seiner Gegend, in Grenznähe war.

„Vor ein paar Wochen ereignete sich in den Niederlanden ein unglaubliches Verbrechen", fuhr der Moderator fort. „In Breda, einer Stadt fast mittig zwischen Antwerpen und Rotterdam, ereignete sich vor ein paar Wochen ein Mord, der die niederländische Polizei vor Rätsel stellt. Als Gast ist heute Commissaris Meijers von der Polizei in Breda hier. Guten Abend

Herr Meijers, was ist denn das Besondere an diesem Fall?“

Wimmer war gespannt wie ein Flitzebogen. Ein Mord in Breda? Vor ein paar Wochen? Sein Puls schnellte in die Höhe.

„Guten Abend sehr verehrte Damen und Herren“, begann Commissaris Meijers seine Ansprache mit deutlich wahrnehmbarem niederländischem Akzent. „Vor ein paar Wochen ist in Breda im Bahnhof ein Mann erschossen worden. Der Fall weist eine ganze Reihe von Besonderheiten auf. Da ist zum Beispiel die Tatzeit zu nennen. Die Tat ereignete sich nicht abends oder in der Nacht sondern am helllichten Tag. Noch dazu in einem Bahnhof, in dem sich zu dieser Tageszeit üblicherweise sehr viele Menschen aufhalten. Der Täter muss die Tat entweder von langer Hand minutiös geplant haben, sie aus Verzweiflung oder im Affekt sehr spontan ausgeführt haben.“

‚Weder noch‘, dachte Wimmer laut und war entsetzt, dass vermutlich jetzt Details zur Tat gezeigt wurden. Er würde vermutlich erstmals mit diesen Details konfrontiert werden. Er wusste ja bisher nur aus der Zeitung, dass er offenbar jemanden erschossen hatte. Und er kannte die bisher veröffentlichten Fotos. Mehr nicht. Sollten jetzt auch die Bilder gezeigt werden, und davon ging Wimmer aus, würden ihn natürlich viele Freunde, Bekannte,... sofort als Täter identifizieren können.

„Zum anderen scheint der Täter entweder sehr naiv gewesen zu sein oder aber äußerst skrupellos. Nicht nur, dass er in der geschilderten Situation, trotz der Gefahr unmittelbar entdeckt zu werden, mehrere

Schüsse auf sein Opfer abgab, er wurde im Bahnhof auch gleich an drei Stellen durch die dort angebrachten Überwachungskameras aufgenommen. Eine der Kameras befand sich in unmittelbarer Tatortnähe und zeigt, wie der Täter sich laufend vom Tatort weg bewegt. In den Niederlanden wurden bereits Fotos des Täters veröffentlicht. Auch das Videomaterial wurde im Fernsehen bereits ausgestrahlt. Leider bisher ohne Fahndungserfolg. Da wir aber davon ausgehen können, dass es sich bei dem Täter nicht nur um einen niederländischen sondern möglicherweise auch um einen belgischen oder deutschen Staatsangehörigen handeln kann, bitten wir nun um Ihre Mithilfe. Weil der Täter nicht maskiert war, hoffen wir, dass diese Bilder uns zum Täter führen. Können wir bitte die Bilder der Überwachungskameras einspielen?“

Nachfolgend wurden einige Aufnahmen der Überwachungskameras gezeigt. Sie waren zwar nicht von exzellenter Qualität, aber dennoch so gut, dass Wimmer sich darauf hervorragend erkannte.

„Oh mein Gott“, entfuhr es Wimmer. Er zitterte am ganzen Körper vor Aufregung. „Und was jetzt?“, dachte er.

„Vielen Dank, Commissaris Meijers. Für sachdienliche Hinweise rufen Sie bitte Ihre lokale Polizeidienststelle oder eines unserer Aufnahmestudios an“, meldete sich der Moderator wieder. Wimmer überlegte. Er hatte eine relativ große Familie und einen ziemlich großen Bekanntenkreis. Dazu kamen noch einige hundert Mitarbeiter bei CS, die ihn persönlich kannten. Ganz zu schweigen von Friseur, Einzelhändler, Bankangestellte,... die ihn alle kannten. Jede dieser

Personen, die die Sendung gesehen hatte, musste ihn erkannt haben.

Wimmer war mit den Nerven am Ende. „Was soll ich nun tun? Erst einmal ruhig bleiben. Ich könnte, ja vielleicht sollte ich mich der Polizei stellen... Aber hilft das in diesem Moment weiter? Ich habe den großen Vorteil, dass ich mich im Moment nicht im Inland sondern in Frankreich befinde. Das gibt mir einen gewissen Vorsprung. Ich möchte van Maarten, den mutmaßlichen Verursacher der Straftat, selber zur Strecke bringen“, überlegte er. „Er wird in mein Unterbewusstsein eingedrungen sein, hat mich zu strafbaren Handlungen missbraucht, hat vermutlich irgendetwas mit Susanne angestellt... Den knöpfe ich mir selber vor“, sagte er zu sich selber. Mittlerweile war seine Aufregung in Wut umgeschlagen. Er würde den eigentlichen Täter zur Strecke bringen. Und außerdem war er sich jetzt dessen bewusst, ab sofort definitiv auf der Flucht vor der Polizei zu sein.

Wimmer dachte über sein weiteres Vorgehen nach...Im Hotel gab es offenes WiFi. Er nahm sein Smartphone und meldete sich im WLAN an. Er wollte noch einmal die Website der AirFrance aufrufen. Vielleicht gab es ja neue Informationen über seinen Flug. Auf der Website des Flughafens ‚Charles de Gaulle‘ könnte er auch fündig werden. Außerdem wollte er noch einen Blick in seinen Mailaccount werfen.

Es gab keine neuen Informationen über seinen Flug. Also rief er nun die Webadresse seines Mailaccounts auf und legitimierte sich mit Benutzername und Passwort. Achtzehn neue mails! Am Betreff der mails konnte er schon erkennen, dass wohl viele seiner Bekannten ‚Aktenzeichen XY' gesehen hatten. Er öffnete vier oder fünf der mails. Alle Absender äußerten ihre Besorgnis und teilten ihm mit, dass sie davon ausgingen, dass wohl ein großer Irrtum vorliegen musste. Wimmer wurde immer verzweifelter. Noch während er seine mails las, klingelte sein Smartphone. Im Display erkannte er, dass es seine Vermieterin, Frau Kremer war. Frau Kremer, eine ältere Dame von ungefähr fünfundsiebzig Jahren wohnte Parterre im selben Haus wie Wimmer. Er nahm das Gespräch an.

„Hallo", meldete er sich, die Nennung seines Namens vermeidend.

„Ja, hallo, Kremer hier… Herr Wimmer, wo sind Sie? Wie geht es Ihnen? Ich habe eben Fernsehen geschaut… Hier geht es drunter und drüber… Was ist mit Ihnen los?", sprach sie hastig und ohne Unterbrechung. Wimmer erkannte die helle Aufregung in ihrer Stimme.

„Hallo Frau Kremer, mir geht es gut. So und jetzt beruhigen Sie sich erst einmal. Und dann bitte noch einmal ganz langsam. Was heißt denn, hier geht es drunter und drüber?"

„Ja eben lief doch Aktenzeichen XY im Fernsehen..."

„Stimmt Frau Kremer, habe ich auch gesehen."

„Aber da waren Sie ja drin… Sie, als Mörder… Was ist denn da passiert?"

„Frau Kremer, beruhigen Sie sich. Alles wird sich aufklären."

„Die Sendung war noch nicht ganz zu Ende, da stand die Polizei schon vor der Tür", sagte sie und begann zu weinen.

„Ganz ruhig, Frau Kremer. Erzählen Sie bitte der Reihe nach.“

„Was sollen die Leute denken?“, schluchzte sie.

„Ja, ja, die Leute... Erzählen Sie. Was ist dann passiert?“

„Die Polizei stand vor dem Haus. Ich glaube Sondereinsatzkommando nennt man so etwas. Maskiert waren die, und bewaffnet... Ich hatte so eine Angst.“

„Sondereinsatzkommando?“, fragte Wimmer ungläubig.

„Ja, überall Polizei. Dann haben sie bei Ihnen geklingelt... und weil sie nicht aufgemacht haben, haben sie die Tür aufgebrochen“. Wimmer hörte, wie sie laut schluchzte. „Es war ein unglaublicher Lärm... Hier kommt gerade einer der Polizisten. Ich gebe ihm mal das Telefon.“

Reflexartig beendete Wimmer das Telefongespräch. ‚Was bin ich für ein Idiot?‘, fragte er sich selber. Nicht nur, dass er sein Smartphone nicht ausgeschaltet hatte, nein, er musste auch noch damit telefonieren. Wenn die Polizei einigermaßen auf Zack war, würden sie ihn ziemlich schnell orten können. Er schaltete sofort sein Smartphone aus.

Wimmer nahm aus seinem Koffer eine kleine Plastiktüte und steckte sie in seine Jackentasche. Dann ging er zügig zur Rezeption und bestellte ein Taxi. Zehn Minuten später fuhr er mit dem Taxi in die City von Paris. Die Straßen ins Zentrum waren wie immer ziemlich überfüllt. Teilweise ging es nur sehr schleppend voran. Wimmer mochte diese Art von zähfließendem Verkehr und Stau überhaupt nicht. Aber wenn er in die City wollte, hatte er keine große Alternative. Er wies den Taxifahrer an, am Quai des

Grands Augustins anzuhalten und auf ihn zu warten. Der Taxifahrer war ein wenig ungehalten, denn er hatte Angst, Wimmer würde, ohne zu zahlen, nicht wieder zurückkommen. Wimmer drückte ihm zwei 50-Euro-Scheine als Pfand in die Hand. Dies beruhigte den Taxifahrer auf der Stelle. Wimmer musste jetzt natürlich damit rechnen, dass sich der Taxifahrer mit dem üppigen Betrag aus dem Staub machte…

Zu dieser Uhrzeit war die Promenade an der Seine überströmt mit Menschen. Sie flanierten, standen sich unterhaltend am Ufergeländer oder hatten einfach nur Spaß. Er stieg aus dem Taxi aus, ging auf den Bürgersteig, mischte sich ein wenig unter die Spaziergänger und ging zur Brücke Saint-Michel. Hier lehnte er sich an das Brückengeländer und schaltete sein Smartphone wieder ein. Aus seiner Jackentasche nahm er die Plastiktüte. Er steckte das Smartphone in die Plastiktüte und verschloss sie wasserdicht. Dann warf er noch einen Blick auf die Kathedrale Notre-Dame und ließ unauffällig das verpackte Smartphone in die Seine fallen. Falls die Polizei sein Smartphone nun orten würde, würde sie sehr überrascht sein, von wo und auf welchen Wegen Wimmer sich nun ‚parallel' zur Seine bewegte. Er ging zurück zum Taxistand und war sehr erleichtert, dass sein Fahrer auf ihn gewartet hatte. Er ließ sich zurück zum Hotel fahren.

Er verbrachte eine sehr unruhige Nacht. Er wurde von jedem Geräusch aufgeschreckt und befürchtete, die Polizei können jeden Moment in sein Zimmer eindringen. Er versuchte sich zu beruhigen. Wie lange würde es überhaupt dauern bis man ihn ortete oder fand. Wie lange würde es dauern, bis ausgehend von einem Fahndungsaufruf der niederländischen Polizei in einer deutschen Fernsehsendung, über die deutsche Polizei die französische Polizei informiert werden konnte? Wenn er Pech hatte, hätten sie ihn vielleicht schon morgen. Er versuchte, wenigstens ein bisschen zu schlafen. Denn der morgige Tag würde vermutlich spannend und anstrengend werden.

Das Telefon klingelte. Wimmer nahm schlaftrunken den Hörer ab. „Good morning Sir", meldete sich die Stimme von der Rezeption. Wimmer hatte für 07:00 Uhr einen Weckruf bestellt. Er stand auf, ging ins Bad und duschte ausgiebig. Danach zog er sich an und ging zum Frühstücksraum im Erdgeschoss es Hotels. Dabei musste er an einem kleinen Shop vorbei gehen, der um diese Uhrzeit bereits geöffnet hatte. Schreibwaren, Bücher, Zeitschriften, Souvenirs... das Übliche, dachte Wimmer. Doch dann fiel sein Blick auf ein paar Baseballkappen. Er war überhaupt nicht der Typ, der Baseballkappen mochte oder gar trug, aber in Verbindung mit einer Sonnenbrille sollte ihn das schon ein wenig tarnen helfen. Also kaufte er eine dieser Kappen.

Im Frühstücksraum saßen bereits drei Mitreisende und aßen. Man grüßte sich freundlich und Wimmer setzte sich zu ihnen. Dann stand er wieder auf und bediente sich am Frühstücksbuffet. Am Tisch versuchte er nun, das Frühstück zu genießen. Er trank einen Orangensaft und einen Kaffee, heute ganz schwarz. Eine der mitreisenden Frauen, eine etwas ältere Dame, sprach ihn an:

„Zum Glück haben wir hier in dem Hotel Deutsches Fernsehen gehabt. Da habe ich gestern Abend zufäl-

lig im Fernsehen ‚Aktenzeichen XY' gesehen. Eigentlich mag ich das ja nicht. Ich kann danach immer so schlecht einschlafen, wissen Sie?"
Wimmer wurde unruhig.

„Ja, das glaube ich. Das ist auch manchmal einfach zu spannend", sagte er.

„Ja, aber gestern habe ich die Sendung dann gesehen. Und Sie werden es nicht glauben, da wurde ein Mann gezeigt, das hätte glatt ihr Bruder sein können. Zumindest sah er Ihnen sehr ähnlich."

Wimmer versuchte seine Verlegenheit zu verbergen.

„Nein, tatsächlich? Was es nicht alles für Zufälle gibt… Das hat man davon, wenn man ein Allerweltsaussehen hat", versuchte er mit Humor zu antworten. „Ich weiß nicht wie es Ihnen geht, aber ich bin schon öfters verwechselt worden."
Die übrigen Personen am Tisch lachten und diskutierten nun darüber, wie oft sie in ihrem Leben schon verwechselt worden waren.

Später erfolgte der Transfer zum Flughafen. Wimmer trug nun seine Sonnenbrille und die neu erworbene Baseballkappe. Er fühlte sich alles andere als wohl. Um genau zu sein, er kam sich sogar ein bisschen albern vor in seiner ‚Verkleidung'. ‚Macht mich nicht genau dieses Outfit zu auffällig?', dachte er. ‚Na, wir werden ja sehen'. Jedenfalls schlug sein Puls deutlich schneller als normal.

Sie wurden sofort in den Transitbereich geführt und warteten nun auf den Check-In. Beim Passieren des Check-In-Schalters nahm Wimmer die Sonnenbrille und die Kappe ab. Er wollte kein Misstrauen erregen.

Vielleicht hätte man ihn sonst nicht nur nach dem Ausweis gefragt sondern genauer recherchiert. Das konnte er im Augenblick nicht brauchen. Er betrat erleichtert das Flugzeug und setzte sich auf seinen Sitzplatz. Wie am Tag vorher war es der Fensterplatz in Reihe 24. Der Start verlief reibungslos. Aus dem Fenster genoss er wieder den Anblick der langsam kleiner werdenden Stadt Paris. Von oben konnte der den Place Charles-de-Gaulle und den Arc de Triomphe erkennen. Wie schön von oben der Platz und die sich strahlenförmig in alle Richtungen ausbreitenden Straßen aussahen! Er erkannte das Marsfeld mit dem Eiffelturm und den ausgedehnten Bois de Boulogne. Als sie die Reisehöhe erreicht hatten, hörte Wimmer wieder ein wenig Musik. Da er in der letzten Nacht relativ wenig geschlafen hatte, dauerte es nicht lange bis er nun einschlief.

KAPITEL 22

Hör nicht auf die Vernunft,
wenn du einen Traum verwirklichen willst.
von Henry Ford

Das Flugzeug befand sich im Landeanflug auf Kinshasa. Noch ungefähr zwanzig Minuten und sie würden landen. Wimmer kaute einen Kaugummi. Er kannte das unangenehme Gefühl, das sich immer dann einstellt, wenn der Kabinendruck sich während der Start- und Landephase um ungefähr 0,2 bar ändert. Dieser geringe Druckunterschied äußert sich für gewöhnlich durch Knacken in den Ohren bis hin zu Schmerzen im Ohr- und Kopfbereich. Während der Startphase wird der abnehmende Druck normalerweise durch eine passive Öffnung der Eustachischen Röhre zwischen Nasenrachen und Mittelohr egalisiert. Der steigende Druck bei der Landung muss dagegen aktiv durch den Passagier ausgeglichen werden. Schlucken, Gähnen oder andere aktive Druckausgleichsmanöver helfen dabei gegen den Überdruck. Bei Wimmer hatte sich das Kauen von Kaugummi bewährt.

Langsam kamen der Pool Malebo und die beiden daran angrenzenden Metropolen Kinshasa und Brazzaville in Sichtweite. Es war wieder einmal beeindruckend, diese beiden Millionenstädte von weitem in einem Land, das ansonsten sehr dünn besiedelt ist, zu sehen. Wie eigentlich immer, strahlte die Sonne von einem wolkenlosen Himmel auf die beiden Städte hinab.

Als das Flugzeug die Parkposition erreicht hatte, schnallten sich die Passagiere ab und verließen das Flugzeug. Hier in Kinshasa fühlte Wimmer sich recht sicher. Zumindest sicher vor der Polizei... Er glaubte nicht, dass die deutsche oder niederländische Polizei ihn hier erwarten oder aufspüren würde. Aber ein kleiner Prozentsatz an Wahrscheinlichkeit und damit an Unsicherheit blieb und sorgte für eine gewisse innere Unruhe bei Wimmer.

Die Passagiere fuhren mit einem Bus zum Terminalgebäude und gingen dann zur Gepäckausgabe. Auf dem Weg zur Gepäckausgabe fiel Wimmer auf, dass ziemlich viele bewaffnete Polizisten zu sehen waren. Fast an jeder Ecke stand ein Polizist oder ein Grüppchen von zwei oder drei Polizisten, die das Treiben der Passagiere beobachteten. ‚Ich leide schon an Verfolgungswahn', dachte Wimmer. ‚Oder ist es Größenwahn, wenn ich annehme, die wären ausgerechnet wegen mir hier präsent?'. Er traute sich nicht, die Baseballkappe und die Sonnenbrille anzuziehen. ‚Denn', so dachte er, ‚wäre ich Polizist, würde mir eine solche Person sofort auffallen und ich würde sie gezielt beobachten'.

Wimmer wartete genau wie die übrigen Passagiere über vierzig Minuten darauf, dass ihr Gepäck langsam über das automatische Gepäckband an ihnen vorbei geführt wurde. Weitere fünf Minuten dauerte es, bis er seinen eigenen Koffer erspähte und ihn vom Gepäckband nahm. Er ging nun langsam in Richtung Ausgang. Er hielt mehrmals an und schaute sich um. Endlich fand er, worauf er gewartet hatte: Personen, die Deutsch sprachen. Eine Gruppe von acht Personen, die sich in bayerischem Dialekt unterhielten, ging an ihm vorbei. Er schloss sich ihnen an. Er glaubte, in dieser Gruppe würde er bei einer eventuellen Kontrolle weit weniger auffallen als wenn er als Einzelreisender bei der Einreisekontrolle ankam.

An der Einreisekontrolle saß ein dunkelhäutiger Polizist in Uniform, der die Ausweise entgegennahm. Aus den Sternen auf seinen Schulterklappen schloss Wimmer, dass es sich um einen höher gestellten Offizier handeln musste. Der Polizist schaute auf den Ausweis von Wimmer, sah ihm misstrauisch ins Gesicht und sagte dann aber höflich:

„Do you have anything to declare, Sir?"
Wimmer beließ es bei einem einfachen "No".

Er bekam seinen Ausweis wieder und ging sehr erleichtert zum Ausgang. Auch hier hatte er das Gefühl von großer Polizeipräsenz. Bei all dem, was er über die Sicherheitslage in der Demokratische Republik Kongo im Allgemeinen und über Kinshasa im Speziellen gelesen und gehört hatte, war das eigentlich nicht verwunderlich. Noch im Flughafengebäude ging er zu einem von mehreren Bankautomaten und hob mit seiner Kreditkarte Geld in einheimischer Währung ab. Er kaufte sich etwas Essbares für den heutigen Abend und eine große Flasche Mineralwasser.

Dann verließ er das Flughafengebäude und ging in Richtung des nächsten Taxistandes. Er war noch nicht ganz dort angekommen, als schon ein Taxi langsam auf ihn zugefahren kam. Der Fahrer rief ihm durch das geöffnete Beifahrerfenster erwartungsfroh zu:

„Taxi, Sir?“

Wimmer bejahte. Der Taxifahrer hielt an, verstaute Wimmers Gepäck im Kofferraum. Als Wimmer eingestiegen war, fragte ihn der Fahrer nach dem Ziel. Wimmer gab ihm zu verstehen, dass er gerne zu einem kleinen Hotel in der Nähe von Mfuti gebracht würde. Auf die Frage, wie denn das Hotel hieße hatte Wimmer keine Antwort. Ebenso kannte er keine Adresse. Er sagte dem Fahrer, dass er lediglich irgendein Hotel in Mfuti oder näherer Umgebung suchte.

„No problem, Sir“, sagte der Taxifahrer freundlich und fuhr los. Über Funk meldete er der Zentrale sein Ziel und fragte die Zentrale nach der Adresse eines Hotels.

„Ich kenne den Weg nach Mfuti, aber in Mfuti selber weiß ich nicht so genau Bescheid“, sagte der Taxifahrer sich entschuldigend und dabei freundlich lächelnd.

„No problem“, antwortete Wimmer ebenfalls.

Die Zentrale meldete sich und gab dem Fahrer eine Adresse durch.

„Was macht man als Tourist in Mfuti?“, fragte der Fahrer neugierig. „Oder sind Sie geschäftlich unterwegs?“

„Bekannte besuchen“, antwortete Wimmer wortkarg.

Er hatte keine Lust auf Konversation. Und erst recht wollte er sich nicht ausfragen lassen. In Kinshasa bestand theoretisch immer die Gefahr, überfallen und ausgeraubt zu werden, gerade als Europäer. Hätte er gesagt, dass er geschäftlich hier war, hätte er vielleicht für eventuelle ‚Bekannte' des Taxifahrers eine lohnende Beute dargestellt. So verlief die Fahrt recht schweigsam. Ab und zu entfuhr dem Fahrer ein „Have a look", wenn er meinte, etwas für Wimmer Interessantes gesehen zu haben.

In der Zwischenzeit schaute Wimmer sich das Taxi von innen an. Es war deutlich in die Jahre gekommen. Das Armaturenbrett hatte sicherlich einmal waagrecht und formgenau gepasst. Nun hing es rechts ein wenig herunter. Die Sitze waren ziemlich verschlissen. Aber immerhin, das Auto fuhr. Ein Blick auf den Tachometer zeigte eine Gesamtfahrleistung von 735.850 Kilometern. ‚Alle Achtung', dachte Wimmer. Taxis mit ähnlichen Laufleistungen waren ihm schon in Ägypten begegnet. Fahrzeuge, die in Deutschland ausgemustert werden finden hier in Afrika noch Abnehmer und werden, oft unabhängig vom Zustand, solange gefahren wie sie eben noch fahren. Bei den Witterungsverhältnissen rosten die Fahrzeuge deutlich langsamer als zum Beispiel in Deutschland. Und da es hier keinen TÜV gab, gab es auch niemanden der auf die Idee kam, ein verkehrsuntaugliches Fahrzeug aus dem Verkehr zu nehmen.

Nach ungefähr einer Stunde waren sie am Ziel angekommen...wenn Wimmer dem Fahrer glauben konnte. Denn von außen hatte das Gebäude nicht unbedingt das Aussehen eines Hotels. Zumindest nicht in den Augen eines Europäers.

„Das beste Haus von Mfuti", sagte der Taxifahrer lächelnd.

Wimmer zahlte und gab dem Taxifahrer ein ansehnliches Trinkgeld. ‚Als Entschädigung dafür, dass ich nicht sehr freundlich war', dachte Wimmer. Der Taxifahrer bedankte sich überschwänglich. Wimmer stieg aus, nahm sein Gepäck, verabschiedete den Fahrer und betrat das ‚Hotel'. ‚Ich hätte es wissen müssen', sagte Wimmer zu sich selber.

Das Haus bestand aus zwei Etagen und einem flachen, mit Pflanzenmaterial gedeckten Dach. Es war ein etwas größerer Lehmbau. Die Außenwände waren jedenfalls mit Lehm verputzt. Ein paar Stromkabel wurden von der Straße durch eine Fensteröffnung in das Innere des Hauses geleitet. Zwei Hunde kläfften und stritten sich vor dem Haus um ein Stück Textilstoff, den sie irgendwo gefunden hatten. Ein weiterer Hund lag im Schatten des Hauses uns schlief. „Mfuti Hotel" stand in verblichenen Lettern auf dem Holzschild über der Eingangstüre. In dem kleinen Dorf Mfuti war dieses Haus das einzige, das überhaupt über Gästezimmer verfügte und diese vermietete. Daher wohl auch das beste Haus von Mfuti.

Breit lächelnd begrüßte ihn der Portier, der gleichzeitig, wie Wimmer später erfuhr, der Eigentümer des Hauses war und auch mit seiner Familie in dem Haus wohnte.

‚Na, hoffentlich ist es wenigstens sauber', dachte Wimmer. War es aber nicht. Das Haus erwies sich als eine schmuddelige Absteige, ohne Glasfenster und ohne Klimaanlage. Die Fensteröffnungen waren lediglich mit einer Art Leinengardinen verschlossen. Entsprechend warm und stickig war es in seinem Zimmer. Das Bett war vermutlich einmal ein einigermaßen vernünftiges Bett gewesen. Jetzt war es nur noch ein quietschendes Bettgestell mit einer nicht überzogenen

Matratze. Aus der Matratze quoll an einigen defekten Stellen die Strohfüllung heraus. Wimmer beschloss, die Decke, die zusammengefaltet auf der Matratze lag, nicht zu benutzen. Immerhin befand sich in dem Zimmer ein Waschbecken. Er drehte den Wasserhahn auf. Eine braune Brühe floss als Rinnsal aus dem Hahn. Nach ungefähr zwanzig Sekunden wurde das Wasser heller, so dass man es mit und mit als einigermaßen klar bezeichnen konnte. Wimmer nahm sich vor, sich spartanisch mit dem Wasser zu waschen und keinesfalls davon zu trinken. Überhaupt vermied er den Kontakt seiner Schleimhäute mit dem Wasser. Zähne putzen würde er mit dem am Flughafen gekauften Mineralwasser. Die eine Nacht, die er hier nur verbringen wollte, würde er schon irgendwie überstehen. Etwas Angst machten ihm die Moskitos, die vermutlich abends durch das Fenster eindringen würden. An Bettwanzen und Kakerlaken wollte er erst gar nicht denken.

In der Nacht wollte die Hitze nicht aus dem Zimmer entweichen. Wimmer lag auf der Matratze und wälzte sich hin und her. Er konnte nicht einschlafen. Zu der Hitze kam das Summen der Moskitos. Da er die Fensteröffnungen nicht schließen konnte, fanden die Moskitos ohne Probleme den Weg zu ihm. ‚Nur keine Malaria…', waren später die letzten Gedanken an die er sich erinnern konnte, bevor er einschlief. Nach einigen ruhigen Nächten hatte er in dieser Nacht wieder heftige Albträume. Der Kongo, viele dunkelhäutige Menschen, van Maarten, das Schlaflabor… die Ereignisse des kommenden Tages warfen offenbar schon ihre Schatten auf seine Psyche. Am Morgen wurde er wieder nass geschwitzt wach und fühlte sich nicht sehr ausgeruht. Da es in seiner Unterkunft ohnehin keine Möglichkeit zum Duschen gab, wusch er sich so gut es ging an dem Waschbecken in seinem Zimmer.

Zu seiner Überraschung gab es ein ordentliches Frühstück. Es gab Toast mit Käse und Marmelade. Dazu Kaffee, Tee und ein hart gekochtes Hühnerei. Das hatte er gerade hier nicht erwartet. Noch während des Frühstücks bat Wimmer den Hotelier, ihm ein Taxi zu bestellen.

Er wollte nach dem Frühstück unmittelbar zu van Maarten fahren. Einen genauen Plan hatte er noch nicht. Van Maarten würde ohnehin überrascht sein, ihn hier zu sehen. Er würde mit van Maarten ins Gespräch kommen. Er würde ihn dann mit seinen Erlebnissen, Traumerfahrungen und Vermutungen konfrontieren. War das klug? Abhängig von der Reaktion van Maartens würde er sich dann ein weiteres Vorgehen überlegen. Und nach Susannes Schicksal würde er sich erkundigen. Vielleicht gab es ja etwas Neues.

Also, er hatte Ridder erschossen und Verdonk beinahe ermordet. Und er vermutete, dass van Maarten ihn dazu in seinem Unterbewusstsein gebracht hatte. Aber Beweise dafür hatte er natürlich nicht. Würde van Maarten ihn für verrückt erklären? Würde van Maarten alles abstreiten? Hätte van Maarten eventuell sogar Angst, selber das nächste Opfer zu sein? Würde van Maarten die Polizei rufen und ihn als Mörder verhaften lassen? Oder steckte van Maarten tatsächlich hinter alledem und Wimmer selber musste Angst haben, dass ihm etwas zustoßen könnte? Dafür hatte

Wimmer, so hoffte er jedenfalls, in den letzten Nächten Vorsorge betrieben.

Jetzt wartete er bereits seit einer dreiviertel Stunde auf das Taxi.
„Tut mir leid, Sir“, sagte der Hotelier, „aber die nächsten Taxis gibt es erst in Kinshasa.“

KAPITEL 23

Wenn ich allein träume,
ist es nur ein Traum.
Wenn wir gemeinsam träumen,
ist es der Anfang der Wirklichkeit
Sprichwort aus Brasilien

Endlich erschien das Taxi und Wimmer staunte nicht schlecht. Es war dasselbe Taxi und derselbe Fahrer wie am vorigen Tag.

„Hello, what a surprise“, begrüßte er den Fahrer und äußerte damit seine Überraschung: „Gibt es in der ganzen Demokratischen Republik Kongo nur ein Taxi?“

„Nein“, mischte sich der Hotelier ein. „Der Fahrer hat mir gestern eine Visitenkarte gegeben. Da habe ich heute Morgen diese Rufnummer gewählt“.

„Und mir hat der Chef Bescheid gesagt, weil er meinte, dass ich ja gestern schon einmal hier war und daher den Weg zum Hotel genau kenne.“

„Das ist lustig“, meinte Wimmer.

Er stieg ein und wies den Fahrer an, zu fahren.

„Wohin?“, fragte der Fahrer. „Welche Adresse?“

„Ich habe keine genaue Adresse, aber ich kenne den Weg. Ich sage Ihnen, wo Sie lang fahren müssen.“

„Aus Sicherheitsgründen muss ich der Zentrale aber immer mitteilen, wo wir uns gerade befinden. Sie wissen schon… die Sicherheitslage.“

„Klar, kein Problem.“

Lediglich an einer Abzweigung war Wimmer sich nicht mehr sicher, und so bogen sie falsch ab. Nach ungefähr drei Kilometern wurde Wimmer sein Fehler bewusst. Also wendeten sie und fuhren nun den richtigen Weg. Kurz vor dem Anwesen van Maartens ließ Wimmer das Taxi anhalten.

„Hinter der nächsten Kurve ist schon das Ziel“, sagte Wimmer. Er wollte die letzten dreihundert Meter zu Fuß gehen und nicht sofort mit seinem Taxi entdeckt werden.

Wimmer wollte gerade sein Portmonee herausnehmen und zahlen, als eine Frau auf dem Weg vom Anwesen van Maartens zu Fuß auf sie zukam. Erst jetzt, als sie vollständig um die Kurve herum gekommen war, konnte Wimmer sie besser sehen.

Von weitem gesehen, so dachte Wimmer, hätte die Frau Susanne sein können. Er schaute zu, wie die Frau auf sie zukam. Er sah sie nun besser. Die Figur, die Haare, der Gang,... alles erinnerte ihn an Susanne. Sein Herz schlug schneller. Er stieg aus und fing an zu laufen. In wenigen Sekunden war er bei der Frau, die jetzt zu ihm aufsah. Sie erschrak, weil Sebastian auf sie zugelaufen kam. Und weil er schon recht nahe gekommen war, hob sie die Arme, so als wolle sie ihn abwehren. Wimmer blieb stehen. Sein Herz raste, er atmete sehr schnell. Jetzt konnte er ihr Gesicht sehen.
„Susanne!“ rief er freudig erregt. „Susanne!“
„S-s-susanne?“, antwortete Bianca Schiffer sichtlich verwirrt. „W-w-w-wie?“
„Susanne, erkennst Du mich denn nicht? Ich bin es, Sebastian.“
„Sebastian?“, fragte Bianca völlig unsicher. Sie war mit der Situation überfordert.

Sebastian ging einen Schritt auf sie zu und nahm sie vorsichtig in seine Arme. Bianca ließ es geschehen, denn sie war in diesem Moment völlig überrascht und schaffte es überhaupt nicht, irgendwie zu reagieren.

„Susanne, wie freue ich mich, dich zu sehen! Dass Du lebst, dass es Dir gut geht."

Die Gefühle, die ihm im Traum begegnet waren hatten ihn nicht getäuscht. Offenbar hatte er in seinen Klarträumen tatsächlich emotionalen Kontakt mit Susanne herstellen können.

„Sebastian?", fragte sie. Wieso Sebastian?

Von einer Sekunde auf die nächste wurde Susanne von Emotionen und Erinnerungen überflutet. Sie löste sich aus der Umarmung und schaute Sebastian an. Langsam sagte sie:

„Sebastian… Aachen, der Kongo, der Bootsunfall…"

„Ja", sagte Sebastian mit Tränen in den Augen.

Susanne merkte, dass dieser emotionale Moment ihre gesamte Blockade gelöst hatte. Die Amnesie hatte sich spontan in Luft aufgelöst. In dem Moment wurde ihr auch klar, was ihr in den letzten Wochen widerfahren war. Man hatte sie vollständig ihrer Identität beraubt und sie mit einer neuen Identität betrogen. Das war jetzt alles zu viel für sie. Sie sank zu Boden und fing an zu weinen und zu schluchzen. Sebastian setzte sich neben sie, legte einen Arm um ihre Schulter, streichelte ihr Haar und versuchte sie zu beruhigen.

Sie standen auf und gingen zu Sebastians Taxi. Der Fahrer hatte gewartet, da er noch nicht bezahlt worden war. Sebastian und Susanne stiegen in das Taxi. Wimmer sagte dem erstaunten Taxifahrer, er möge sie zurück zu seinem Hotel nach Mfuti bringen.

„Everything alright?“, fragte der Fahrer. Als er keine Antwort bekam, wendete er und fuhr zurück nach Mfuti.

Susanne war gerade auf dem Weg von van Maarten zur nächsten Bushaltestelle gewesen. Ungefähr alle zwei Stunden fuhr von dort ein Überlandbus, der sie zu ihrem Arbeitsplatz gebracht hätte. Sie war innerlich noch immer völlig aufgewühlt. Im Hotel angekommen nahmen sie sich beide erst einmal viel Zeit, miteinander zu reden und die vergangenen Wochen gedanklich aufzuarbeiten.

Nach dem Abendessen beschlossen sie, am nächsten Tag zu van Maarten zu fahren und ihn zur Rede zu stellen.

„Seit zwei Tagen ist das Anwesen aber von einer ganzen Reihe von Security-Leuten bewacht“, sagte Susanne.

„Warum denn das?“

„Na ja, wie du ja jetzt weißt, werden hier kriminelle Geschäfte mit Elfenbein abgewickelt. Und seit gestern ist der große Boss da. Und für den ist höchste Sicherheitsstufe angesagt.“

„Der große Boss? Also ist van Maarten nicht der Boss?“

„Nein, van Maarten steht wohl ziemlich oben in der Hierarchie, aber der Boss ist er nicht.“

„Kommen wir denn morgen überhaupt da rein?“

„Klar, Bianca Schiffer kann wann immer sie will zu Herrn van Maarten gehen“, sagte sie lächelnd. Sie fühlte sich dabei aber nicht sehr wohl.

Am nächsten Morgen bestellte Wimmer wieder ein Taxi. Der Hotelier aber bot an, sie selber zu fahren - zum halben Taxipreis. Warum nicht, dachten die beiden und willigten ein.

„Wäre es nicht besser, die Polizei zu verständigen?“, fragte Susanne.

„Warum das denn?“

„Na ja, schließlich haben wir es mit Morden zu tun… und mit Elfenbein…“

„Na klar, aber wo bleibt denn dein Sinn für Abenteuer. Ich jedenfalls nehme das, was van Maarten mit uns angestellt hat sehr persönlich. Und das möchte ich auch persönlich aus dem Weg räumen. Und Morde? Bisher gab es lediglich einen Mord,… von dem ich weiß. Und wer hat ihn offenbar begangen? Richtig, Ich! Von daher muss ich nicht unbedingt die Polizei mit ins Boot holen.“

„Aber wir sind doch völlig unbewaffnet, wenn wir dahin gehen. Wir wissen doch überhaupt nicht, was uns dort erwarten wird…“

„Hier“, sagte Sebastian und nahm zwei Steakmesser aus der Besteckschublade des Hotels. Eins drückte er Susanne in die Hand. „Nun sind wir bewaffnet.“

„Sehr witzig“, sagte sie mit ironischem Unterton. Aber immerhin steckte sie das Messer ein. Man konnte ja nie wissen.

Sie näherten sich mit dem Auto des Hoteliers dem Anwesen von van Maarten. An derselben Stelle wie gestern ließ Sebastian anhalten. Die letzten Meter wollte er sich auch heute unauffällig nähern. Sebastian und Susanne gingen zügig, aber nicht hastig auf die Toreinfahrt von van Maartens Anwesen zu. Bereits dort am Eingang standen zwei bewaffnete Security-Personen. Susanne ging mit Sebastian wie selbstverständlich, kurz grüßend an den beiden Herren vorbei.

„Stop!“, rief einer der beiden Security-Mannern. Susanne und Sebastian blieben stehen. Sebastian wurde mulmig zumute. War ihr Vorhaben bereits hier zu Ende?

„No, it's ok“, sagte die zweite Person. „It's Miss Schiffer. I know her. She can pass.“

„Good morning, Miss Schiffer“, sagte er und deutete mit einer Handbewegung, dass sie weitergehen durften.

Sie atmeten durch und gingen über den großen Vorplatz zum Haupteingang des Gebäudes. Auch dort standen an der breiten Eingangstür zwei bewaffnete Männer. Auch sie erkannten Susanne, grüßten kurz und ließen beide passieren. Susanne ging zum Sekretariat van Maartens.

„Guten Morgen Frau Sneijder“, grüßte Susanne van Maartens niederländische Sekretärin.

„Ah, guten Morgen Frau Schiffer. Heute in Begleitung?“

„Äh, ja, das ist ein junger deutscher Mann, den ich Herrn van Maarten gerne vorstellen würde.“

„Augenblick bitte. Er ist gerade in einer Besprechung mit dem großen Boss. Aber ich denke in ungefähr zehn Minuten werden sie fertig sein. Nehmen Sie doch bitte so lange hier Platz.“

Die Situation kam Wimmer ein wenig komisch vor. Sie wollten van Maarten wegen seiner kriminellen Machenschaften zur Rede stellen. Vielleicht würde die Situation auch eskalieren, wer wusste das schon? Und nun saßen sie hier wie im Wartezimmer eines

Arztes und warteten auf das ‚Der Nächste bitte'. Aber zumindest hatten sie so die Chance, van Maarten völlig unvorbereitet überraschen zu können. Nach fünfzehn Minuten sagte Frau Sneijder:

„Frau Schiffer", sie können nun hineingehen.

„Danke", sagte Susanne und sie gingen zum Büro van Maartens. Susanne betrat als erste den Raum.

„Hallo Frau Schiffer", sagte van Maarten freundlich. „Haben wir gestern noch etwas vergessen?"

„Könnte man so sagen", antwortete Susanne. In diesem Moment betrat auch Wimmer den Raum und er merkte förmlich, wie van Maarten innerlich kollabierte.

„Herr Wimmer, was machen Sie denn hier?", entfuhr es ihm.

„Tja, Überraschung Herr van Maarten. Ich glaube, Sie sind uns eine ganze Reihe von Erklärungen schuldig. Und… Finger weg vom Alarmknopf!". Wimmer hatte gesehen, wie van Maarten sich in seinem Sessel nach vorne gebeugt hatte und unter die Schreibtischplatte greifen wollte. In einem Reflex gehorchte van Maarten dem unerwarteten, lauten Befehl.

„Was wollen Sie von mir?", fragte van Maarten jetzt ein wenig unsicher.

„Wir hätten gerne ein paar Erklärungen… zum Beispiel, warum meine Verlobte eine Amnesie hatte und Sie das zu Ihrem Vorteil ausgenutzt haben."

„Amnesie? Wie?", spielte er den Unwissenden.

„Jetzt reicht´s Herr van Maarten. Wochenlang haben Sie mir einreden wollen, ich sei Bianca Schiffer. Sie wollten mich für Ihre kriminellen Zwecke missbrauchen."

„Und in unser Unterbewusstsein eingeschlichen haben Sie sich“.

„Ich weiß nicht, wovon Sie reden. Ich glaube, Sie sind beide ein bisschen verrückt. Wovon sprechen Sie überhaupt?“

„Sie wissen genau, um was es geht“.

„Wenn Sie nicht augenblicklich mein Büro verlassen, werde ich die Polizei verständigen“, drohte van Maarten.

„Nein, das werden Sie wohl eher nicht. Oder möchten Sie dass Ihr gesamtes Elfenbeinimperium zusammenbricht. Nur zu, vielleicht rufen Sie doch die Polizei.“

„Vielleicht setzen Sie sich erst einmal hin“, sagte van Maarten, „und beruhigen sich. Dann werden wir in die Situation in Ruhe klären.“

In dem Moment schnellte van Maarten nach vorne, öffnete blitzschnell eine Schublade seines Schreibtisches und zog eine Pistole heraus. Er spannte den Hahn und fuchtelte wild damit herum, abwechselnd auf Wimmer und Schlömer zielend.

„Sie bleiben wo Sie sind!“, befahl er. „Ich muss erst überlegen, was ich jetzt mit Ihnen anstelle.“
Susanne klammerte sich an Sebastians Arm. Sebastian blieb ruhig. Die Erfahrung hatte er schon öfters gemacht. Es hatte schon einige Situationen gegeben, in denen er aufgewühlt und nervös war. Aber immer dann, wenn es darauf ankam wurde er sehr ruhig.

„Machen Sie jetzt nur keinen Fehler“, versuchte Sebastian ihn zu verunsichern.

Genau in dem Moment hatten Sie das Gefühl, draußen würde ein Krieg ausbrechen. Aus dem Fenster konnten sie sehen, wie mindestens acht Polizeifahrzeuge mit Blaulicht und Sirenengeheul auf das Anwesen van Maartens rasten. Kurz vor dem Gebäude wurden die Fahrzeuge stark abgebremst. Man konnte deutlich das Rutschen der Fahrzeuge über den Schotter vor dem Eingangsbereich hören. Polizisten sprangen aus den Fahrzeugen und verschanzten sich hinter ihren Fahrzeugen. Die Security-Leute eröffneten sofort das Feuer, das von der Polizei erwidert wurde.

„Was um Himmels Willen… haben Sie die Polizei mitgebracht?“, rief van Maarten.

„Nein“, sagte Sebastian, der ebenso überrascht war wie van Maarten.

Van Maarten wusste nicht, ob er sich jetzt der Situation draußen widmen sollte, oder ob er die beiden weiter mit der Waffe bedrohen sollte. Vermutlich würden seine Leute draußen Hilfe brauchen. Ohne seine Anweisungen würden sie vielleicht Fehler machen. Vielleicht konnte er draußen eine weitere Eskalation verhindern… Sebastian nutzte diesen Moment der Unschlüssigkeit van Maartens aus.

Jetzt, so beschloss er, war der Moment gekommen, in dem er seine in den letzten Wochen erworbenen Fähigkeiten einsetzen würde.

„Geben Sie mir die Waffe!“ befahl er van Maarten.
Van Maarten wurde schaute völlig konsterniert. Er schaute zum Fenster hinaus, sah wie sich draußen weiter eine wilde Schießerei abspielte. Dann schaute er wieder zu Wimmer, kreidebleich und völlig unsicher, und fragte: „Wie?“. Er machte einen gänzlich

verwirrten Eindruck, so als verstünde er die ganze Welt nicht mehr.

„Geben Sie mir die Waffe!“ befahl Wimmer erneut. Van Maarten beugte sich nach vorne, drehte die Waffe mit dem Griff zu Wimmer und händigte sie ihm aus. Er schien nicht zu verstehen, was er da gerade tat. Auch Susanne verstand die Welt nicht mehr. Was ging hier eigentlich vor?

Schritte näherten sich. Man hörte, wie Personen durch die Eingangstür des Hauses und über die Flure liefen. Lautes Gepolter. Laute Kommandos wurden geschrien. Es fielen wieder Schüsse.

Sebastian zerrte Susanne am Arm einen Meter nach links hinter ein dort stehendes Sofa und riss sie dann am Arm unsanft zu Boden. Keine Sekunde zu früh. Die Tür zu van Maartens Büro wurde aufgerissen und zwei Security-Leute stürmten in das Büro. In ihrer Mitte schleiften sie eine dritte Person.

„Herr van Maarten“, rief einer der beiden. „Der Boss ist verletzt, angeschossen. Was sollen wir tun?“
Van Maarten stand noch da in seiner Schockstarre und war sichtlich mit der Situation überfordert.

„Da“, stammelte er. „Durch diese Tür.“ Er selber blieb wie angewurzelt stehen. Die drei Personen verließen durch die Tür, auf die van Maarten gedeutet hatte laufend, die verletzte Person immer noch mitschleifend, das Büro.
Schon stürmten vier Polizisten in das Büro. Einer stürzte sich auf van Maarten und überwältigte ihn. Die anderen drei verfolgten die flüchtenden Security-Leute mit dem Verletzten.

„Da sind die eigentlichen Verbrecher!“, schrie van Maarten und zeigte auf das Sofa, hinter dem sich Schlömer und Wimmer versteckt hatten. Der Polizist sprang auf und zog seine Schusswaffe aus dem Halfter. Er hielt die Waffe nun im Anschlag, zielte auf Sebastian und befahl:

„Sofort aufstehen – Hände über den Kopf!“

Die beiden standen auf. Erst da wurde Sebastian bewusst, dass er mittlerweile in der einen Hand die Pistole van Maartens und in der anderen ein Steakmesser hielt.

„Sofort Waffe fallen lassen!“, schrie der Polizist. Er bemerkte nicht, dass van Maarten sich in der Zwischenzeit wieder aufgerappelt hatte. Im Rücken des Polizisten hatte er aus einem Sideboard in seiner Reichweite eine weitere Schusswaffe genommen und zielte nun auf den Polizisten. Ohne zu zögern legte Sebastian die Waffe an und schoss auf van Maarten. Er traf ihn in der rechten Schulter. Von der Wucht des Aufpralls fiel van Maarten nach hinten, stürzte zu Boden und schlug hart mit dem Kopf auf den Fußboden.

Der Polizist, der van Maarten nicht gesehen hatte, glaubte Wimmer würde auf ihn schießen. Er ließ sich fallen und gab im Fallen einen Schuss auf Sebastian ab. Schmerzerfüllt sank Sebastian zu Boden.

„Nicht schießen!“ schrie Susanne verzweifelt. Sie ließ sich schützend über Sebastian fallen. An ihren Händen fühlte sie sofort warmes Blut.

„Nein!“ schrie sie wieder.

Der Polizist stand mittlerweile wieder. Mit angelegter Waffe zielte er nun abwechselnd auf van Maarten und Schlömer und Wimmer. Er wusste nicht genau, was vor sich gegangen war. Er hatte nur in Notwehr geschossen, so glaubte er.

Draußen waren noch vereinzelt Schüsse zu hören. Der Chef des Polizeieinsatzes betrat mit gezogener Waffe van Maartens Büro. Der Polizist machte Meldung, ohne dabei seine Waffe zu senken.

Susanne stand auf und half Sebastian auf die Beine. Er stellte sich, am ganzen Körper zitternd hin. Fast sein gesamtes Hemd war mittlerweile von Blut durchtränkt. Der Schuss des Polizisten hatte ihn im Oberarm getroffen. Sebastian zog unter Schmerzen sein Hemd aus. Susanne riss einen Streifen Stoff ab und band den Arm oberhalb der Verletzung ab um den Blutverlust zu stoppen. Zum Glück schien keine Schlagader getroffen worden zu sein.

Die drei Polizisten, die eben den Gangsterboss verfolgt hatte betraten den Raum und schleiften den bewusstlosen Gangsterboss am Kragen hinter sich. Sie präsentierten ihn ihrem Chef mit stolzen Gesten. Dann machten sie Meldung: Zwei tote Security-Männer, ein verletzter Gefangener, keine eigenen Verluste. Dazu, dachte Susanne, kommen noch die vermutlich draußen herumliegenden Toten. Ihr wurde übel. Sie wollten eigentlich nur van Maarten zur Rede stellen, und dann das.

Sebastian überprüfte noch einmal den provisorischen Verband. Mit schmerzverzerrtem Gesicht hielt er sich den Arm. Dann hatte er Gelegenheit, einen Blick auf den Boss der Gangster zu werfen. Ihm stockte der Atem. Er kannte die Person: Nico Janke! Wie konnte das sein? Was hatte Janke hier verloren? Was hatte er mit dieser Bande zu tun?

Der Einsatzleiter der Polizei bellte Befehle an seine Untergebenen. Da im Moment keiner der Polizisten genau wusste, wer Verbrecher oder wer Opfer war, wurden sie alle in Polizeiwagen verfrachtet und zum Krankenhaus gebracht. Auf dem Weg zum Polizeiwagen ging Wimmer neben van Maarten, der die Blutung in seiner Schulter stoppte, indem er ein Tuch fest darauf presste. Er schnappte nach Luft und schien, wie Wimmer, große Schmerzen zu haben.

„Warum ich? Warum gerade ich?", fragte Wimmer.

„Herrgott", sagte van Maarten genervt. „Der Boss brauchte jemanden, der intelligent, dabei aber naiv ist. Da ich Sie bereits von CS kannte und Sie in der Nähe der Niederlande wohnten, waren Sie genau die richtige Person. Als ich Sie vorschlug, war Herr Janke einverstanden. Er sagte, er würde Sie auch kennen. Sie wären genau die richtige Person."

Wimmer dachte er hörte nicht richtig. „Ich, naiv?"

„Na klar, Sie sind doch sofort auf meine Einladung hereingefallen. Sofort und ohne nachzudenken haben Sie sich in meinem Schlaflabor unter meinen Einfluss begeben..."

Wimmer kochte innerlich vor Wut. „Und Sie?, Warum haben Sie mir dann eben Ihre Waffe ausgehändigt?", fragte Wimmer hämisch lachend.

„Ich weiß nicht", sagte van Maarten verlegen.

„Tja, wenn Sie im Traum Verhalten über Codes steuern können, so kann ich das schon lange" lachte Wimmer. „Geben Sie mir die Waffe! ... und schon waren Sie mein psychischer Gefangener." Wieder lachte er, aber es war eher das Lachen eines Verzweifelten.

Van Maarten verzog verächtlich den Mund.

„Mund halten!", befahl der Polizeichef und schubste sie zu den Polizeiwagen.

Später im Krankenhaus besuchte ihn Commissaris Meijers von der Polizei in Breda.

„Na, wie geht es Ihnen, Herr Wimmer?", fragte er vor Sebastians Bett stehend.

Sebastian saß aufrecht im Bett, seinen Arm in einer Schlinge haltend. Susanne saß auf einem Stuhl vor dem Bett.

„Tja, es wird wohl wieder. Ich habe noch Glück im Unglück gehabt. Der Polizist hätte mich auch erschießen können. Zum Glück hat er nur den Arm getroffen. Aber den so unglücklich, dass die Kugel stecken blieb und mir dabei beinahe die Arterie zerfetzt wurde. Aber… wie gesagt, es wird schon wieder."

„Nach der Aktion mit Dr. Andres[3] ist das jetzt innerhalb von ein paar Monaten das zweit Mal, dass man dich anschießt. Ich glaube, langsam ist es genug", sagte Susanne mit vorwurfsvoller Stimme.

„Ja, gewünscht habe ich mir das auch nicht. Aber Herr Meijers, …wieso war die Polizei bei van Maarten? Wieso genau in diesem Moment?"

„Also", begann Meijers, „das war so: Wir standen schon lange mit der Polizei der Demokratische Republik Kongo in Verbindung. Es ging um den illegalen Handel mit Elfenbein, wie Sie ja bereits wissen. Wir

---

[3] Vgl. Peters, Paradox

wussten, dass sowohl Kongolesen als auch Niederländer darin verwickelt waren. Daher der Kontakt"

„Ah ja", verstand Wimmer.

„Dann geschah der Mord in Breda. Der Ermordete war Bart Ridder. Ein schon lange gesuchter Hehler, den wir auch in Verbindung mit dem Elfenbeinschmuggel suchten. Mit Hilfe der Kameraaufzeichnungen und der Ausstrahlung in ‚Aktenzeichen XY' im deutschen Fernsehen hatten wir innerhalb einer Stunde Ihre Identität ermittelt. Die Telefone liefen förmlich heiß."

„Ja, das glaube ich. Ich habe die Sendung selber gesehen. Ich glaube, ich war in den Aufnahmen sehr gut getroffen. Mich müssen ja hunderte von Menschen erkannt haben", lachte Wimmer lakonisch. „Aber wie Sie wissen, war ich im Moment des Mordes nicht zurechnungsfähig."

„Wir sind noch dabei das alles zu recherchieren. Aber es scheint so, dass van Maarten die Fähigkeit besaß, in Träume und in das Unterbewusstsein von Menschen einzudringen und ihnen Befehle zu geben."

„Und über ihm stand noch Nico Janke, den ich ausgerechnet aus unserer Swing-Bigband kenne. Er gab van Maarten die unterbewussten Befehle. Rückblickend wundert mich das alles nicht. Wenn ich mich mit Janke unterhielt, wusste er immer über alles Bescheid, Klarträumen, freier Wille, Manipulation, Codes… und öffnete mir sogar gedanklich immer das nächste Türchen. Dass ich irgendwann selber so erfolgreich im Klarträumen und in der Manipulation sein würde, hatte er offenbar nicht erwartet."

„Offenbar nicht", fuhr der Commissaris fort. „Unmittelbar nach Ausstrahlung der Sendung begab sich ein

Sondereinsatzkommando zu Ihrer Wohnung. Aber Sie waren da ja schon ausgeflogen."

„Aber ohne von einem anstehenden Einsatz gewusst zu haben. Ich befand mich zu diesem Zeitpunkt ja schon in Paris."

„Genau. Und dort konnten wir Sie über Ihr Handy orten. Wie naiv ist der?, dachten wir."

„Sagen Sie nicht auch noch, dass ich naiv bin! Das habe ich gestern schon einmal zu hören bekommen."

„Als Sie Ihren Fehler bemerkt hatten, haben Sie Ihr Handy ja über die Seine auf große Reise geschickt. Das war aber schon zu spät. Schnell hatten wir mit Hilfe der französischen Polizei Ihr Hotel und damit Ihren Aufenthaltsort. Für uns war es dann natürlich auch kein Problem festzustellen, dass Sie einen Zwischenstopp auf dem Weg zur Demokratischen Republik Kongo eingelegt hatten. Ab da standen Sie unter permanenter Beobachtung."

„So? Habe ich gar nicht mitbekommen."

„Wir haben beobachtet, wie Sie wieder in das Flugzeug stiegen, um die Reise in die Demokratische Republik Kongo fortzusetzen. Beim Aussteigen aus dem Flugzeug in Kinshasa hatten wir Sie wieder fest im Visier. Wie schlau, haben wir gedacht, er schließt sich einer deutschen Reisegruppe an."

„Und haben sich innerlich sicherlich über mich halb tot gelacht..."

„Nein, das nicht. Aber es war interessant zu sehen, wie jemand sich verhält, der glaubt, er würde nicht beobachtet. Wir hatten Sie auch bei der Passkontrolle fest im Visier. Und dann hoben Sie am Geldautomaten Geld ab. Ich will jetzt nicht sagen, dass das wohl sehr naiv war..."

„Ja, schon gut", raunzte Wimmer.

„Dann hat Sie unser Mitarbeiter nach Mfuti gefahren. Wir wollten doch herausbekommen, wo die Elfenbeinbande Ihren ‚Geschäftssitz' hat."

„Ihr Mitarbeiter?"

„Na klar, glauben Sie etwa das war Zufall, dass er Sie mit seinem Taxi aufgabelte, noch bevor Sie am Taxistand waren? Über Sprechfunk hatten wir ständigen Kontakt mit ihm und waren immer über ihr Ziel informiert... auch wenn Sie sich nicht mit ihm unterhalten wollten."

„Der wollte mich ausfragen, der Mistkerl", lachte Wimmer wieder.

„Und glauben Sie auch, es sei Zufall gewesen, dass derselbe Taxifahrer Sie am nächsten Tag wieder abholte? Wie naiv!"

„Sie sollen nicht sagen, ich sei naiv!", wiederholte Wimmer mittlerweile gereizt.

„Und als Sie mit ihm zum Anwesen von van Maarten fuhren, war uns alles klar. Jetzt hatten wir Zeit, gemeinsam mit unseren kongolesischen Kollegen einen Einsatzplan auszudenken. Und als Sie dann für uns etwas überraschend am nächsten Tag mit Frau Schlömer wieder dort auftauchten, mussten wir schnell und spontan eingreifen. Und das haben wir dann ja auch recht erfolgreich getan."

„Und ich falle jetzt unter den Begriff ‚Kollateralschaden', wie?", fragte Wimmer.

„Kann man so sagen. Wichtig ist für uns, den Kopf der Bande dingfest gemacht zu haben."

„Wenn ich mir das alles so durch den Kopf gehen lasse", sagte Wimmer, „dann denke ich, ich träume wohl – Realitätscheck!"

Alle drei lachten, auch wenn es Wimmer im Arm ein wenig schmerzte...

Quellen und weiterführende Literatur:

- An der Heiden, Schneider (Hrsg.): Hat der Mensch einen freien Willen? Die Antworten der großen Philosophen.
- Auswärtiges Amt - Länderinformationen
- Bild der Wissenschaft: verschiedene Ausgaben
- de.wikibooks.org/wiki/Klartraum:_Techniken
- de.wikihow.com/Einen-Klartraum-träumen
- der-postillon.com
- DIE ZEIT N° 18/2004 vom 22. April 2004
- Ermann, M., Träume und Träumen (Lindauer Beiträge zur Psychotherapie und Psychosomatik)
- Falkenburg, B.: Mythos Determinismus: Wieviel erklärt uns die Hirnforschung?
- Freud, S: Das Ich und das Es
- Freud, S.: Die Traumdeutung
- Freud, S.: Vorlesungen zur Einführung in die Psychoanalyse
- Gazzaniga, M. und Mallet, D.: Die Ich-Illusion: Wie Bewusstsein und freier Wille entstehen
- Grill, B.: Ach, Afrika
- Han, Byung-Chul, Psychopolitik: Neoliberalismus und die neuen Machttechniken
- Kast, V., Träume: Die geheimnisvolle Sprache des Unbewussten
- Keysers, C. und Kober, H.: Unser empathisches Gehirn: Warum wir verstehen, was andere fühlen
- Kongo.info
- Lohmann (Hrsg.), Freud: Abriss der Psychoanalyse

- Mabe J. (Hrsg.): Das kleine Afrika-Lexikon
- Marc, P., Sovak, J.: Mit Livingstone durch Afrika
- Mertens, W.: Traum und Traumdeutung
- Müller B.: Philosophen
- Netdoctor.de
- Oerter, Montada: Entwicklungspsychologie
- Neumann, Susanne: Wissenschaftler knacken Geheimnis der Gedankenübertragung
- Nowee, Piet: Stadswandeling in Delft
- Peters, J.: Paradox
- P.M.: verschiedene Ausgaben
- Rappmund, E.: Praxis-Handbuch: Manipulation – Mentalmagie aus der Welt der Hirnforschung, Psychologie und Hypnose
- Sänger, J., Müller, V. & Lindenberger, U. (2012): Intra- and interbrain synchronization and network properties when playing guitar in duets.
- Schredl, M., Träume: Unser nächtliches Kopfkino
- www.dasgehirn.info
- Spitzer, Gehirnforschung und die Frage: Was sollen wir tun?
- Tholey, Klarträumen: Wie geht das?
- VVV – Spaziergang durch Breda
- Weischedel, Die philosophische Hintertreppe
- Welt der Wunder: verschiedene Ausgaben
- Wikipedia
- Wunderwelt Wissen: verschiedene Ausgaben
- www.kt-forum.de/viewtopic.php?f=7&t=20
- Zeit Wissen: verschiedene Ausgaben

Außerdem von diesem Autor erschienen:

"PARADOX"

Ein spannender Krimi rund um Naturwissenschaft, Ethik und Paradoxa.
Was ist Vakuumenergie? Was sind Nanobots? Wer war der Mörder von Dr. Andres?

Books on Demand
ISBN 978-3-8391-2474-1
10,95 €

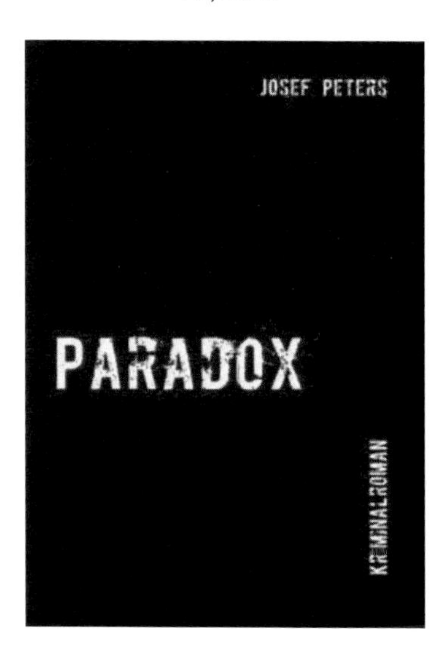

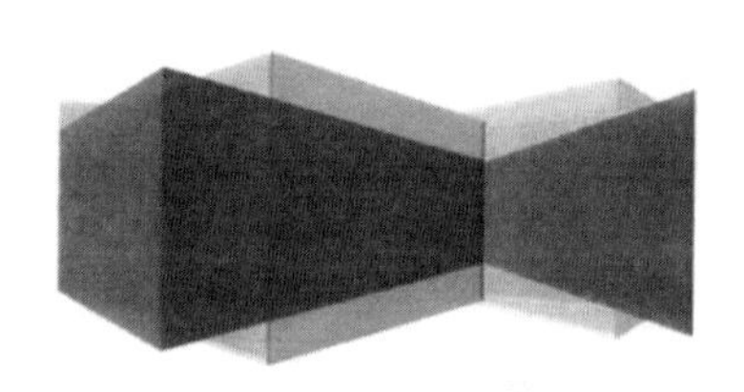

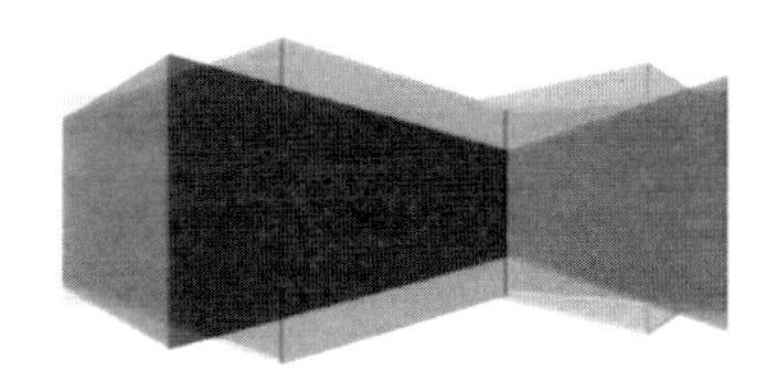